ちくま文庫

びんぼう自慢

古今亭志ん生

目次

びんぼう自慢

小島貞二編・解説

ごあいさつ

えー、志ん生でございます。

よく、あたしどもの仲間が、〝長生きも芸のうち〟なんてえことを申しましたが、あたしも、考えてみますてえと、ことしが数えの八十であります。あたしどもの若いころ、八十歳の爺《じい》さんなんぞ見ると、この人ァ、〝浦島太郎の親戚《しんせき》じゃァないか〟なんて、うらやましく思ったものでありますが、いま自分がその年になったてえことは、こりゃァ夢みたいなことであります。

近ごろは、高座のほうも、トンとご無沙汰ァ重ねているもんですから、知ったかたが心配をして、〝どうだい、師匠、元気かい〟なんて電話ァくれる。中にゃァ、〝志ん生のやつ、いまごろは化《ば》けてるんじゃァねえのかい〟なんてえひどいのがある。別に、あたしゃァ、猫じゃないんで、化けたりなんぞしやしない。

人間、年ィ取って、少しヒマになると、いろんなことを考えるものでありまして、あたしも一合《ごう》ばかりの酒ェ呑んで、いい心持ちになったときなんぞ、よくむかしのことなんぞ考えたりする。

「オレも、随分と馬鹿なことォして来たもんだよ。三道楽は免許皆伝だし、貧乏神とは礼状の束《たば》がくるほどのつきあいもしたし、どうして生きて来たんだか、自分でもよくわからない。こりゃァ、ひょっとすると、かかァのおかげだよ。かかァがいなかったら、とうのむかし、干乾《ひぼ》しになっていたに違いねえ。そうしてみると、うちのかかァてえのは、いいかかァだよ、ウン。

でも、かかァにそんなことをいうと、のぼせ上がるといけねえ。オレだって、少しはマシなとこだってあるんだよ。いくら道楽三昧《ざんまい》したり、底ぬけの貧乏したって、落語てえものを一《いっ》ときも忘れたこたァない。ひとつことを一生懸命つとめていりゃァ、人間いつかは花ァ咲くもんだ。いまの若い人にも、そういうことを話ィしてやりたいな、ウン、オーイ、酒ェないよォ、もう一本持って来いッ」

なんてんで、ひとりでいばっている。

ちょうど、そんなところへ、ひょっこり現われたのが小島貞二さんてえ人で、この人は、大変に熱心に落語のことなんぞ研究している。あたしのことが好きなんですよ。

「そんなことを、ひとりでいばっていたって、何にもなりゃァしない。どうです、もう一度、本にまとめましょうや。こんどこそ、決定版を出しましょう」

てんで、骨ェ折ってくれたのが、この本です。骨ェ折るったって、別にころんで骨つぎに行ったわけじゃァない。

実は、あたしは、いまから五年ばかり前に『びんぼう自慢』てえ本を、毎日新聞社から、出していただいた。おかげさまで、わりに評判がよくって、あたしんとこにも、はじめは何十冊ってあったんだが、〃ぜひ読みたい〃〃ウン、こっちにも頼むよ〃てんで、たちまちなくなってしまって、いまァ一冊もありゃァしない。中にゃァ古本屋のほうから、〃あの本ありませんかね、ありゃァ一冊千円で買いますよ〃なんていってくる。モノがあべこべです。実ァ、あの本も、小島さんが、あたしのしゃべるのをきいては、まとめてくれたんです。

そんなわけで、小島さんは、あたしのことを万事心得てるから、こいつァ具合がいい。モノを書いたりする人や銀行てえものは、信用がなくちゃァいけない。

あたしのとこの貧乏暮らしなんてえものは、電車のレールみたいに、はじめっからしまいまで、ズーッと続いていますが、とびっきりの貧乏てえと、関東の大震災のあとの笹塚から、業平《なりひら》のなめくじ長屋のころでありまして、その時分の話をしているうちに、かかァのやつァ、むかしを思い出したんでしょう、いきなりワアワア泣き出しゃァがった。別に泣くこたァないと思うんだが、実にどうも、そのくらいの貧乏だったんですな。そういうことでもなんでも、こんどはそっくりしゃべっちまった。万事あからさまなんですよ。

この年ィして、もう恥だの外聞だのいったって始まらない。あたしのデタラメな生き方てえんですか、強情一筋の暮らし方てんですか、そういうものが、いくらか人さまのご参考になりゃァ、あたしはなにもいうこたァありませんよ。だから、この本てえものは、以前の『びんぼう自慢』より、もうひとつくわしく、あたしのことが出ております。本当に決定版てえ本です。

昭和四十四年八月

古今亭志ん生

明治愚連隊

本家は三千石の旗本

ウソは大きらい

ええ、昔から、貧乏をあつかった小ばなしはたくさんあります。

この上もない貧乏人のところへ、盗ッ人《ぬすと》が入って、そこいらを捜したが、何にもありゃァしません。亭主はてえと、せんべえ布団《ぶとん》をひっかぶって知らん顔をしている。

「ええ、いまいましいな。こんなに何もない家ははじめてだ」と小言《こごと》をいう。亭主がおかしいので、クスッと笑うてえと、盗ッ人が、「やい、やい、笑いごとじゃァねえよ」

　また、そうかと思うと、金をひろってうれしかったという話をきいた吝《しわ》い人が、「そんなにうれしいものなら、よし、オレもひとつひろってみよう」てんで小《こ》銭《ぜに》を持って来ましてな、タタミの上にほうり出してはひろってみるが、別にうれしくも何ともありゃァしません。

「ちぇッ、こんなものがなんでうれしいんだい、ばかばかしい」てんで、ほうり投げ、ほうり投げしているうちに、コロコロところがって、どっかへ行ってしまった。さァ、困って、あっちこっち血眼《ちまなこ》になって捜して、やっと見つけて、「あァ、あったあった。なるほど、こいつァ、たしかにうれしい」

　また、そうかと思うと、用があって表へ出かけると、向こうから心安い友達が来るので、ポンと一つ背中ァたたいて、「よう、貧乏神、どこへ行く」と声をかけると、「うん、今からお前《めえ》ンちへ行くところだ」と行きすぎる。ええ、いまいましい野郎だなァ、とブツブツ言いながら用事ィすまして帰りしなに、またさっきの友達が来たので、こんどは背中をなぜながら、「おや、福の神、これからどちらへお出かけで」ときくてえと「おォ、いま、お前ンちから出て来たところよ」

　いろいろとあるものであります。

　こんな具《ぐ》合《あい》で、貧乏人というものには、どこまでも貧乏がついて回るようにできているのであります。只今から「びんぼう自慢《じまん》」てえことにつきましていろいろとあたしの自伝みたいなことを申し上げるわけでありますが、出てくる話はってえと、どうもこの小ばなしの親戚《しんせき》のような面目ない話ばかりでありまして、あんまり学校で教えてくれるような立派《りっぱ》な話は出て参りません。

あたしは、昔からこの年になるまで、ウソをいうことが大きらいで、未《いま》だにウソと坊主の頭《あたま》だけはゆったことがありません。これからいろいろと申し上げることにつきまして、

「どうせ、落語家《はなしか》のいうことだァな、おもしろいことをいって人を笑わせるのが商売《しょうべえ》だから、半分は与太《よた》だろう」

なんてえことをおっしゃる方がいらっしゃるかもしれませんが、恥は恥、失敗は失敗で、素《す》のまんま申し上げるわけで、正真正銘《しょうしんしょうめい》かけ値なし……どうぞ、そのおつもりでおつき合いを願っておきます。

本名・美濃部孝蔵

あたしだって、いきなり大人《おとな》になったわけではありません。やっぱり親もあれば先祖もある。「おや、ちょいと、この坊や、可愛《かわい》いじゃないの」なんてことをいわれた

子供のころだってあったんですよ。

あたしの本名はてえと美濃部孝蔵《みのべこうぞう》てんで、明治二十三年六月五日の生まれであります。教育勅語が降下になったのが、その年の十月だから、あたしのほうが教育勅語より少うし兄貴《あにき》てえことになる。東京都知事をやってる美濃部さんは、別に親戚じゃァありません。

親とすれば、これでも「大いに親孝行をして、蔵《くら》の一つも建てておくれよ」というような希望をもって、つけてくれた名前だそうですが、どうもこと志《こころざし》と違うのが世の常でありまして、あたしの場合なんぞ、ガキの時分から手のつけられない親不孝もんで、道楽ゥさんざんしたあげく、勘当同様に家《うち》ィ飛び出したっきり、とうとう両親《ふたおや》の死に目にもあえなかったんですから、親の思惑《おもわく》とはまるであべこべになっちまって、実にどうも、申しわけないったらありゃしません。

そのかわりといっちゃァなんですが、いま、あたしのとこは子供が四人いて、せがれと娘と半々ですが、みんな立派に成人をして、息子たちはあたしと同じ商売に入って、いろいろと親孝行してくれております。あたしが、おやじにつくせなかったことを、あたしの子供たちがあたしにしてくれているんですから、全くありがたいわけのものであります。

あたしんとこは、おやじの代まではさむらいだったもんだから、昔の戸籍にゃァ、士族《しぞく》なんて書いたものです。

さむらいたってヘッポコじゃァなくって、徳川の直参《じきさん》で八百石ばかり取っていた。もっともね、美濃部家の本家《ほんけ》てえのは三千石の知行《ちぎよう》を取っていたというから、こりゃァ旗本の中でも大看板です。下手な大名なんぞ、ブルブルッとくるくらいのもんですよ。

美濃部重行《しげゆき》てえのがあたしの祖父《じい》さんで、このひとは槍の指南をしていて、小石川の水道町……いまの水道橋のあるあたりの、小高いところの、とほうもなく大きな屋敷に住んでいた。

あたしがガキのころ、よくおやじから、「この辺がそうだったんだよ。ズーッと向こうのほうまでなァ……」なんてえことを、きかされたものであります。

美濃部家の菩提寺《ぼだいじ》てえのが、そこからそう遠くない江戸川橋の近くにあって、門のところに徳川家の葵《あおい》の紋なんぞついている。〝お閻魔《えんま》さま〟で知られた還国寺《げんこくじ》てえ寺で、本家の墓なんてえのは、すばらしく立派です。「あっちのが二千石の家の墓だ。ほおら、うちのほうがデッかいだろう」なんて、おやじが説明してくれるのをきいて、子供心に、なるほどウチの先祖は三千石だったんだなァと、大変鼻が高かったことを覚えております。本家が三千石で、あたしんとこが八百石ということは、つまり、祖父さんの代か、その前の代あたりに分家したんでしょうなア、要するに〝分《わ》け美濃部〟てえところです。

　この祖父さんて人は、あたしのガキのとき、もうかなりの年で……そりゃァ、当たり前のことですが、あたしもよく覚えてます。こないだ命日をしらべてみたら、明治三十六年の三月に、七十いくつでなくなっている。

　その連れ合いの、祖母《ばあ》さんてえ人も、だいぶ長生きしてたから、あたしも知っているが、いい女でしたねえ、なんでも田安《たやす》家の親戚関係だったそうで、きれいで上品で、物腰がやわらかくって、裏長屋に置いとくなんざ、もったいないほどの婆さんでしたよ。

おやじの名前はてえと盛行《もりゆき》で、お袋のほうがてう（ちょう）というんですが、このおやじてえ人が大変な道楽ものでして、八百石の若様だから、何一つ不自由なんぞないはずなのに、どういうもんだか家にジッとしていない。表ェ出て、着物や大小《だいしょう》なんぞどっかへあずけて、頭髪《かみ》ィなおして町人の風《ふう》をして、そいでもって吉原へ行ったり、寄席へ出入りして遊んでばかりいる。

「金ちゃん」てえ友達がいて、これがやっぱり同じ水道町の紺屋《こうや》のせがれで、のちに

「ステテコの円遊《えんゆう》」で鳴らした三遊亭円遊なんです。本名が竹内金太郎だから「金ちゃん」というんだが、芸事《げいごと》が好きで、新宿のタイコ持ちからはなし家になったそんな時分だから、うちのおやじとしじゅう遊んであるいてばかりいる。祖父《じい》さんにとっては、不肖《ふしょう》の息子《せがれ》だったんでしょう。でも、旗本《はたもと》の働きどころは、例の御《ご》一新《いっしん》前後のゴタゴタで、上野の戦争のときなんぞ、槍を持って大層働いたなんてえ話を、よく自慢がてらきかせてくれたものであります。

慶応が明治になる。廃刀令が出る。斬髪令《ざんぱつれい》が出る。世はまさに文明開化となる……なんてえことになりますと、さァ、おさむらいなんてえものは、陸《おか》に上がった河童《かっぱ》みてえなもので、さっぱり役に立ちません。

おやじの武勇伝

土地だの屋敷だのなんてえものは、そっくりお上《かみ》に取りあげられてしまったが、その時分の政府は、取りあげるばかりじゃァなんだろうからてんで、徳川直参のものにだけ、いくらかずつ、分に応じたゼニィくれたんだそうです。あたしんとこへは八百両くれた。物の安い時分の八百両てえから、そりゃァ大層な値打ちですよ。

これを元手に、なんか商売でも始めりゃァいいのに、おやじの考えてえのはわからないもんで、土地ィ買って家を建てた。その土地てえのが、本郷の切通《きりどお》しの、岩崎さんの邸のあった向かい側のところで、家はなに様《さま》のお邸《やしき》だろうというような、とほうもないものをおっ建てたから、それだけで四百両かかったそうです。

それで商売は何をしていたかってえと、警視庁の「棒《ぼう》」なんです。棒てえのは早く言えばお巡《まわ》りさんのことで、巡査がサーベルなんぞをガチャガチャ鳴らすようになったのは、ズーッとあとのことで、おやじの時分は長い棒を持って、「おい、こらッ!」やなんか言って、そこいらを歩いていたものであります。世間の人は、みんな「棒」とよんでいた。

そんな棒をつとめて、わずかばかりの月給もらってる人間に、大邸宅なんぞ必要ないでしょう。「べらぼう」てえのは、こういうことなんですよ。間もなく、そこを売って、五軒町を右へはいった亀住町《かめずみ》……只今は千代田区外神田五丁目てんですか、この裏長屋へ引ッ越したんですからくだらない。あたしは、そこで生まれたんです。

もっとも、おやじにきくと、誰か知った人から金ェかりるについて、保証人の判を押してくれってたのまれた。「美濃部さんの判がありゃァ大丈夫だ」てんで、大枚《たいまい》の金をかりた。そうしたら、本人がポックリ逝《い》っちゃって、おやじが借金をかぶって、そこの家を売っちゃうような羽目になったそうですから、うかつに他人《ひと》さまのために判なんぞ押すもんじゃァありません。近ごろのテレビでも、同じようなことをいってましたよ。

　そこの家は、ズーッとあとまであって、たしか今でも、あそこのところに、庭園つきの立派な邸宅が建ってますよ。こんな家がありゃァ、あたしは今ごろ左うちわでね、芸者なんか傍《わき》ィはべらせて、いい酒ェのんで、芸人なんぞも一流を呼ぶね。落語の文楽だの、円生なんぞを呼んで、「あァ、君たちに小遣いをやろう。いくらいるかね、あァ、百万円ポッチでいいのかい、あァ、ウン……」なんて、やっていたに違いない。

　おやじは、「棒」ではいろいろと働きがあったようでありまして、一番の自慢はてえと、玉子屋のあるじ殺しの賊《ぞく》てえのをつかまえたときで、何でも、ある夏の晩のこと、天神下の玉子屋に賊が入った。あついさかりだから、戸なんぞもあけっ放しだったんでしょう。裸で寝てるところへ、そいつが忍び込んで「やい、金ェ出せ！」と日本刀をギラリと抜いた。そこには、お直ちゃんといって十ばかりの可愛い娘がいる。「金ェ出さねえと、このあまっ子の命ァねえぞ」とかなんとか凄《すご》んだんでしょう。

　あるじは青くなって、押し入れから、金ェ出そうとして、立ち上がった。そいつを、賊のほうは、手向かいするために、刀かなんか出すんだと思ったんでしょうねえ、その時分は、どこの家にも、守り刀といって、日本刀の一本や二本は、タンスの中なんぞにしまってあったもんですよ。

ダァーッと斬りつけた。裸のところを、うしろから袈裟懸《けさがけ》じゃァたまりません。かなり体格のいい人だったそうですが、「ギャーッ」とぶっ倒れた。「ドロボーッ、人殺しッ！」てんで、お直ちゃんが叫ぶ。賊の奴ァ、銭ィつかんで横っとび。

さァ、そこで、非常線です。

いまでも、上野の松坂屋の前の、黒門町のところに、交番があるでしょう。ウチのおやじは、そこの交番が縄張りで、それに家もすぐ近くだから、まっ先に飛び出した。あっちこっち回って、湯島天神の男坂《おとこざか》を、下からうかがっていると、上からトントンと降りてくる奴がいる。こっちの姿を見た途端、足が曲った。足さきを外に向けて、すぐ横へ逃げようとする足です。商売がら、くさい奴てえのがすぐにわかったから、

「待てッ！」

奴さん、すぐ逃げたから、「こらッ、待たないかッ！」てんでもみ合う。もみ合ってるうちに、刀の鞘《さや》が走って奴さん手前《てめ》ェで手前ェの指さきを切っちまった。エリッ首をつかまえてから、羽交紋《はがいじ》め。忠臣蔵の加古川本蔵《ほんぞう》ですな。そうして、ピリピリッと呼び子を吹く。

こういうところは、道楽ばかりしてたといっても、やっぱり旗本の若旦那だけのことはありますよ。そのうちに、笛ェきいて、仲間の棒だの探偵《たんてい》だのがバラバラッとかけつけて、「こりゃ、神妙にいたせ」てんで、高手小手にしばりあげるという、その時分としては、稀《まれ》に見る大捕物だったそうですよ。

この賊てえのが、八木ナニガシッて名前だから、八木って名前の人に会うたびに、いまだにおやじの手柄を思い出してしようがない。玉子屋のおやじさんは、賊がつかまったときいた途端、元気を取りもどして、間もなくすっかりよくなって、おやじのところへ礼に来た。それから、「さすがに美濃部さんだよ」てえんでね、おやじの株は上がって、棒のほうでも、だいぶいい看板になりました。

「玉子屋のあるじ斬られて、キミわるし」なんてえ、落語のサゲみたいなものが、その時分の新聞に出ていたてえから、考えてみますと、明治はノンキだったんですねえ。もっとも、こりゃァ、あたしが生まれる前か、赤ン坊時分の、おやじ武勇伝ですよ。

あたしの兄弟はてえと、まん中に女ァはさんで男四人の五人兄弟、あたしはその末っ子に当たります。ところが、みんな三十の声もきかないうちに早死にしちまって、あたしひとりが残っちゃった。短命の血統かと思うとそうじゃァない。さっきもいったように、祖父さんも祖母さんも、七十すぎまで長命しましたよ。

早死にした兄貴たちも、親ゆずりてんですか、みんないずれ劣《おと》らぬ道楽者でしたが、あたしとくるてえと、それに輪をかけた道楽者で、十歳《とお》にもならないうちにもうバクチは打つ、わるさはする。わるい友達が大勢いるから、遊んで歩いて、親たちのそばになんぞいたこたァない。おやじの年金の証書が金になることを知ってるから、そいつを持ち出して抵当《かた》に置いて金ェ借りて、みんな悪いことに使っちまうてんですから、おやじはカンカンになる。おふくろはかなしがって、泣いてばかりいる。

卒業ま近に退学させられて奉公へ

下谷《したや》の小学校へあたしゃァ通ったが、その時分は尋常小学校といって四年まで通えば、もうよかったんです。その上に高等科が四年あるが、よっぽど家庭が豊かでなきゃァ、高等科なんぞいきゃァしません。

あたしは、その尋常四年生を、もうじき卒業てえとこで、品行がまるっきりよくないからってんで、退学にされちゃった。

「奉公に出しゃァ、少しは素行《そこう》もおさまるだろうから……」

なんてことをおやじと兄貴で相談して、あたしゃァ十一のときから、あちこちに奉公に出されたが、ちっとも辛抱《しんぼう》しないで、すぐもどって来てしまう。どこへ行ったたって、長くて五日か一週間、どうかするてえと、その日のうちに帰って来る。

連れてってくれた人より、あたしが帰ってきたほうがひと足早いなんてえこともあるから、おやじももう手がつけられない。随分、いろんな店ェいきましたよ。

東京だの、横浜あたりじゃァ、とてもダメだろうから、どっかウンと遠くがいいだろう。海の向こうならもどれないだろう……てんで、ひとのことを犬の仔《こ》かなんかとまちがえている。

あたしを朝鮮へやっちまうことになった。もちろん、はじめっからそんなことをいえば、あたしがことわるにきまってるから、いろんなうまいことをいって、あたしを送り出した。ひょいと気がつくってえと、下関から船にのせられて、朝鮮へ渡って、京城へ行ったんですよ。別に人さらいじゃァない、向こうで日本人のやってる印刷会社かなんかが、小僧を募集したんですね。あたしと同じような子供が五人ばかりと、大人もいましたよ。

あたしは、だまされたとわかると、無茶苦茶に腹が立ちましてね、メシなんぞ三日も四日も食やしない。

「たべないのかい」

「ハラがいてえから、いらねえよ」

「だって、お前、なんかたべなきゃァ、死んじまうよ」

「帰してくれなきゃァ、ほんとうに死んじまうぞ」

てえ具合《ぐあい》だから、向こうの人もおどろいた。よそから預かって来た子供を、殺しちまうわけにゃァいかんでしょう。

「そんなら、帰してやるが、ひとりじゃァ、とても東京まで帰れないだろう」

「帰れるさ。かえってひとりのほうが、気楽でいいよ」

てえんで、あたしはひとりで帰って来た。その時分、京城から新橋（東京）まで、たしか汽車賃が十四円ぐらいでしたよ。

あたしが、「只今ァ」って、家《うち》ィ帰って来たときの、おやじのおどろいた顔ったらなかったね。

もう、それからは、二度とふたたび、あたしに奉公に行けなんて言やァしない。あたしゃァ、また勝手気ままに、そこいらを遊んで歩くって寸法です。

そのときの船の旅のつらいことといったらなかったね。しまいには吐くものがなくなって血まで吐いた。あたしののりもの嫌いは、このときがはじまりです。

おそるべき少年時代

物心つくころから寄席通い

落語家《はなしか》なんてえものは、考えてみますてえとヤクザな商売で、いいご家庭の出身で、頭がよくっておとなしくって親孝行で、遊ぶことは将棋も碁も知らない、女の子の手なんぞにぎったこともない、中学校から高校を優等ですませて、そうして東大を一番で出た……なんてえ二宮金次郎の子孫みてえな人は、あんまりこの道へ入って参りません。たいてい、どうも、道楽がすぎて、どうにもしようがなくなって、おまんまをたべるために、ズルズルとこの商売に入ったなんてえのが多い。

あたしが寄席《よせ》へ行くようになったのは、物心つくころだから随分と古いことです。もっとも、あたしが一人で行くんじゃァない。おやじや兄貴が連れてってくれるんです。上野の鈴本《すずもと》なんぞすぐ近いから、夜道を提灯《ちようちん》つけてよく行きました。

鼻《はな》ッたれ小僧の時分だから、落語なんぞはきいたってわかりゃァしない。なにかねだって買ってもらうのがたのしみだから、たいくつすると人の前でわざと泣いてねだる。親ァしようがねえから買ってくれるでしょう。たべちまうとまたねだる。よくない習慣《しゅうかん》ですよ。こういうのはやっぱり、親のほうがわるいんでしょうねえ。

あたしの家は、間もなく神田から浅草の新畑町《しんはたまち》へ引ッ越しましたが、その時分の浅草はてえと十二階（凌雲閣《りょううんかく》）の下なんぞ、あやしげな銘酒屋《めいしゅや》がウンとあって、箸《はし》にも棒にもかからないようなわるい野郎がウヨウヨいたもんです。子供の教育になんぞいいわけがない。もっともあたしみてえな子供にはもってこいですが……。

あたしは、十三、四でもう酒ェくらっていたんですが、酒屋でそんな年ごろの子供に、平気で酒ェ売るんですからしようがない。そのくせ、タバコ屋のほうはてえと、子供にゃァ売ってくれない。うっかり吸っているのをお巡りにめっかると罰金を取られるし、売った店だって叱られます。随分片手落ちだと思うが、あたしの考えでは、子供のうちにタバコをやると、もの覚えがわるくなるからでしょうねえ。

講釈場《しゃくば》（講談の定席）は浅草に金車《きんしゃ》、田町に岩勢亭《いわせ》、神田に小柳《こやなぎ》なんてえ具合で、あちこちに随分あったから、吉原の朝帰りの客なんぞ、ゆンべの疲れをとりに寝に来る。ヒマつぶしに行くのには都合がいい。講釈もこんな具合で、よくききに行きました。

ゼニィ持ってえと、吉原へ素見《ひや》かしに行く。帰りはまた銘酒屋へひっかかったり、賭場《とば》へ顔ォ出したり、そうでなきゃァ講釈場で寝っころがってたりして、勝手なことばかりしているから、おやじが怒るのも無理はありません。

槍に追われて家を飛び出す

おやじてえのは、自分が若いころ道楽したことは棚《たな》に上げて、せがれを意見するときだけはやかましい。昔、さむらいだったころの槍《やり》の下地《したじ》があるから、子供なんぞにツベコベいわせやしない。

あるとき、金にこまって、あたしは、ひょいと考えて、おやじのキセルを近所の質屋へなにしちゃったんです。その時分はてえと、みんなキセルに金ェかけて、お互いに自慢し合ったもので、おやじだって、随分といいものを何本か持っていた。その中で、赤銅《しゃくどう》に金をあしらったとびっきり上等の奴《やつ》を、あたしが持ち出して曲げ（入質する）ちまったんだから、さァ、大変！

巡査ァやってるから、こういうのを見つけるのは早いですよ。

夏のころで、あいにくあたしは家にいて、猿叉《さるまた》一つで昼寝をしてるところへ、お袋がバタバタバタッと、青くなってとんで来て、

「こ、孝ちゃん、お逃げよッ！」

てえから、びっくりしてとび起きると、

「お前があんなことをしたもんで、おとっつあんカンカンだよ。マゴマゴしてると突ッ殺されるよ！」

あたしゃァ、裏口へすっとんで、ソーッとのぞくてえと、おやじは長押《なげし》にある槍をおろして、そいつをしごきながら、

「あンちきしょう、どこへ行った。槍玉《やりだま》にあげてやる、ウーム！」

って、まっ赤になってうなってる。お袋のほうは青くなってるから、何のこたァない交通信号です。

世が世ならばなんでしょうが、明治の御世《みよ》に親が子供を突ッ殺すなんてえことはできやしない。でも、親父の気性なら、ひょっとするとやり（槍）かねない……なんてえノンキな洒落《しゃれ》をいってる場合じゃァありません。お袋がこっそり持って来てくれた着物を着て、あたしはズラかりました。

ほとぼりのさめるまで、当分家へ寄りつかないほうがいいだろうってお袋もいうし、あたしもそう考えたからです。

それ以来、あたしはとうとう家にもどらなかったんですから、あたしの強情《ごうじょう》なことォ知ってるから、おやじのほうもあきらめちまったんでしょうねえ。ですから、親のなくなったてえ話だって、あとから、他人《ひと》にきいたんです。

お袋さんのほうが先になくなって、明治四十四年です。親父のほうが大正三年十二月ですから、考えてみると、その時分、あたしは、はなし家の卵になって、苦労の最中です。

それっきりじゃァ申しわけないので、ついおととし（昭和四十二年）の夏でしたよ。寺に新しい墓ァつくって、おやじやお袋や、兄弟たちの霊を、改めて供養《くよう》しましたが、こんな親不孝の見本みてえなあたしも、今になって、しみじみとあの時分をふりかえってみますてえと、やはり環境てえものが大事だなァと思いますねえ。

おやじがきびしすぎるから、家ィ寄りつかない。表ェとび出すと周辺《まわり》がよくない。下町《したまち》の子供なんてえものは、大人のわるいところばかり真似《まね》をするんですね。道楽なんてえものは一度覚えたらやめらりゃァしません。

子供の教育てえものは、ほんとうにむずかしい。文部大臣だの、大学の先生なんてえ商売は大変ですよ。あたしにはとてもつとまらない……。

モーロー車夫の手引きで落語家に

さァ、うちを飛び出したあたしは、ほうぼうに悪い友達がいるから、あっちこっちでグズグズしている。二年ばかりがすぐたっちまった。

本所のある友達のところにころがりこんだが、かつおの生《なま》り節《ぶし》のうでた奴を食ったせいか、腹がくだってしようがない。前からそこの家でへんなことといわれてたんで、またそこを飛び出した。夏のことで、滝《たき》みてえな夕立ちが降ってやがる。腹はくだる。上も下も滝のようだ。歩いたまんまくだってるてんですから、あまりしまりのいい話じゃァありません。

どこへ行こうかなと思って、ひょいと思いついたのは浅草の富士横丁にいる清《せい》さんとこです。清さんてえのはモーロー車夫をやっている。モーロー車夫てえのは、どこの盛り場にも、車夫のいる場所がちゃァんとあるのに、そういうところにいない。モグリで商売やってるから、若い娘なんぞが歩いて行くと、大きな声でからかったり、甘い客だと思うてえといんねんをつけて銭《ぜに》ィゆすったりする。昔の、道中の雲助《くもすけ》みたいな奴《やつ》だが、結構商売になるとみえて、そんなのがあっちにもこっちにもいたもんです。清さんとこは兄貴が定《さだ》さんというんだが、兄弟してモーローをやっている。定さんのおかみさんてえのは耳が遠い。

あたしが、からだじゅうびしょ濡《ぬ》れになって、清さんとこへとび込むてえと、

「おう、孝ちゃん、どうしたい。いやにからだじゅうがくせえな」

「くせえなァあたりまえだ、腹ァこわして、どうもこうもしようがねえ」

「まァ、とにかく、着物をおかえなよ」

てんで、まともな着物はありゃァしないから、かみさんの浴衣《ゆかた》に半纏《はんてん》をかりて、どうにか人心地がついた。ここにしばらく居候《いそうろう》をきめこんでみたが、長く続くわけはない。

「遊んでばかりいたってしようがねえだろうから、何かしたらどうだい」

「何かおしよったって、ワシにできる商売なんぞないよ」

「孝ちゃん、お前は口《くち》が達者なほうだから、どうだい、はなし家は」

「おう、はなし家ならいいかもしれねえな。前からなってみてえなと考えたこともあるから……」

「そうかい、じゃァちょうどいいや。オレの心易《こころやす》い友達が、円喬《えんきょう》の俥《くるま》ァひいてるから、そいつに頼んでみてやろう」

てんで、清さんがすすめてくれた。

その時分はてえと、はなし家の看板どころは、みんな俥にのって、寄席から寄席を回ったもんです。誰《だれ》が見たって、いい商売だなァと思うが、実は見栄《みえ》でのってるんだから、ふところの中は苦しい。

ひと晩に、俥やに払う金が七十銭ぐらいで、はなし家のほうのワリはてえと六十銭

ぐらいだから、とても払えやしません。俥やだってはじめのうちは「師匠、師匠」なんてお世辞をいってるが、しまいには、

「しようがねえなァ、こっちだって、道楽で俥ァひっぱってるわけじゃァねえや」

なんて、きこえよがしに不服をいったりする。

あるとき神田の松喜《まつき》てえ鳥料理屋で、はなし家が寄り合いをやったとき、三遊亭円左《えんさ》てえ人が、ひとりおくれて俥で来たんです。ところが遠くからのって来たんじゃァない。すぐとなりに白梅亭《はくばいてい》という寄席があって、そこの表で、俥やァつかまえて、

「二銭出すから、となりまで、景気よくたのまァ」

なんてんでのって来たんですよ。

橘家円喬《たちばなやえんきょう》てえ師匠は、その時分の大看板だから、ちゃァんとお抱《かか》えの俥やがいる。清さんがきいてくれると、「ああ、よかったらおいでよ」てえ返事だそうです。どうせ、はなし家を志すんなら、しっかりした師匠の弟子になるにこしたことァないから、あたしにとっては渡りに船。すぐ師匠のとこへ行きました。

その時分、師匠はてえと歌舞伎でおなじみの玄冶店《げんやだな》……いまの人形町末広てえ寄席のわきをはいったところでありますが、そこに住んでいたから「玄冶店の師匠」とか、その前は日本橋の住吉町に住んでいたから「住吉町さん」なんてよばれていたんです。

あたしが数えの十八歳のときであります。

あたしが、家を飛び出さないで、まじめにつとめていて、それではなし家になりたいといったら、芸ごとの好きなおやじだから、きっと、友達の「金ちゃん」とこへ紹介してくれたでしょう。

金ちゃんてえのは、前にもいった初代の三遊亭円遊てえ師匠で、「鼻の円遊」だの「ステテコの円遊」てんで、ひところの売れ方なんてえものは、大変だったそうですな。

昼、夜入れて、一日に三十軒近くかけ持ちをする。楽屋へとび込むと、誰が上がっていようとおかまいなしで、途中でひきずりおろす。高座へ上がると、いきなりステテコで笑わして、五、六分もつとめると、待たしてある俥にとびのる。いよいよ忙しくなるてえと、木戸からとび込んで、客席の中を珍妙な手ぶりで、花道伝いに高座まで歩く。ニヤッとひとつ笑って、大きな鼻ァつまんで捨てるまねをして、客が笑いころげているうちに、もう裏口から消えるてんですから、もう人間わざじゃァない。

円遊も大変だが、俥ァひいてる俥やが大変で、五回めにゃァ血へどを吐いたという。この俥やァやっていたのが、のちに円遊の弟子になって、百面相だの玉のりだのをやった円六てえ人です。

人気てえものはおそろしいものだが、あたしらのガキの時分にゃァ、もうすっかりダメになって、あたしは子供心にも、この円遊てえ師匠の高座を思い出せない。明治四十年の十一月二十六日に、五十九歳でなくなってるから、あたしとは落語界の入れ違いになってしまった。

円喬さんとは、同じ円朝門下の兄弟弟子ってことになるわけでありますが、むろん円遊のほうが先輩です。

見習から前座へ

仲間にきらわれた円喬師匠

あたしのはじめての師匠、円喬てえ人は、そのころまだ四十かそこいらだったが、なにしろ、もう二十代のころから名人だなんてえことを言われて、騒がれていたほどですから、すっかり地位を築いていました。人気もあったし芸もうまかった。有名な三遊亭円朝という大師匠《おおししよう》の高弟で、芸では円朝より円喬のほうが上かもしれないなんてことをいうお客さんもあったくらい。円遊の滑稽《こっけい》とは違って、本格的な芸です。天才ですな。あたしはもちろん、大師匠は知りゃしません。

大師匠が三遊亭だから、当然円喬も三遊亭じゃァないかと思って、ある人が、「師匠の亭号《ていごう》は三遊亭ですね」ときいたら、「いいえ、わたしは橘家ですよ」と答えて、以来橘家になっちまったそうでありますが、こんな横車を押し通せるほど、貫禄《かんろく》もあったんですね。もっとも円朝ゆずりの大きなはなしをするときなんぞ「三遊亭」のほうを使ったこともあります。

ところで、この師匠てえ人は、どこでも敵をつくっちまうんです。楽屋で出を待っている間、ジーッと高座に耳をすませていて、その人がおりて来るてえと、

「お前さん、あそこんとこは、あれじゃァいけないよ……」

なんて、まわりにどんな人がいようが、思ったことをズケズケいっちまうから、相手が若い人ならよござんすが、売れてる人だてえと面白かァありませんや。

「あいつと一緒じゃァ、あたしゃァいやだよ」

なんてんできらわれてしまう。

こんな具合《ぐあい》で、一緒に寄席へ出ることをいやがる仲間がふえてしまったから、

「べらぼうめ、そんなせめえ了見《りょうけん》の奴らなら、こっちの方でお断わりすらァ、オレは

独立して商売するよ」

ということになって、ひとりであっちの寄席、こっちの高座を回るようになった。だから、前座の若い衆が足りない。ちょうど、向こうでもこまってるところへ、あたしがとび込んで行ったから、話がトントンといったんじゃァないかと思います。

はじめに師匠が、

「お前は、メシ好きかい？」ときくから、

「めしィ食わなきゃァ死んじまいます」と答えるてえと、

「メシを食おうなんて了見じゃァ、とてもだめだぞ」

といわれた。その時分はよくわからなかったが、はなし家でノウノウと暮らせるなんぞと思ったら大間違いだ、食うことなんざあと回しにして、芸の苦労をしなくっちゃ、とてもいい芸人にゃァなれねえよ、てえことを教えてくれたんでしょうねえ。あとになってこの言葉ァ随分と身に滲《し》みました。

最初の名が三遊亭朝太

あたしが、円喬師匠のところへ弟子入りして、最初につけてもらった名前が三遊亭朝太《ちょうた》てんですが、いま考えてみるてえと、なかなか若々しくていい名前です。円喬師匠が若いころやっぱりこの名前をつかっていたそうでありまして、うちの強次《きようじ》（次男・志ん朝）が、はなし家になりてえといったときに、あたしは迷わずこの名前をつけてやりました。

さァ、この朝太を振り出しに、あたしは今までに、高座の名前を十六ペンばかりとっかえておりますが、中には一年足らずなんてえのもあり、また同じ名前をもう一度なんてえのもあって、思い出すのもなかなか骨が折れますよ。

朝太でしばらくやっていて、そのあとが三遊亭円菊《えんぎく》で、このとき、「二ツ目《ふため》」となり、それから古今亭馬太郎《ここんていうまたろう》、全亭武生《ぜんていぶしょう》、吉原朝馬《ちょうば》、隅田川馬石《ばせき》、さァそれから金原亭《きんげんてい》馬《ば》きんとなって、ここで「真打《しんうち》」の看板をあげたのでありますが、どうもうまくいかない。

古今亭志《し》ん馬《ば》てえことになったところで、講談の芦洲《ろしゆう》（三代目）さんのところへころがり込んで、小金井芦風《こがねいろふう》。そのうちにまたはなし家が恋しくなって古今亭馬生《ばしょう》、それから先代の三語楼（柳家）さんとこの身内《みうち》になって柳家東三楼《とうざぶろう》。柳家ぎん馬、柳家甚語楼《じんごろう》から、二度目の古今亭志ん馬。そうしてもう一度昔にかえって、金原亭馬生をもらい、そのあと昭和十四年に志ん生の五代目を襲《つ》いで、ズーッと今日に及ぶ……てえわけでありますが、芸人にとって折角《せっかく》、ひとさまから覚えていただいた名前を、ちよいちょいかえるなんざァ、あまり得なことではありません。

あたしの場合なんてえのは、いつまでも同じ名前でいるてえと、借金取りが追っかけて来やがってしようがねえという、実にどうも、やむにやまれぬ事情なんぞが多くってあまり自慢にゃなりません。

いろいろと、順に申しあげることにいたします。

円喬の四軒バネ

師匠の人気なんてえものは大変なもので、「円喬の四軒《よんけん》バネ」なんてことをよくいわれた。そのころの東京にゃァ……むかしの東京だから、今みてえに広かァない……寄席が六十軒ぐらいありましたかな。そん中の一流といわれるいい席を、師匠は四軒ぐらい掛け持ちするんです。牛込へ行って浅草と両国を回って、最後は四谷なんてえ順で、俥《くるま》でとんで歩く。

体《からだ》ァ一つだから、どうしたって時間の都合で、この中の三軒ぐらいは浅いとこへ出るようになるでしょう。席によっちゃァ『円喬、七時二十五分上《あが》り』なんてえビラを表へ出すわけです。お客は円喬だけがお目あてだから、その時間になるとドンドンつっかけるが終わるとサーッと帰っちまう。それまで四束《よんそく》……一束てえなァ百人のことですから、四百人もいた客が、たちまち一束二、三十に減っちまう。あとにゃ、へたくそが出るから、客はもののついでにきいてるみたいなもので、円喬が終わった途端《とたん》が、もうハネたと同じことだてんで、四軒バネなんていわれたんですよ。

この師匠にくっついて、あっちこっち歩いたことは、随分勉強になりました。あるときなんざ、師匠が高座に上がってる。楽屋に大勢いるから、あたしも用事をいろいろ手伝っていて、ひょいと気がつくてえと、どうも外の様子がおかしい。雨が降って来たらしい。

「弱ったな、降ってきやがって……傘《かさ》はねえし、帰りはどうしようかな」

とひとりごとをいったら、そばにいた当時の円楽《えんらく》てえ人が、

「雨じゃァねえよ。師匠が『鰍沢《かじかざわ》』をやってるんだよ」

おどろきましたね。

『鰍沢』てえはなしは、ご案内のように、身延《みのぶ》詣りの旅人が、道に迷う。一面の銀世界で、山路でトップリと日が暮れる。見ると向こうに、一軒の草屋《くさのや》がある。やれうれしやと、案内を乞いますと、一人の女がいる。三十がらみのいい女です。

これが昔、吉原にいた月《つき》の兎《と》花魁《おいらん》のなれの果てで、旅人も前に遊んだことがある。お熊というんですな。一宿一飯の厄介になることになって、玉子酒をつくってくれた

のを呑んで、奥の間でトロトロとなる。お熊は亭主のために酒を買いに表へ行く。そこへ亭主てえのがもどって来る。伝三郎といって、山で熊を撃っては、膏薬《こうやく》をつくって商《あきな》いにしている男。余った玉子酒をグイグイと平らげる。

実は、この玉子酒にはしびれ薬が入っている。旅人が、胴巻きに大枚《たいまい》をもっているのを感づいたお熊が、そいつをうばおうという魂胆《こんたん》でやった仕事。そいつを亭主が呑んだんだから、大変です。

バタバタやっていると、おどろいたのは、奥の旅人。毒ということをきいて、あわてて逃げようとしたが、体がいうことをきかない。毒消しの護符《ごふ》（お守り）を、紙ごとほおばって、雨戸へ体当たりをして、縁側から雪の中へころがり落ちる。

「おい、野郎が感付いて、逃げるようだ。おまえの仇《かたき》はあの旅人、鉄砲で撃ち殺してくるから……」

鉄砲ということをきいて、旅人はあわてて逃げ出す。雪道を踏みわけ、土手のようなところを登ってみると、崖の下は鰍沢の流れでございます。

東海道、岩淵《いわぶち》へ落ちる急流は、矢を射るよう。ドッドッという水勢、うしろをふり向くと、チラリチラリと火縄《ひなわ》が見える……。

「どうか、鉄砲の難だけは、お助けくださいませ、南無妙法蓮華経……」

と、下を見ると、山いかだというものがございます。その上へズルズルと、雪崩《なだれ》とともにころがり落ちた。そのときに、道中差《どうちゅうざし》が鞘走《さやばし》って、こいつが、もやいである（つないである）綱にあたるとプッツリ切れて、ガラガラッ……と流れ始めました。上を見ると、お熊が岩角《いわかど》に片足を踏みかけて、鉄砲を腰だめにして、巣口《すぐち》（銃口）を、こちらに向けております。

「妙法蓮華経……」

と、唱えているうちに、ガラガラガラッと流れて来たいかだが、岩角にあたると、綱がもとより腐っておりますから、バラバラになると、たった一本になってしまった。上では、狙いが定まったか、引金を引くと、旅人のまげをかすって、向こうの岩角に弾《たま》がカチリ。

「あァ、この大難をのがれたのも、お祖師《そし》さまのご利益、たった一本のお材木《ざいもく》（お題目）で助かった」

てえのが、『鰍沢』でありますが、その、川の流れのところをしゃべっているのが、それが、ほんとうに、こう、何てんですか、ザーッと雨が降って来たように思えたんですから、芸の力てえものはおそろしい。

師匠のオハコ中でも、これはとびっ切りのネタでしたね。

人情ばなしなんぞ、いいところで切って、つづきは明晩てえことになるから、毎晩毎晩客がドッドと押しかける。両国（日本橋）の立花家という寄席で、ズーッと演《や》ってるとき、ある晩、ひどい嵐《あらし》になった。本所のほうから、毎晩のようにききに来る客があって、その晩も円喬がききたくって家を出たが、さァ、両国橋の上まで来たところで、強い吹き降りのため、前へ進むことも、あとへもどることもできなくなっちゃったんですね、今でいえば台風何号てえ奴でしょう。その人は欄干《らんかん》へつかまったまま、

「うーん、わしは円喬をうらむ！」

てえ話があるくらい。あたしなんぞも『宝楽《ほうらく》の舞い』なんてえはなしを、楽屋の隅《すみ》ッこでワクワクしながらきいたもので、次はどうなるだろうと、あくる日になるのが楽しみなくらいでした。

こんなに売れた師匠だって、若いころには随分と苦しい思いをしたらしく、一枚しかない高座着《こうざぎ》を質屋へ入れて米を買う。寄席へ行くときゃァ、しようがねえからメシをたく釜ァ質屋へ持ってってって、着物と取っかえる。毎日、毎日、とっかえひきかえ、とっかえひきかえをやったってえ話を、よくきかされたものであります。

一にも修業、二にも修業

布団もなければ蚊帳もなく

そのころの寄席の木戸銭はどうかてえと、いいところで十銭、あと八銭から五銭なんてえところもある。はなし家の給金はてえと、一厘《りん》、二厘、三厘……と順になっている。前座《ぜんざ》が一厘で、こんど掛け持ちをするようになるってえと二厘に上がる。五厘になると、もう真打の部でいばっている。だからよく、はなし家は一文《いちもん》上がりの商売だなんていわれたものであります。

客が一束来るてえと、一厘とってるものは十銭、二厘のものは二十銭、五厘ならば五十銭てえ勘定でゼニをもらう。それを、「割り」というんです。

見習《みならい》を一年ばかりやって、前座になって、あたしも日に十銭もらうようになったが、いくらモノの安いころといったって十銭じゃアどうにもなりゃしない。酒どころじゃアない。メシも満足に食えやしません。

師匠は「メシなんぞ食おうと思うな」というけれど、ほんとうにメシを食わないてえことはつらいものですよ。動くとよけい腹がへるから、朝なんぞ寝るだけ寝といて、体ァつかわないようにしてるが、どうもこうもしようがなくなると、人のふんどしで相撲をとるてえ奴で、誰《だれ》か友達のところへ行ってねだるんです。ところが、向こうからこっちへねだりに来る奴もいる。同じような仲間がウンといたんですな。

そのころは、貸し二階ってえものが、あっちこっちにありました。何しろ人間が少なくって、家が多いてえ時分だから、貸し間なんてえものはどこにだってあった。六畳ひと間で、月に三円ぐらいです。それに、借りるとき敷金《しききん》一つ（三円）くらいは先に入れるんです。

そういうところを友達と二人で借りるんだが、敷金の用意なんてえものがあるわけがない。そこで掛け合いになる。

「あたしたちは寄席へ出てゼニをもらうんだが、これは毎日毎日へえるから、敷金と家賃を毎晩に割って入れるてえことにしたいが、いかがなものでしょう」

「へえ、よござんす、どうせ同じことですから」

てんで借りちまうと、もうこっちのもんです。

引ッ越してえことになるが、ふとんもなければ何もない。風呂敷《ふろしき》に猿叉《さるまた》かなんかくるんで持って行く程度。夜になると、畳の上にそのまんま寝てしまう。夏なんぞは畳に裸で寝るのもオツなもんですが、冬はそういう具合にゃいきません。

本所《ほんじょう》に蚊がなくなって年の暮

なんてえ川柳《せんりゅう》がありますが、その時分の、東京の下町なんてえものは、いまと違って蚊がもの凄《すご》い。いるのいねえのなんてえ生《なま》やさしいものじゃァありません。階下《した》に寝てる人は、ちゃァんと蚊帳《かや》ァ吊っているから、蚊の野郎手持無沙汰《ぶさた》とみえて、二階へドンドン上がって来る。そこには裸の人間が寝ているから、しめたってんで食い放題。いやァ、そりゃァもう、お話にならないくらい凄いもんでした。

下の人がときどき二階へ上がって来て、

「あんたたち、体ァわるくしますよ」

「実は、布団《ふとん》がねえんですよ、布団もねえから蚊帳もねえ……」

「こまるでしょう。どうするんです？」

「どうするったって、ねえものはねえ。これでいいんです……」

乱暴な話だが、実際ねえんだからしようがない。

三遊亭小円朝さん……といったって、いまの小円朝さんのお父っつあんですが、その弟子に清朝《せいちょう》てえのがいて、これがあたしより、三つ四つ年下だが仲がよい。ウマが合うところから、こういうところに一緒に住んだことがあるが、下谷御徒町《おかちまち》の、豆腐屋の裏の、きたねえ二階を借りたときはおどろいたね。家が、こうかしいでいるんですな。二階が、裏の路地のほうへ、いくらか首を曲げている。寝るときは、座敷のまん中へ寝るんだが、朝になると、そのかしいでるほうの隅ッこに、二人とも溜《たま》っちゃっているてんですから、まるで船の上ですよ。

ゼニがまるっきりないから、何かないかとさがすと、清朝がふんどしをしている。「そんなものを身につけてるなんざ、ぜいたくだぜ。ぬぎねえ」てんでね。あたしがそいつを持って、質屋へ行った。あんまりきれいじゃァないし、プーンと臭《にお》いのする奴だから、ことわられましたよ。

まァそんなところでも、ひとり頭、毎晩五銭か七銭入れなきゃァならないのに払えない。いつの間にやら、こいつがつもりつもって、どうしようもなくなる。そういうときは、そこをドロンして、別の家の二階を借りるんです。そこだって、また同じような始末になるから、またよそへ行く。しまいにゃァ、あっちこっち、表《おもて》ェなんぞ歩けなくなっちまう。

それもできなくなるてえと、夜ンなるのを待って吉原へ行くんですよ。吉原てえと豪勢で聞こえもいいが、遊ぶゼニなんぞありゃァしないから、夜っぴいて素見《ひや》かして回る。朝になるのを待って、ゼニのありそうな友達の家へ寄ったりする。

「ゆうべは、遊びに行っちゃってね、いま朝帰りだ」

「そうかい。じゃァ、朝めしでも食べてきな」

てんで、間《ま》がいいとうまく行く。

落語の稽古は歩きながら

そんな生活《くらし》をしながらも、別に干乾《ひぼし》にもならず、病気もせず、どうにか生きていたてえのは、実にどうも不思議なほどであります。

まァ、よくしたもので、貧乏人には貧乏人向きのたべものに芋《いも》てえものがある。それにその時分はうどんかけが一杯八厘で食えた。下谷の佐竹てえところにあるそば屋は、一ぱい一銭だがよそより量が多い。よくたべに行ったもんですよ。


鮭《さけ》の子がうんと取れて、タダみてえな値で買える。「こいつァいいや」てんで、毎日毎日、そいつばかりを食ってるうちに、体じゅうに湿疹《しっ》ができちまって、

「うつるといけねえから、お休みよ」

なんてんで、しばらく寄席を休んじまった。


その時分の、若いはなし家の最大のぜいたくはてえと、「ワニラ」なんです。「ワニ

ラ」てえのは、安い牛めしのことでして、俗に「カメチャブ」ともいいました。どうして「ワニラ」かてえと、屋台でたべている客の足の下で、「ワン公がにらんでいる」……そいつをつめて「ワニラ」ってんですが、誰がつけたかオツな名前であります。一ぱい二銭か三銭くらいでした。着物《きもの》の尻《しり》ィはしょって、そばィ寄ってくるワン公を蹴とばしながら、「おやじさん、もう一ぺえおくれよ」なんてえのは、天下取ったみたいで何ともいえねえいい気持ちでしたよ。

寄席へ行くときや帰るときなんぞ、うっかり電車にのろうもんなら、往復で七銭もとられる。もったいないから、どんな遠いところへも歩いて行くんです。青山だろうが新宿だろうが、尻ィはしょって、羽織を首ッ玉へゆわえてドンドン歩く。下駄《げた》なんぞ減ると大変だてんで、腰ィゆわえて行く。

歩くったって、ただボンヤリ歩くんじゃァなしに、落語をひとりで稽古《けいこ》しながら歩くんです。はなしを覚えるにはこれが一番いい。モソモソいいながら、きたねえ若い衆が歩いて来るから、気違いとまちがえて交番へ届けたりする人もある。こっちははなしに気をとられているから、いつの間にか向こうへ着いているんです。

あたしは、人間はズボラだが、落語《はなし》てえものが好きだから、入って三年間ぐらいは、自分でそういっちゃァなんだが、随分、稽古には精出しました。

落語の稽古てえのは先輩のところへ行ってつけてもらうんですが、別に月謝ァとって教えてくれるのではない。向こうへ行くてえと、なんでもその家の用をしてやるんです。掃除《そうじ》をする。赤ン坊の守《も》りをする、時には洗濯《せんたく》もする。いろんなことをしてやって、しまいに稽古つけてもらって、またほかの師匠のところへ稽古に行くんですから、三軒も歩くてえと、もう時間なんぞありゃしません。サーッと顔ォ洗って、寄席へとび込むんだが、もう四時近くのカスカスなんです。寄席の楽屋の仕事なんてえものは、いろんな用事が重なって、忙しいのなんのってありゃしない。

今と違って、そのころはてえと、寄席がハネるのがたいてい夜の十一時ぐらいで、それからテクッて家へ帰る。遠いとこなんざ二時間も三時間も歩くから、家へ着くのが二時か三時ごろになっちまう。すぐに寝ちゃって、朝の八時ごろになるてえととび起きてまた稽古に行く。こんなことが毎日なんですから、楽《らく》じゃァありません。でも、あたしゃ、ミッチリ三年つづけましたよ。

円喬に舌をまいた田辺南竜

円喬師匠がなくなったのは、大正元年十一月二十二日のことで、自宅とはつい目と鼻のさきの人形町末広で『真景累ヶ淵《しんけいかさねがふち》』をやって、家へもどったきり、二日寝てなくなりました。もともと肺の気のある人だったが、まだ四十五てえ若さでした。もう少し長生きできなかったもんですかねえ。実は申しわけないが、あたしはこの師匠のなくなるとき、傍にいなかった。これはあとで申しあげます。

辞世の句は、

筆おいて月定めたり冬の宵

ってんで、墓は雑司ヶ谷にあります。本名はてえと柴田清五郎。おかみさんはお源《げん》さんといって、芸者上がりの粋《いき》なひとでしたね。

円喬てえ人は、誰にだってズケズケ言うからきらわれたってえ話を前にしましたが、講談の田辺南竜《なんりゆう》てえ先生が、あるときスケ（助演）に来て、『安兵衛の駈《か》けつけ』のところをやってるのを、楽屋でジーッときいていた師匠が、

「先生、あそこんとこ、ちょいとよくないよ」と始まったから、南竜先生も面白かァない。いやァな顔ォして帰ってったが、あくる朝になるてえと、早くから雨戸《あまど》をたたく人がある。あけてみると円喬が立っている。

「先生、ゆんべのあそこんとこはだね……」てんで、『駈けつけ』をそっくりやったが、そのうめえの何のったらない。南竜先生すっかりおどろいて、それからは他人《ひと》の顔ォみるたびに、

「円喬ぐらいうめえ人はないねえ……」

てんで、ほめてあるいた。

まァ、これだけモノを知ってるだけだって、あたしゃァ立派なものだと思いますねえ。ほんとの名人だったんです。

三代目小さんの『碁泥《ごどろ》』

うまいとか、うまくねえとか、他人《ひと》のやってるのをきいて、そういうことを言うについちゃァ、別にモノサシがあるわけじゃァありませんが、まァ、他人《ひと》のはなしィきいてみて、「こいつァ、オレよりまずいな」と思ったら、まず自分と同じくらいの芸ですよ。人間にゃ誰だって、多少のうぬぼれがありますからね。

「オレと同じくれえかな」と思うときは、向こうのほうがちょいと上で、「こいつァ、オレより、たしかにうめえや」と感心した日にゃァ、それゃァもう格段のひらきがあるもんですよ。

その円喬ほどの名人にだって、「参った」といった話がある。あるときの落語研究会で、三代目の小さん(柳家)が『碁泥』をやっているのをきいて、

「うーん、こいつァうめえや、おれにゃァ、とってもこうはいかねえ」

てんで、それ以来、プッと、『碁泥』をやるのをよしちまって、あとは頼まれてもやらなかった。

芸てえものは、やっぱりそういうもんですよ。あたしだって、自分で頭ァさげるような落語をやられたら、あしたからでも捨てちゃいます。

三代目の小さんてえ人も、名人といわれたくらいだからうまかった。この『碁泥』てえはなしは、小さんが大阪へ行ったとき、向こうの桂文吾てえ人のオハコを、こっそり取ってきたんです。

名人連の高座ぶり

うちの師匠の高座ぶりはてえと、布団《ふとん》の上にキチンとすわる。座が定まると、ふと

ころから紙入れを取り出して小菊の紙を一枚ぬいて、二つに折ってチーンと鼻ァかんで、それを横に長く二つに折って、鼻の下をちょいとこすって座布団の下に入れる。そうして膝《ひざ》の前にある湯呑《ゆのみ》をとって、押しいただいて一口《ひとくち》のどをしめすんだが、別に呑むわけじゃァないんです。湯気を吸い込むだけだから、湯呑の湯は減りゃァしない。この湯呑てえのは九谷焼きの小さいので、さっきもいったように肺の気があるから、ほかの人にゃァ使わさない。ところが前座は湯呑を下げに行って、楽屋でその残ってる湯をグッと呑んじまう。今から考えりゃァ、随分と衛生によくない話だが、下っ端にすりゃァ、天下の名人のおあまりを呑んで、少しでも芸や人気にあやかろうてえんだから、そんなことかまやァしない。あたしだって、呑みましたよ。

そうしといて、師匠は湯気を吸いながら、ジロリと客席を見回して、下において、さびた声でえーとはじめる。はじめっから終わりまで、もう芸になってるんですね。

小さん師匠てえ人は、高座へ上がるてえと、いきなり口《くち》の中でブツブツいう。客は耳をかしげてきくんだが、何をいってるのかさっぱりわからない。そのうちに場内がシーンと静まったところで、おもむろにはなしに引き込んでいく……てえやり方です。客ははなからお客をワーッと笑わせるようなことはしない。わけのわからないことをモソモソいっているうちに、自然におかしくなっていく。

そういう人だったんです。

借金も名人芸の円右

話のついで……といっちゃァなんでありますが、昔のはなし家には、随分とかわった人があったもので、おかしい話がウンとございます。

円朝大師匠の門下生は、ひと口に五百人なんていわれたが、その中で「四天王」に数えられたのが、あたしの師匠の円喬、それに円右《えんう》、円馬、円生です。この円右てえ人は、あたしもよく知ってますが、人情ばなしの名人で、うちの師匠とどっこいどっこいという結構な芸の持ち主で、大正十三年になくなる前に、名前の上だけ二代目の円朝を襲《つ》いだというくらいであります。

この人は芸も名人だったが、借金のほうも名人でありまして、方々から金を借りるが返したことがない。返すつもりはあっても、返すことができないのだから、自然と、そういうことになってしまうんです。借金取りなんぞ、いくらきつく押しかけたって、「ねえもなァ、しようがねえだろう」てえんで、ビタ一文にもなりゃァしません。とうとう、金貸しのほうが集まって、

「どうです、みなさん、もうこうなった以上、誰が取って、誰が取らないんじゃァ不

公平になるから、この際、みんなであきらめましょう」

「うん、そうしよう」

てんで、貸した金はそのまま熨斗《のし》ィつけてやる。記念に被害者一同の連名で、うしろ幕を贈ったなんぞは、皮肉な上にも粋《いき》な話じゃァありませんか。円右はそれを高座で使って自慢するから、お客もよろこんでよけい人気が出たてんですから、時代もよかったわけであります。今どきの金貸しじゃァとてもこうはいきません。万事こんなふうだから、年ぢゅう金なんぞありゃしません。ある年の元日、これから初席《はつせき》へ出かけようと思ったが、さァ下駄《げた》がない。弟子の右中《うちゆう》てえのがさすがに見かねて、下駄屋へ頭ァ下げて、ようやく一足都合《つごう》つけてもらって、やっと出かけたなんてえ話もあります。

明治の奇人、馬楽と小せん

あたしの第二の師匠になった先代の志ん生てえ人は、アメリカへ行って帰って来てから志ん生を襲《つ》いだのでありますが、その前は馬生（六代目）といっていた。

その先代と兄弟同様に仲のよかったのが、盲小せんと、弥太ッぺの馬楽《ばらく》ですが、この馬楽てえ人のことは、吉井勇さんて先生が、小説だの戯曲だのにいろいろと書いてますよ。『句楽』ってえ劇の中で、焉馬《えんば》となってるのがうちの師匠で、小しんとなってるのが小せんです。

この人にはかわった話がうんとあります。

貧乏のさかりのころ、みんなで浅草の和倉《わぐら》って湯へ入りに行った帰り、都々逸坊扇《どどいつぼうせん》歌《か》が、

「どうだいみんな、いまから、割り前一円てえことにして、前川へうなぎィ食いに行こうじゃねえか」

「うん、ようがしょう」

てえんで、七、八人でゾロゾロと出かけたんですが、馬楽は途中で漬け物屋へ寄って梅干しを二つ三つ買って来て、向こうへついて、うなぎが出たとき、その梅干しを前においてて、涙ァポロポロこぼしはじめた。

「どうしたい、弥太さん」

「うん、オレは、割り前が出せなくって申しわけねえから、コレを食べて死んじまうつもりだ……」

てんで泣いてる。うなぎに梅干しは、昔から食い合わせの大関てえことになっている。扇歌もあきれて一円出してやったてえます。

仲のよかった蝶花楼《ちょうかろう》馬楽（本名本間弥太郎）、柳家小せん（本名鈴木萬次郎）、金原亭

馬生（本名鶴本勝太郎・後の鶴本の志ん生）のうち、一番早く亡くなったのは弥太ッぺで、大正三年一月十六日、五十一歳でした。晩年は脳を病んで「気違い馬楽」なんてえ気の毒なことをいわれてました。

馬楽が死んで、その二十日祭りてえのを、三好町の小せんの家でやりましたが、その時分には、小せんもそろそろ目が見えなくなってました。

うちの師匠が、小せんの目を心配して、見舞いに行ったとき、その時分流行《はや》りはじめの空気草履《ぞうり》てえのをはいて行ったんです。空気草履たって、別に特別の草履じゃァない。白いフェルトの上にタタミのついたもので、今どきは珍しかァないが、その時分はてえと、そんな名前をつけるだけあって、流行《はやり》の履き物だったんです。

馬生が帰ったあとで、小せんのかみさんが、

「お前さん、いま、勝ちゃんが、空気草履をはいてたよ」

っていったら、

「なにッ、あいつが、空気草履を！」

てんで眉《まゆ》ゥくもらせ、すぐ弟子をよんで口うつしで手紙を書かせ、馬生のところへ届けさせた。

「お前《めえ》も江戸ッ子だし、おれだって江戸ッ子だ。お前とは、若ェ時分《わけ》から仲よくして

きたが、いまかかァにきいたら、うちへ空気草履をはいて来たというじゃァねえか。そんなものをはきゃァがって、江戸ッ子の面《つら》よごしだ、今日かぎりで絶交するからそう思え……」

と書いてある。

おどろいたのは馬生です。文士の岡村柿紅《しこう》さんをたのんで、小せんとこへ詫《わ》びに行った。

「なァ師匠、この人も別に悪い了見ではいたわけのもんじゃァない。つい出来心というもんだから、こんどのこたァ、一つかんべんしてやってもらいたい」

と、文士が中に入ったもんで、やっと仲がもどったって話もあります。

何も草履ひとつで、絶交するのしないの、あやまるのあやまらないの、てえことも ないと思うんですが、こういうところが昔の江戸ッ子のつき合いだったんでしょう。

人気のあった小せん師匠

その岡村柿紅さんが、こんどは六代目（尾上菊五郎）を連れて、小せんを見舞いに行ったことがあるんですが、小せんはよろこんで、

「ええ旦那、一席やりましょうか」

というから、六代目が、

「あァ、やっとくれ」

というと、

「旦那、すみませんが、一席分のおあしを先にください」

てんで、出してもらった銭《ぜに》で、かかァに酒ェ買いにやらせて、呑《の》んでから始めた。六代目てえ人は、あたしもひいきにしてもらって、よく話をしたが、はなし家のあたしをつかまえて、

「はなし家はゼニがねえから好きさ」

ってようなことをズケズケという。あたしらの芸を本当に理解してくれた人なんですねえ。

小せんが、目が不自由になったのは三十のときだが、二十七のときにゃァもう腰がぬけていて、体がいうことをきかなかった。酒と女のせいなんですね。かみさんてえ女性《ひと》は吉原でお職を張っていたてえくらいだから、いい女でしたよ。それだけに廓《くるわ》のはなしにかけちゃァ、まさに天下一品でしたね。

失明して二月《ふた》、三月《み》は家にジーッとしていたが、両国の立花家ではじめて独演会をひらいたときなんぞ、えらい人気でした。

「小せんの五女郎買い」ってんで、天紅《てんべに》の巻紙に、おいらんの文《ふみ》のような仇《あだ》っぽい文章のあいさつ状を出した。何でも『五人廻し』『とんちき』『明烏《あけがらす》』『錦の袈裟《けさ》』『付き馬』の五席をタップリきかしたんですから、あれだけ吉原の気分が出た落語の会なんてえものは、あとさきありませんね。

このひとが寄席に来るときは、人力車を楽屋の木戸口につけて、かみさんが背負って楽屋に入れ、高座には御簾《みす》をおろしておいて抱《かか》えてすわらせる。だから御簾がスーッとおりるてえと、客が、

「さァ、こんどは小せんだ」

ってんで、待ちかまえて拍手する。人気があるから、それこそ割れるような拍手です。ところが、その時分はタレギダ（娘義太夫）なんぞも御簾をおろすもんだから、御簾が上がってほかの芸人が出るてえと客ががっかりしている。あんなに人気のあった人も珍しいですよ。

あたしは、この小せん師匠ンとこへも、随分稽古に通いました。あたしの行きはじめたころは、まだ目が見えなくなる前でしたが、盲になってからでも行きましたよ。

失明のあと、この人は金をとって稽古をつけるようになった。落語の社会は、はなしを教えるのに金なんぞ取りゃしませんが、この人の場合は、体が不自由なんだから

しようがない。師匠の小さんが、そうすすめたって話をききました。

「あたしゃねえ、はなしを卸《おろ》す問屋《とんや》だよ。三銭でおろしてあげるから、お前さんたちは、そいつを五銭で売るように勉強するんだよ。モトは取れるから……」

ってんで教えてくれた。最初《はな》は二席ずつ一ぺんに教えてくれたが、あとになると一席ずつでした。一席のはなしを三回ぐらいに切って、それをやらせて直してくれるんですから、覚えやすいし、第一親切でよかったですよ。

あの時分、三好町通いをした人は、あたしのほかはいまの文楽、円生、それに柳橋……なんてえ人たちで、もうあまり居やしません。大正八年五月二十六日に、この人も故人になってしまった。三十六歳てえ若さですから、こりゃァもったいない。

うちの師匠は、別に気違いにも盲にもならなかったが、呑む、打つ、買うてえほうにかけては、決して小せんや馬楽にも負けなかった。はなしが面白くって、物わかりがよくって、人間がオツで、ことに小唄なんぞ爪《つま》びきでトーンとやられた日にゃァ、男だってぼんやりしてしまうくらいのいいのどでしたねえ。

三人のうちでは、一番おそく、大正十五年一月二十五日、たしか五十歳でなくなりました。本所の回向院《えこういん》に墓があります。

青春旅日記

にわか「二ツ目」

ハナシカとカモシカ

いまのはなし家の若い人たちは、放送やなんか多いもんだから、なかなか東京を留《る》守《す》にしたがらない。無理もありませんが、あたしたちの若いころなんてえものは、東京にいたんじゃァ食えないから、誰だって旅に出たものであります。

旅に出るてえと、はなしがくさくなるとかいわれたものですが、半面、旅に出ると勉強になる。マイクなんて文明の利器なんぞありゃしませんから、大きな芝居小屋なんぞでしゃべるときは、いきおい大きな声を出さないと通らない。のどがスッカリ吹っ切れちまいます。今だって、あたしは人がびっくりするくらいの声を出そうと思やァ出るんですよ。

売れてる師匠の一座に入って、大きな町のちゃんとした寄席《よせ》で興行するのは銭《ぜに》になるが、東京で食えない連中ばかりで旅に出るときなんぞ、御難《ごなん》なんてえものはしょっちゅうなんです。

うんと田舎《いなか》へ行くてえと落語なんてえものは見たこともきいたこともない人がいる。ハナシカをカモシカと間違えて、百姓が鉄砲もってかけ込んで来たなんてえ話もあるくらいであります。

旅というのは、つまり汽車賃だの、小屋代《こやだい》だの、電気料なんてえ入費を引いた残りを、七三だの四分六でわける。

こっちが六分で向こうさんが四分なんです。税金なんぞもちろん、ありゃしませんし、泊まって食うほうの心配はねえから、気楽といえば気楽だが、どうかすると収入《みいり》どころか足が出ちまう。そういうときはしようがねえから証文なんか書いて、次の興行先へのり込んでゆく。中には次のアテなんぞ全くないときだってある。

どうしようもなくなると一座が解散になっちまうから、浪花節の一座だの、手妻《てづま》(手品)の一座だの、いろんな中へ入っていく。

漁師町《りょうしまち》なんぞに行くと、浪花節はわかるが落語なんてわかりゃしないから、退屈してくるてえとやたらに怒鳴りやァがる。こっちは高座《こうざ》から、客と喧嘩《けんか》したことなんぞも、三度や五度じゃァとてもききません。

はなし家の月給制

旅ということについちゃァ、バカな話がウンとあります。あたしが最初の旅に出たのは、いまの小円朝《こえんちょう》さんのお父っつあんで、先代の三遊亭小円朝の一座で、あっちこっち回ったときです。

小円朝てえ人は、三遊派の頭取《とうどり》(会長)をつとめたくらいの人だから、芸もしっかりしているし、人望もありました。

明治の四十四年ごろ、はなし家が月給制になったことがあります。これは、上野の鈴本《すずもと》が中心になって、一流の芸人を全部買い占めちまおうということになったから、京橋の金沢《かなざわ》だの、本郷《ほんごう》の若竹なんてえ席亭《せきてい》がおどろいて、先手を打って月給で芸人をかかえてしまおうてえことになった。早くいやァ、落語界の大騒動の発端ですよ。その三遊派の頭取の小円朝をはじめ、円喬《えんきょう》、円右《えんう》、円蔵《えんぞう》、遊三《ゆうざ》、橘之助《きつのすけ》なんてえ、その時分飛ぶ鳥落とす勢いの六人がよばれて、

「私たち、五軒の寄席が、一軒二百円ずつ出すから、千両の金ができる。これを土台にして、お前さんたちで演芸会社てえものをつくってごらんなさい。いまの寄席は三十高座で木戸は十五銭だが、これを十五高座にして木戸を三十銭にする。十軒の席はあたしたちで確保するから、お客がかりに一束ずつ来たとすれば、みんなに月給を払ったって、十分もうかりますよ。そのもうけを銀行にあずけておけば、利息だってバカにゃならない。あんたたち六人で分配したらどうです」

てなことをいわれるてえと、みんな芸は達者でも、ソロバンのほうのことなんぞわかりゃしませんから、何でも大層《たいそう》もうかるように思ったから、二つ返事でひきうけちまった。

千円の金を、興業銀行てえのにあずけるために、六人がゾロゾロと出かけると、向こうがいうのにゃァ、取引きは引きうけたが、代表者を一人にきめてほしい。自分で地所なり家屋なり持ってる人がいいでしょうてえから、さァてと一同顔を見合わせたところ、その時分、自分の家に住んでいたのは小円朝《こえんちょう》ひとりなんです。

「じゃァ、忠《ちゅう》ちゃん、君、その代表とかなんとかいうのにおなりよ」

「そうかい」

ってんで、演芸会社の代表は、芳村《よしむら》忠次郎ってことになったんだが、結局、反対派にかき回されて、しまいにゃァまずいことになり、銀行には借金ばかりのこって、代表者一人が責任をかぶってしまったんですよ。

さァ、こうなるってえと、いくら頭取だって、威張ってるわけには参りません。しようがねえから、しばらく旅回《たびまわ》りして来ようてえことになって、一座を組んでみたんだが、どうしても前座《ぜんざ》がひとり足りない。

「どっかに、遊んでる前座《ぜんざ》はいねえか」

「そうだね、住吉町さんに相談したら、どうだろう」

「そうだな、一つ頼んでみよう」

てえことになって、うちの師匠ンとこへ来た。師匠があたしをみて、

「おい、朝太ァお前しばらくなァ、旅に行っといで」

「へえ……」

あたしんとこへ、とうとうおはちが回って来ちゃったわけなんです。

旅の空で師匠の訃《ふ》

もうじき夏になるってえころでしたよ。あたしゃァ、うれしいんだか悲しいんだか、

変てこな気持ちで、小円朝師匠にくっついて、新橋駅《しんばし》……昔の、汽笛一声のあの新橋駅です……へ行くてえと、うちの師匠が見送りに来てるんです。大島の着物に、茶の立縞《たてじま》の羽織を着て、中折帽子にぬめりの駒下駄《こまげた》というでたちで、小円朝さんと、

「忠ちゃん、気ィつけて行っといでよ」

「清ちゃん、すまないねえ」

やなんかいってあいさつしている。そうして、いよいよ汽車が間もなく動き出そうてえとき、

「おい、小僧、これからはな、小円朝師匠のいうことをよォくきいて、うんと勉強して来いよ」

と、あたしに声をかけてくれて、

「ほらよっ」

てんで、敷島《しきしま》を三つばかりくれた。敷島てえのは、今なら「ピース」みたいな高級タバコです。あたしは、そのやさしい師匠に、涙が出ちゃいましたね、あん時は……。

そうして、それから、半年ばかりたったとき、岡山で興行してるときでした。宿の二階で新聞を見ていた小円朝師匠が、

「あッ！」とおどろいて、

「おっ、おい、住吉町さんが、シ、死ンなすったよ……」

新聞をひったくるてえと、どうです。そこにゃァ大きな活字で、師匠の名前の横ンとこに黒い棒がひっぱってある。あたしゃァ、天地がひっくりかえるほどおどろいた。涙ァ出てくる。胸の中に火のついた丸太ン棒つっ込まれて、えぐられたような気持です。

考えてみるてえと、家を飛び出したまんま、実の親父《おやじ》やお袋の死に目にも会ってないし、師匠の死に目にも会えないなんて、何て不幸なめぐり合わせだろうと、そりゃァ全くなさけなくなりましたよ。

その晩、宿のひと部屋で、遠い東京をしのんで、しめやかに通夜《つや》ァやって、仏《ほとけ》をしのんだこたァいうまでもありません。

「三遊亭円朝」を走らす「三遊亭柳喬」

それからってえものは、あっちこっちを、随分と歩きましたねェ。北海道へ渡ったときなんぞ、どこへ行ったって、落語なんぞわかりゃしない。三遊亭小円朝てえ看板も役に立たないときだから、「小」の字をとっちゃって「三遊亭円朝」にした。円朝とくりゃァ、落語のほうじゃァとびっきりの看板なのに、これだって客が来ないんですから手がつけられない。もっとも、円朝大師匠は明治三十三年の八月十一日に、もう故人になってるんですから、モノのわかった人にはごまかしもききませんがね。

室蘭《むろらん》の神田館てえ小屋で、その円朝一座が興行したときのことです。すぐ近くにやっぱり演芸場があって、そこに浪花節が二本と、落語が一本かかっている。そのはなし家の名前てえのが三遊亭柳喬《りゆうきよう》てえんですよ。

東京の落語のほうは、柳橋《りゆうきよう》てえ大看板があるが、これは麗々亭《れいれいてい》が頭につく。ところが、こいつのほうは柳喬てんで、横の「木」の字がない。三遊と柳をゴチャマゼにしてるんだからひどいですよ。むろん誰も知りゃァしない。こっちはまるで客が入らないのに、向こうはワンサと押しかけている。それに、客のお目あては、その柳喬だてえ話をきいちゃァ、みんな面白かァありません。

「三遊亭を名のる以上、こうやって宗家《そうけ》の円朝が来ているのに、あいさつにも来ねえとはけしからん。ひとつ、化けの皮ァひんむいてやりましょうよ」

「違いねえ、よし、オレが行く」

「じゃァ、オレも行こう」

てんでね、あたしと歌当《かとう》と、それに惣朝《そうちよう》てえのが三人でね、掛け合いに出かけた。

歌当てえのは、こないだなくなった先代の金馬ですよ。あのひとは、初代の円歌さんの弟子だが、本名が加藤専太郎てえところから、本名をもじって歌当といっていた。窓朝てえのは、先代の円生さんの、円窓時分の弟子です。

お互いに若ェから、威勢もいいですよ。楽屋へ入っていって、やんわりと切り込むと、奴さんおどろいて、

「ご、ご、ご、ご、ご、も、っ、と、も……」

と、ドモって口《くち》ィきけなくなっちまった。

人間、非常の場合は、ドモるのかと思ったら、そうじゃァない。ほんとのドモリなんですよ。

それでもね、「ま、ま、ま、まァ、まァ……」てんで、あたしたちを近くの小料理屋へ連れてって、いろいろとあやまりながら、酒なんぞをすすめる。酒と来ちゃァ目のない連中だから、すっかりゴチ（ご馳走）になる。もう強いこたァいえませんや。

「あんた、いい芸してるよ。あたしたちより、うめえよ。それにその男前じゃァ、ご婦人もほっとかないだろうね。あんたみたいな人が、東京へ出て来れば、すぐ売り出すよ。よかったら、東京へおいでよ。世話ァするからサ……」

なんてんで、話がすっかりあべこべになっちまった。

この柳喬てえのが、こないだ故人になった三遊亭円歌ですよ。その時分は、天狗連《てんぐれん》（セミ・プロ）の大将で、落語ォやって、あとでトーンと踊ったりなんぞしてたんです。しばらくすると、本当に東京に出て来て、先代の円歌さんのところへ入ったんです。

初めてのひとり旅

まァ、そんな具合《ぐあい》で一年余りも、小円朝一行でドサを回っていたが、東京からは、

「いいかげんに、帰っておいでよ」

という手紙が来ます。あたしんとこへ来るんじゃァない。小円朝師匠ンとこへ、そういってくるんです。そこで、みんな東京へ帰ることになった。

「朝太、お前も、一緒に帰るんだろうね」

と小円朝さんがきくから、あたしゃ考えましたね。

東京へもどったって、肝腎《かんじん》の師匠の円喬さんはおりゃァしない。そうすりゃァ、このまんま小円朝さんのところへ落ちつくより道ァない。旅の間にひと通りはなしは教わったし、さァ、どうしようってね。そうしたら友達の窓朝《そうちょう》が、

「君、ひとりで旅ィするのも、面白いもんだぜ、でも、大変だけどもな……」

というから、そうだ、ひとりで旅を歩くのも気楽でいいかもしれない、失敗したら、

あらためて小円朝師匠をたよってってもいいだろう……と思って、

「ええ、あたしゃ、ひとりで歩いてみようと思いますが、どうでしょう」

「そうかい、修業のためなら、それもいいけど、お前、ほんとに大丈夫かい」

「ええ、まァ、何とかやってみます」

「じゃァ、しっかりおやりよ、そんなら、身分が前座のままじゃァ通りもわるかろう、わたしが許すから、これからは、どこへ行っても東京の二ツ目《ふため》ってことにしたらいいだろう」

ってんで、あたしは、特別に「二ツ目」てえことにみとめてもらって、いくらか餞《せん》別《べつ》なんぞももらって、みんなは東、あたしゃァ西へという具合に別れちゃった。

この小円朝さんは、のちにあたしが東京にもどってから、大正十二年の震災《しんさい》ちょいと前の八月十三日に、六十七かなんかでなくなりました。

旅は憂《う》いものつらいもの

宿屋荒らしと間違えられて

ひとり旅の苦労なんてえものは、そりゃァお話にもなにもなりゃァしません。あたしゃ一文《いちもん》なしで、名古屋から静岡県の掛川《かけがわ》まで歩いたことがあるんです。いま汽車で通るてえと、ほんの一時間ばかりだが、さて、歩くてえのはヒマがかかるもんですよ。

名古屋を発《た》って二日目かなんかに、弁天島《べんてんじま》のとこまで来るてえと、渡しがあって「渡し賃八銭」と書いてある。弱ったなァと思いながらひょいとわきを見るてえと、めし屋があって、そこで酒ェ呑んで陽気にさわいでいる奴がいる。

「すみませんが、ひとつ都々逸《どどいつ》かなんか歌わせてください」

と声をかけたら、「あァ、いいよ」というから二つばかりトーンと歌ったら、十銭くれた。

天の助けとばかり、舟ェのったんです。舟の中では向こう岸につく前に、渡し賃を集めに来るんだが、また天の助けという奴なんでしょうね、あたしのとこだけ来るのを忘れて、スーッといっちゃった。

「ありがてえな、どうも……」

てんで、芋《いも》を二銭、せんべいを二銭買って、そいつをかじりながら浜松まで歩いて、そこに知った勝鬨亭《かちどきてい》という寄席《よせ》があったから、いくらか貸してもらって、また掛川まで歩いたんですが、何しろ焼けつくような炎天の下を、腹をすかして歩くんだから、マラソンの選手よりなおひどいです。

宿があったから、そこへとび込んで、夕飯《ゆうめし》をガーッとかっ込んで、死んだように寝ちまった。ふところには一文もねえことを、ちゃァんと心得ての上だから、考えてみりゃァ向こう見ずの話だが、一応の心づもりはあるんです。

朝になって食事が出る。一粒のこらず平らげて、そこで腹のできたところで胆ッ玉ァきめて、宿の主《あるじ》のところへ行って、

「実は、そのォ、おあしがないんですが、あたしゃ東京のもんだけど、帰ったらじきにお届けにあがりますから、しばらく貸しといてください」

と頼んだんだが、こんどばっかりは天の助けてえわけには参りません。警察へつき出されて、留置場てえのにぶち込まれてしまったんです。

そのころ、東海道に宿屋荒《やどやあ》らしがあって、警察じゃァ、手ぐすねひいて待ってるところへ、あたしが来たから、「こいつだッ！」てんで、ポーンとほうり込んだんですね。何しろ、毎日炎天を歩いているから色はまっ黒けだし、食うものだって満足にゃ食ってねえから、目ばかり光って人相はわるい。そうにらまれたってしようがなかったのかもしれません。

芸人のありがたさ

ちっとも出してくれねえから、弁当《べんとう》の来るのを待って、食っちゃァ寝《ね》、食っちゃァ寝《ね》して、小さな声でモソモソとはなしの稽古《けいこ》してるところへ、一人凄《すご》そうなのが入って来た。何でも土地のやくざの親分で、喧嘩《けんか》かなんかしたらしい。

差し入れがウンとあるから、一人じゃァとても食べ切れやしません。あたしに余りをくれる。そんなことですっかり心安くなっちまった。

「おめえ、いったい商売《しょうべえ》は何だい？」

ときくから、

「へえ、あたしゃァ東京のはなし家で、実はこうこう……」

と宿でのいきさつを話すと、

「ふーん、そんな大物とまちがえられちゃァ気の毒だな。どうだい、はなし家なら、一つおれにきかせろ」

てえから、あたしも退屈《たいくつ》しのぎに二席ばかりやったら、手は叩《たた》かねえけど、親分スッカリよろこんじまった。

親分のほうは、うらから手を回したかなんかで、先に出て行ってあたしのほうがあとになっちまって、しばらくたって無銭飲食とかなんとかで、裁判所へ回されたんです。検事が出て来て、ひょいとあたしの顔ォ見て、

「おう、お前は東京の芸人だな」

「へえ、そうです」

「お前は、近ごろ東海道を股《また》にかける宿屋荒らしの一味ではないかという容疑がかかっとるが、どうも、そうではないようじゃ」

「わかりますか」

「私は、以前、東京でお前の落語をきいた覚えがある……」

あたしは、あのときほど芸人のありがたさを感じたこたァありませんね。結局、宿《やど》料《りょう》一円三十銭を、その検事さんが立て替えて、ミッチリ意見をされて、あたしは助かりましたが、なにしろわるい奴には有無《うむ》をいわさなかった時代でありますから、あの検事さんと出っくわさなかったら、それこそどうなっていたかわかりゃしません。

あたしも、その後どうにかなるようになってから、一度、その検事さんに会って礼の一つもいいたいと思って、随分捜したんですが、とうとう会えません。五十年以上も昔の話ですから、元気でおられるか、さァどうですかねェ。

下足の爺さん

甲府《こうふ》の稲積《いなづみ》亭という席へ出てるときです。あたしは東京の二ツ目てえふれ込みだから、向こうも立ててくれて、トリ（主任）を取った。落語には前座のはなし、二ツ目のはなし、真打《しんうち》のはなしと、それぞれ区別があって、東京じゃァ、前座や二ツ目が大きなはなしをやると叱《しか》られたりしますが、田舎《いなか》なら、どんな大きなはなしだっていばってやれます。

『甚五郎の大黒《だいこく》』てえはなしがあります。名工左甚五郎が三井《みつい》の本家からたのまれて、大黒を彫《ほ》る。はじめは風采《ふうさい》が上がらないから、江戸の大工に馬鹿にされるという人情ばなしで、真打のやるはなしですが、こいつをやってみたら、えらく受けるんです。すっかりいい心持ちになってるところへ、その席で下足番《げそくばん》をやってる七十がらみの、きたねえ爺《じじ》ィがやって来やがって、

「朝太《ちょうた》さん、今夜おやんなすった甚五郎ですが、まことに失礼ながら、あァやっちゃァいけませんね」

と、いきなり、そういやがる。相手が下足番の爺さんだから、あたしゃ、

「あァ、そうかい」

かなんかいって、あまり相手にしないでいると、

「怒っちゃァいけませんよ。生意気《なまいき》いうようだが、左甚五郎てえ人は、変人《へんじん》ではあるが、与太郎《よたろう》じゃァねえんですぜ。失礼だが、お前さんの甚五郎は、どうしたって与太郎だ」

あたしゃ、よっぽどぶん殴《なぐ》ってやろうかと思ったが、芸人がそんなことしちゃァいけない。

「爺さん、なかなか通《つう》だねえ」

というと、

「エヘ……通だなんていわれると困るが、実は、私も、もとはといえばお前さんと同業だったんだよ」

と、身の上話が始まった。その爺さんてえのは、四代目の三升家《みますや》小勝（たぬきの小勝といわれた人、明治三十九年四月六日没。新派の伊志井寛の父）の弟子で、小常《こつね》といって二ツ目のはなし家だった人だそうです。

師匠が大阪でなくなってから、ひとりで旅回りをしているうちに、甲府に住みついて、ここの下足番になってしまった、というじゃァありませんか。

「お前さんも、早く東京へ帰《けえ》って、いいはなし家におなんなさいよ。一つ間違うと、あたしみたいになっちまうよ」

なんて、意見までされちゃった。

なんたって向こうが先輩じゃァしようがない。あたしゃ、その小常爺さんの家まで尋ねて行きましたよ。畑《はたけ》の中の一軒家で、ひとりで暮らしている。ひろい畑があって、鳴子《なるこ》の縄《なわ》が家ン中までひっぱってある。爺さん、そいつを引っぱっちゃァ雀《すずめ》を追っぱらうのが昼間の仕事で、夜になるてえと、そこの寄席の下足番にやとわれるんです。爺さんは、あたしに『甚五郎』をみっちり教えてくれましたよ。人に教えるだけあって、実にどうも結構なもので、あたしが今やっております『甚五郎』はそれなんです。短いはなしも、ほかに三つ、四つもらったが、話ィしながら、時々立ち上がっては、縄《なわ》ァひっぱってる爺さんの姿が、今でも、こう、目ン中に残ってますねえ。

悲喜こもごも

怒鳴りこまれた『ガマの油』

おどろいた話じゃァ、たくさんあります。

ちょうど暮れにぶつかって、浜松の寄席へ無理いって出させてもらっていたときです。元日でめでたい初席《はっせき》だてえのに、着るものがない。しようがねえから、そこの席のおやじの着物ォ借りて出て、なんかにぎやかなものがいいだろうと思って、『ガマの油』を一席やったんです。ガマの油売りが酔っぱらって商売をするもんだから、刀で手前《てめえ》の腕ェ切ってしまう。ガマの油ァつけるが、さっぱり血がとまらなくなってしまうというアレですよ。

年は若《わけ》えし張りがある。威勢がいいから、ワアワアといって受ける。自分でも内心うれしくなってると、さァ、その二日後、朝の起きぬけに、へんな野郎がドカドカッと四、五人やって来やがった。

「やいやい、『ガマの油』をやったはなし家ってえのは手前だろ」

「へえ、そうなんです。おかげで大層受けました」

「やかましいやい、俺《おれ》たちゃァな、本物のガマの油売りで、いま浜松であきないをしてるんだが、元日の夜はバカに売れたのに、二日目からはさっぱりいけねえ。どうもへんだてェんで、あっちこっち調べてみたら、てめえが、こんなところでゴジャゴジャいやがったおかげで、ガマの油はさっぱりきかねえってことになっちまったんだ。おれたちの迷惑を、一体全体《いってえぜんてえ》どうしてくれるんだ！」

あのときばかりゃァ、実にどうも、おどろきましたよ。あたしゃ、もう平あやまりにあやまってお帰りを願いましたがね。

ゼンソクの円九郎

いつも、ひとりで旅をしているわけじゃァありません。たまにゃァ、仲間と一緒になることもある。

立川談志《たてかわだんし》てえ体の大きな人がいました……いまの談志の先代です。この談志のトリ（主任）で、いろんな連中が集まって、名古屋から伊勢の四日市へ行ったことがあるんです。ご難つづきてえのはしようのないもので、さっぱり入らないもんだから、

「それじゃァ、名古屋までもどろうや」てえことに話がまとまったが、あいにくみんな汽車賃がない。「しょうがねえや、歩こうじゃァねえか」てんで、朝の七時ごろに向こうを発《た》ったが、呑まず食わずだから、丈夫なあたしだって目が回る。

この仲間に、橘ノ円《たちばなまどか》さんの弟子で円九郎《えんくろう》てえのがいて、こいつがひどいゼンソク持ちなんです。ふだんでも夕方になるてえと、お線香をあげておがんでいる。

「よう、どうしたい」

ってきいたって、口《くち》なんぞききゃァしない、ゼンソクの発作をそうやっておさえてるんです。しばらくするとケロッとしちゃう。その円九郎が、ひる日中《ひなか》からおっ始め

たから、さァ、みんなして弱っちゃった。

「おい、誰か、注射代ぐらいは持ってねえのかい」

「冗談いっちゃァいけねえ。そんなもんがあるわけはねえだろ」

「道端《みちばた》へおっぽり出しとくわけにもいかねえしなァ、さて、どうしよう」

「どうしよう」

「どうしようたって、どうしよう」

そんなことをワイワイいったって、いい考えも浮かばない。本人はしきりと苦しがってるから、もうしょうがねえ、ちょうどそこに医者の看板が見つかったから、かつぎ込んだ。

「先生、実ァ……あたしたちは東京の落語の一行なんですが、興行の失敗でこうこういうわけです……ひとつ、何とか、この病人をお願いできませんか……」

頭ァ下げて、人にモノを頼むのは慣《な》れてますから、先生もあわれに思ったんでしょう。早速、注射を打ってくれた。いままでウンウンうなっていた奴《やつ》が、途端《とたん》にケロッとしちまいやがった、みんなホッとしたが、さァ、問題はてえと、その後《あと》のものですよ。

みんなで、顔ォ見合わせて、モゾモゾやってるのを、向こうさんはちゃァんとのみ込んだらしい。もっとも、このくらいの頭がなくちゃァ、お医者なんぞつとまらない。

「やァ、いいんですよ、いいんですよ。まァ、せいぜい気ィつけておいでなさい」ってんで、おあしを取らないばかりか、円九郎にいくらか小遣《こづか》いまでにぎらせてくれた。

外ィ出たら、誰かが、大きな声でいやがった。

「あァ、おれもゼンソク持ちになりてえ」

こういう親切な人ばかりなら、旅もノンキでよろしいんですが、うんと困ったときなんぞ、道《みち》ィトボトボ歩きながら、「あァ、オレも、この街道《かいどう》の並木の肥《こや》しになっちまうのか」なんてシンミリしちゃうことだって、随分とあったものであります。

妙な親子の小勝と談志

名古屋てえところは、昔から芸どころといわれて、大変に芸にはうるさいところでありますから、寄席なんぞもたくさんあり、東京からも大阪からも芸人がゾロゾロと集まってくる。そこを根城にして、岐阜《ぎふ》だの豊橋《とよはし》だの、伊勢のほうなんぞを回って、また名古屋へもどったりして、どうにか食べるぐらいの暮らしはやっている。そんな連中の中に、あたしもしばらくいたんです。

その四日市のご難のときなんぞも、宿についたって宿賃もありゃしません。興行につかうノボリを質屋《しちや》へもってって、五十銭ばかり借りて来て、それで何のかんのと用《よう》足《た》しをすませました。ノボリてえのは、旅芸人にとっては大事な商売道具だから、流す心配はねえことを、質屋のほうでちゃんと心得てやがる。

名古屋でゴロゴロしてるときです。ある晩、宿のとなり座敷で、なんだかんだと大きい声でいい争ってる奴がいる。目がさめたついでに聞いてみるてえと、どうやら小《こ》勝《かっ》つあんの声らしい。先代（五代目）の三升家《みますや》小勝であります。

「てめえが、そういう了見なら、こんどこそは連れて帰《けえ》るからそう思えっ」

とか何とかいってるから、あたしにゃァすぐにピーンときた。

談志てえ人は小勝っつあんの弟子《でし》なんだが、あとから養子《ようし》になった。小勝のかみさんの連れっ子に娘がいたので、それと妻合《めあ》わせて養子にして、二人の間に子供が出来たてえことになっているんですが、そこんとこが少うしややこしい。

小勝っつあんてえ人は、女にかけちゃァ手が早い。かみさんが連れて来た娘を、ついなにしちまったところ、だんだん娘のおなかがせり出してきた。かみさんが気がつきそうなもんだが気がつかない。おまんさんてんですが、あいにくと目が悪いんです。オギャァーといって生まれたときにはじめて気がついて、

「なんだい、赤ン坊の声がするが、誰《だれ》の子だい？」

かみさんにきかれて困っちゃった小勝っつあんは、そこにあったヒョットコの面《めん》をかぶって、いきなり踊り出したそうです。

しょうがねえから、その子供を養子の談志の子供てえことにしてあったんですが、実にどうも妙な親子があったものであります。

そんなわけで、小勝っつあんとしては、談志に対して、あんまり大きな顔もできない立場なのに、親と子だからたまにはわがままも出るんでしょう。そこへもってきて、小勝てえ人は有名なやきもちやきだから、娘夫婦の仲のよいのがしゃくにさわる。朝少しでも寝坊《ねぼう》してるてえと、

「お前たち、いつまでも寝てちゃいけねえよ」

てんで、わざわざ起こしに来たりする。のべつにこれじゃァたまらないてえんで、談志もほとほとあきれて、子供を連れて名古屋まで逃げて来たってェ寸法なんですよ。

となり座敷《ざしき》の小勝っつあんの声は、つまり子供恋《こい》しさのあまり、遠路はるばる東京から……てえところだろうと、あたしゃァ聞いていてそう思いました。なんのかんのとゴタゴタがしばらくあって、

「手前なんぞ勝手にしやがれ、子供は俺《おれ》のもんだ」

ってんで、とうとう東京へ連れ帰ってしまった。そんなことで、談志一座もまたテンデンバラバラになってしまいました。

小勝っつあんてえ人は、若いころ役者になったり、神主《かんぬし》になったり、芸者の監督になってパリへ行ったり、いろいろなことをしていますが、昭和十四年に八十二歳で故人になりました。何しろ安政二年生まれというのが自慢の、元気のいい爺さんでした。

一升びんの奪い合い

小勝っつあんも長生きのほうだが、五代目の林家正蔵てえ人は、一束《いっそく》十五……百十五歳まで生きたてえから、人間の主《ぬし》みてえな人であります。その人が一束のとき、もっとも、一束てえのをいつも売りものにしてたから、本当の年はよくわかりゃァしませんが……あたしも一緒に旅したことがありました。高座で一席やったあと、三味線をひいて歌うという勢いです。

この正蔵さんが、下座《げざ》のおばさんのところへ夜ばいに行ったてんですから、長生きをする人はさすがに違ったもの。ふつう夜ばいなんてえものは、来られた女のほうがきまり悪いからだまっているもんだが、おばさんにしたって、相手が一束だから安心して、バラしちゃったんでしょう。

「おとっつあん、何でそんなことをしたんだね」

「なんでもかんでもねえさ、あの女ァ、わしに気があるに違いねえ。その証拠に、いつもわしの手をひっぱって歩いてくれてるよ」

「冗談じゃァないよ。おとっつあんが年とってて危《あぶね》えから、手をひいてるんだよ」

大変な爺《じじ》ィがあったものであります。

その一行が敦賀《つるが》へ行って、翁亭《おきなてい》という寄席《よせ》に出たときですよ、そこのおやじが、

「やァ、よく来てくださいました」てんで、焼酎《しょうちゅう》かなんかふるまって、みんなに酢《す》ダコをごちそうしてくれた。

あたしのとこへ来たタコは、何ぼ噛《か》んだって噛み切れねえから、面倒くさいからってんで我慢して呑《の》み込んじまった。間もなく、そのおやじが指に大きなほうたいをして出て来た。

「旦那、どうしました、その指は？」

「うん、いまさっきな、タコを切っていて、指を切り落としちゃったんだが、いくら捜してもめっからない……」

「あッ、するてえと、あっしが食った奴がそうかな。固《かて》えの何のって、噛み切れなかったですぜ」

「それだ、それだ。そいつに違いねえ……」

当分、あたしゃ、胃《い》の具合がおかしくって、気持ちのわるいことってありゃァしない。

あたしが、そんなものを食っちまったせいか、さっぱりお客が来やしない。来たのは、はじめの二、三日だけです。まだ、しばらく打たなきゃァならない。

「ひとつ、景気付けに、町回りしようじゃァないか」

てんでね、楽屋から太鼓や三味線なんぞ持ち出して、みんなして町中を回って歩く。正蔵爺さんも、

「ワシも行くよ」てえが、途中でころんだりされた日にゃァかなわないから、小屋のほうへのこってもらう。帰って来ると、寄席のおやじが、ミカン水《すい》をみんなに、一本ずつくれるんです。正蔵爺さんがあずかって、よく水に冷やしてあるから、そいつを呑むのがたのしみですよ。

あるとき、町回りからもどってくるてえと、爺さんが一升びんを前に置《お》いて、

「きょうは、コレだよ」

という。中には山吹色《やまぶきいろ》のが一ぱい入っているから、たまりませんや。ノドが自然に、ゴクンと踊り出しゃァがった。

「ありがてえ」と、あたしが取ろうとすると、脇《わき》から別の手がヌーッと出て、びんごとひったくって、二階へかけ上がりゃァがった。

「こんちくしょうめ、てめえひとりで呑むなんて法《ほう》があるかッ」

てえんでね、あたしもかけ上がる。そいつのえりッ首ィつかもうとすると、脇から別の手がヌーッと出て、あたしより早く、そいつをポカポカーッ！

「なにしやがるんでェ」

「こっちへよこさねえかッ！」

てえんで、えらいさわぎです。ああいうときは、誰の気持ちも同じなんですね。酒なんてえものは、久しくご無沙汰と来てるから、どうしたってわれ先になる。

やっと話合いがついて、呑んでみると、なァんだ、お茶なんですよ。番茶を一升びんに入れておいたんです。その日は、あいにくミカン水屋が休みだから、ノドをかわかして帰る連中に気の毒だてんで、正蔵爺さんが、茶ァわかして冷やしておいてくれたんです。おサケでなくっておチャケだ。

「おとっつあん、わるいシャレだよ」

「わしは酒なんて、ひとこともいやァしない。お前たちが、勝手にそう思っただけの話さァね」

爺さんすましている。なるほど、そういわれりゃア、そうに違いない。あたしも、コブをこさえただけ、損しちまった。旅の話てえものには、いろいろなバカバカしいお話があるものであります。

トンビに油揚げのお粗末

旅を回ってると、女の子に「ちょいと」やなんかいわれて、色っぽくなった話なんぞ、随分あるだろうなんてえことをよくきかれますが、あたしてえ人間は、酒は吞むし、モートル（ばくち）はやるが、タレ（女）のほうはわりにスーッとなにしちゃって、あんまり問題なぞ起こしたことはありません。笑っちゃァいけません。ほんとうなんですよ。

それに、へんな女にだまされて、一生を棒に振っちまったなんてえ先輩のはなしをいろいろときいてるから、身はかたいんです。

でも、誰《だれ》にだって多少はうぬぼれてえのはあるもので、あたしだって、若いころは、「あら、ちょいと、あんたいい男だわねえ。はなし家なんぞにもったいない顔だわ。役者になったほうがうつりがいいよ」

なんて女の子から騒がれたことだってありますよ。

旅を回ってるときは、はなしの受けるところはいいが、わからない土地では、歌ったり踊ったり、そんなことを余計《よけい》にやる。つなぎに踊りなんぞ七つも八つも踊ることもあるんです。土地の芸者とか若い娘なんぞが見に来て、キャッキャッいう。芸者なんぞ、踊りの手なんぞ盗《ぬす》みに来るんですね。そんなのは、タバコ銭《せん》ぐらいはくれる。

あたしは一度、九州でそんな女にひっかかっちゃった。

久留米の松栄座《しょうえいざ》てえところで興行していたとき、千秋楽《せんしゅうらく》の前の晩に、寄席の女中があたしんとこへ来て、

「ちょいと、あんたに会いたいという人が来てるから、お茶番のとこまでおいでよ」

というので行ってみると、年増《としま》の芸者がいる。

「この姐《ねえ》さんがね、あんたが、そんな着物や長じゅばんで踊っているのを見て、気の毒になっちゃった、といっているのよ……」

という。遠くで見てるとチリメンみたいに見える着物なんだが、実はメリンスの色のさめた奴なんです。商売がら、そういうものはひと目でわかるらしい。

「失礼だけど、あたしが、着物とじゅばんをこしらえてあげるよ」

てえうれしいことになって、友禅《ゆうぜん》と羽二重の、安くない反物を買って来てくれて、

「これ、どっかで仕立ててもらいなさいよ」

なんていう。あたしゃうれしいが、あいにく土地の仕立屋なんぞ知りゃしません。

「そいじゃァね、あたしのほうで仕立ててあげましょう……」

と、万事トントン調子よく運んだ。ところが、仕立てには二、三日はかかる。あたしのほうの興行はてえとあしたは若松《わかまつ》に行くことになってるから、そこんとこだけが、どうもうまくない。

「そいじゃァね、こうしましょう。ここのお菓子屋《かしや》のおばさんが懇意《こんい》だから、二、三日、二階でもかりて、仕立てが出来上るまでブラブラしていたら、どう……」

「あァ、いいともさ、お安いご用だよ」

菓子屋のおばさんも親切だから、そういってくれて、万事願ったりかなったりです。

寄席の女中なんぞも、

「ちょいと、師匠、お安くないわね。着物出来たら、それを着て、姐《ねえ》さんと、どこかへしけ込もうてんでしょう、なんかおごってくれないと承知しないわよォ」

てなことをいって、あたしのお尻をつねったりする。痛いのにエへへ……なんて笑っている。バカだね、あたしも……。

「こうこういうわけで、あたしは、三日ばかし遅《おく》れて、追っかけて行きますから……」

って、座長にそういうと、

「冗談いっちゃァいけないよ。お前さんに抜かれてたまるかい」

と、許してくれない。

「そこを、曲げて、なんとか……」

「うるさいよ、お前は、この一座をトンズラ（逃げ出す）しようてんだろう」

話がややこしくなるてえと、どうしても喧嘩になる。座長たって、友達みてえなものだから、売り言葉に買い言葉で、

「あァ、抜けてやるよ。こんな、売れない一座にいて、なんになるッ」

てんで、タンカを切っちゃった。あたしの心づもりとすると、芸者もオレに惚れた手前、着物だけってことはあるまい。日本銀行発行の絵ハガキかなんか、二、三枚にぎらせてくれるに違いない。そうしたら、うまい酒の一ぱいも呑んで、ついでに、ズーッと東京までもどって行こう。着物たァ何よりのいい土産になるってえ寸法です。

ところが、三日たっても、女ァ姿を見せないんです。仕立て物も届かない。おかしいなァと思ってるうちに、五日たった。しらべてみるてえと、ちょうどそのとき、あたしたちの一行と入れ違いに、久留米へ東京大相撲の一行がやって来た。その売り出しの、若手パリパリの関取に、その芸者がひと目惚れして、すっかり入れあげちまっ

ているんですよ。

しょうがねえから、せめて反物《たんもの》だけでもと思って、仕立屋へ行ってみるてえと、女ァすっかり相撲にうつつをぬかして、金ェなくなって、反物なんざとっくのむかしに持ちかえって、一六銀行のお蔵のほうへ入れちまったというんですよ。

女のところにかけ合いに行くと、もうあたしの顔ォ見たって、鼻もひっかけない。早いはなし、あたしはすっかりふられちまったわけです。にっくき奴は相撲、とくやしがってみても、喧嘩したらなぐられるのはこっちのほうだから、あきらめるよりしょうがない。こんなことなら、なにも一座を飛び出すこたァなかったんですよ。

その、関取てえのは、もう故人になったから、名前を出してもいいでしょう。のちに横綱になって売れた常ノ花ですよ。先々代の出羽海《でわのうみ》になった親方です。相撲が強くって、男がよくって、その時分は、グングン人気の出て来たときですから、実際、あたしなんぞじゃァ相撲にもなりゃァしません。

もっとも、女のほうにしたって、最初《はな》からあたしをだますつもりじゃァなくって、ほんとうはあたしと、ちょいと色《いろ》っぽくなるつもりだったんでしょうが、横から相撲が出て来たんで、そっちへ鞍《くら》がえしちゃったんでしょう。バカを見たのはつまりあたしのほうってわけです。

さァ、そうときまったら、あたしのメリンスの一張羅《いっちょうら》がよけいみじめになってきたが、まず食うことを考えなければなりません。そこへちょうどバイオリンの一座がやってきたので、そこの中にとび込んで、また旅の風に吹かれることになったんです。

こんなわけで、旅のはなしなんてえものはいくらでもありますが、あたしの一番大きな、生命《いのち》をかけた旅てえのは、戦争のときの満州行きですが、こいつは、あとでゆっくりと申しあげることにいたします。

講釈師小金井芦洲

座員に置いてけぼりを食わした座長

はなしがいくらかあとさきになりますが、あたしは落語のほうをあきらめて、講釈《こうしやく》師《し》になっていたことがあるんですよ。

名古屋で、あたしが大須の観音《かんのん》さまの中ァ歩いているてえと、向こうから紋付きの羽織を着た人が、弟子みたいなのを連れて歩いてくる。見ると講釈の小金井芦洲《ろしゆう》さんなんですよ。

「おや、先生、しばらくです。名古屋は何です？」

「うん、東京ォ飛び出して来て、いまここの春日亭《かすがてい》でやってんだよ」

この先生はてえと芸は名人だが、大酒呑みで、人間がズボラなんです。あたしだって、酒とズボラじゃァめったにひけを取らないが、あの先生にゃァとてもかなわない。芦洲さんてえ人は、講釈で大家《たいか》になったが、だいたいはてえと、はなし家の出なんですよ。前に話に出てきた先代の三遊亭小円朝の弟子で、泉水亭金魚《せんすいていきんぎょ》っていっていた。あたしも、そういうわけで小円朝師匠には世話になっているし、前にこの芦洲先生とも旅をしたことがあるから、よォく知ってるんです。

いっぺん先生が看板で九州の博多《はかた》へ行ったことがある。九州のほうの新聞に講談のつづきものを書いていたときだから、あっちのほうにも随分とお客が出来た。そこの新聞社からよばれて、講談と色物《いろもの》で、八、九人の一座で出かけた。中にあたしも入れてもらった。あたしは、もちろん落語です。

博多じゃァ、先生大変に人気があるから、入りもいい。アガリ（興行収入）がスーッと入ってくる。ふつうなら、そいつを一座のみんなにくばるんだが、先生は大酒呑みだから、みんな酒屋のほうへ回しちゃうんです。酒の好きなあたしらは、そいだってかまやしませんが、中にゃァ、酒なんぞきらいな人もいる。手妻（手品）の女の子なんぞ気の毒です。

「先生、酒を呑まない女の子には、給金をやってくださいよ」

といったって、ダメなんです。博多をハネてからも、毎日それだから手がつけられない。いやだったら飛び出しゃァいいかもしれないが、あたしは楽屋にいて、毎晩先生の講釈をきくのが楽しみだから、ズーッとくっついて歩いている。

別府から岡山にのり込むってんで、下関《しものせき》まで行ったが、あいにくその先まで行く汽車の発車までに、まだだいぶ時間があるんです。

「じゃァ、ちょいとなにしようや」

てえことになって、駅前の宿屋のひと部屋ァかりて、時間つぶしの安バクチが始まったんです。先生すっかりツイている。そのうちに汽車の時間が来て、駅へ行くと
「東京行」なんですよ。

「おれは、ついでに、ズーッと東京まで帰《けえ》るからなァ」

と芦洲さんがいう。冗談だろうと思ってると、そうじゃァない、本気なんですよ。

ふところがあったまりゃァ、ご難の旅なんぞ誰だってしたかァないけど、こういう了見はいけません。肝腎《かんじん》の座長に逃げられちゃァ、興行なんぞまとまりっこない。みんなしてとめたって、きくような人じゃァない。

「まァ、あとは、よろしく頼まァな」

てんで、あり金二百円のうち、百円だけを先生が自分で財布に納めて、はいサヨナラと行っちまった。無責任《むせきにん》の元祖はこの人じゃァなかろうかと思うくらいであります。岡山へついてみるてえと、向こうは何も知らないから、客はワンサとつっかけている。

そのうちに、席亭《せきてい》も芦洲のいないのに気がつく。わけを話さなきゃァならない。あげくの果てはおこる……というのはモノの順序てえ奴。

「こうとなったら、みなさんの着物でも何でもおさえて、質ィ入れちゃうから、あきらめておくんなせえ。そうでもしなけりゃァ、大損だ」

「冗談いっちゃァいけねえ、オレたちの責任じゃァねえや。それよりか、われわれだけで高座をタップリつとめるから、半札《はんふだ》にでもして客に詫びるところは詫びたらどうだね。それで気がすまないときゃァ、あとの分は芦洲と直接交渉してくださいよ」

と、まァこんな具合で幕ゥあけた。みんな一生懸命につとめる。行きがかり上、あたしがトリ（主任）をつとめたんですが、案外、これがはまって、お客は結構よろこんでくれる。席亭も、

「これは、これは」

とおどろきゃァがって、できたら日のべしてもらえませんか、買いじゃァなくって歩《ぶ》にするからって、頭《あたま》ァ下げてきやがった。一週間やったって、客足が落ちないんだから、いい気持ちのものです。自然に芸にも身が入る。タロ（金のこと）の顔もおがめるって寸法です。

芦洲先生がいないから、給金を呑まれちまう心配もいらなくなったから、みんなもよろこびました。

またしても逃げられる

そういうようなわけで、芦洲先生とはなみなみならぬ縁があり、実に久しぶりですから、その晩、春日亭《かすがてい》にききに行くと、『塩原多助』をやってたが、芸のしっかりしたことは、あたしは思わずうなっちゃったくらい、腕ァ落ちてるどころか、ますます油がのってるんです。

ちょうど、そのころ、あたしゃァ借金がかさんで東京ォ逃げ出して、名古屋くんだりでくすぶっているときで、落語も、もう一つハッキリしない。何とかしなくっちゃァいけねえなと、自分でも、そう思っているときだから、

（ようし、こいつを幸い、この人について芸を叩き直してもらおう）

と思いましてね。もっとも、名古屋でも借金がたまって、ニッチもサッチもいかなくなってたから、先生にくっついて、別の土地へ逃げ出そうてえ腹づもりも半分はあったんです。

「先生、こんどは、どちらへ行きます？」

「あァ、大阪へ行くところだよ」

「じゃァ、あたしも連れてってくれませんか。講釈ゥおしえてくださいよ」

「そうかい、お前さんがその気持ちなら、来てもいいさ。だが、あす朝ァ、早いよ」

「何時です？」

「八時ごろの汽車へのるつもりだ。今夜は鶴屋《つるや》って宿《やど》へ泊まってるから……」

「じゃァ、あたしゃ、七時までに、宿へ伺いますから、お願いします」

ってんで、夜の明けるのを待ちかまえて、七時に鶴屋《つるや》へ行ってみるてえと、女中が出て来て、

「そのお客さんは、もうとっくにお発《た》ちになりました」

といやがる、先生のほうが逃げちまったんですよ。あたしゃ、名古屋をドロンするつもりで、勢い込んですっかり身支度もして来ただけに腹ァ立つよりがっかりしましたね。

ゼニィありゃァすぐ追っかけるんだが、あいにく……あいにくたって、のべつのあ

いにくですが、文無《もんな》しときてるから、そのときはそのままになっちゃったけど、あとで、何年かたって、芦洲さんにジカにきいたんですが、あのとき、あたしは大阪へくっついて行かなくって、かえってよかったんです。

話をきいてみるてえと、あのとき先生は、大阪にいる弟子の西尾鱗慶《りんけい》をたずねて行くところだったんです。

神田の小柳《こやなぎ》で芦洲独演会があったとき、鱗慶が師匠の羽織、袴《はかま》から、アガリ（収入）まですっかり持って、

「先生、すみませんが、これちょいと拝借します」てえ置《おき》手紙を残して、ドロンしちまった。よっぽどゼニにこまってたんでしょうが、ひどい野郎があるもんで……。

先生も、そのときはそのままにしといたが、旅でご難をしたもんで、ふところのほうが淋《さび》しくなって、ひょいと鱗慶のことを思い出して、大阪にいるてえ話から、そこへ行くことになった。あたしと名古屋でひょっこり出ッ食わしたのはその途中だったんですよ。

先生と弟子の二人分の汽車賃で一ぱい一ぱいだから、あたしなんぞ連れて行くゆとりなんぞありゃァしない。そうかといって、あたしが余分のゼニィもってるわけはないことは重々知ってるから、サーッと逃げちまったんです。

芦洲と鱗慶との出会い

大阪で、バッタリ、その鱗慶に会った。

「おお、鱗公……」

「あ、お師匠さん、おなつかしゅうございます」

鱗慶は涙ァポロポロこぼしたそうです。

「そんなになつかしいかい。こっちはとりあえず、酒とメシがなつかしいよ。何しろ腹ペコだからな」

ところが、鱗慶はしょんぼりしている。

鱗慶もゼニがなくなって、そのときちょうどやりくり算段に歩いているところです。

「何とかならんかい」

「へえ、とにかくかけずり回ってみますから、しばらく待っててください」

「どこで、待ってりゃいいんだい」

「あそこに湯ゥ屋《ゆや》がありますから、湯にでもへえって、ほこりを落としといてくださ い。ちょうどいい加減なところにゼニもってお迎えに上がりますから」

てんで、先生と弟子は湯にへえって、二時間ばかりたって、目がくらみそうになったところへ、どこをどうやりくり算段したのか、鱗慶がゼニィ持ってかけ込んで来たそうです。

「お前さんが、もしあのとき一緒に行ってたら、鱗慶だって、とても三人も面倒は見切れない……と、また逃げ出したろうよ」

ってんで、芦洲先生は、あたしにはなしィしてくれました。

この芦洲って先生は、本名が秋元格之助《あきもとかくのすけ》って、芦洲の三代目にあたります。

人間は、このようにズボラでも、芸のほうは本当の名人でしたね。『塩原多助』もよかったが、『安政三組盃《みつくみさかずき》』だの、『吉原百人斬』なんぞも、ふるいつきたくなるくらいで、いまでも、あたしの耳の中に残ってますよ。

このときの弟子の鱗慶てえのが、次の芦洲を襲《つ》いだ人です。

小金井芦風時代

芸名のいろいろ

あたしが、芦洲先生のところへ弟子入りして、芦風《ろふう》てえ名前を名のるようになったのは、それよりズーッとあとのことです。

それまでにあたしは、三遊亭朝太から円菊……ここで、先代の志ん生師匠の弟子になって古今亭馬太郎、全亭武生《ぜんていぶしょう》、吉原朝馬、隅田川馬石、金原亭馬きん、古今亭志ん馬……と、もう八回も名前をかえている。

はなし家の芸名なんてえものは、師匠がつけてくれるもの、自分で勝手につけるもの、いろいろありますが、中にゃァ随分とふざけたのもある。

写楽斎奴《しゃらくさいやっこ》だの、五街道雲助《くもすけ》だの、家庭円満《かていえんまん》なんてえのもいましたよ。円満てえのはあたしも知っているが、こういう名前をつけるくらいの男だから、人間もかわってましてね、クモを見るてえと、手あたり次第、みんな食《く》っちまう、どのクモが一番うめえかって、あたしがきいたら、

「うーん、クモはおいらんグモに限る」

大きな看板では、朝寝坊むらくなんてえのはオツな名前でありますが、五代目のむらくの伜《せがれ》に猩々亭酒楽《しょうじょうていしゅらく》てえひとがいた。よっぽど酒好きだったんでしょうが、のちにはなし家ァやめて、本所の回向院《えこういん》の前で床屋《とこや》ァやってましたよ。

うちのおやじの友達だった三遊亭円遊てえ師匠は、円朝大師匠のところへ弟子入りしたとき、師匠が「円遊」てえのと「金朝《きんちょう》」てえのと二つ名前をえらんで、「どっち

上げて、落っこちてきたのをめくったら、「円遊」だったから、それにきめたなんてえ話をきいてます。

あたしが『火焔太鼓』だの『疝気《せんき》の虫』だのを教わった三遊亭遊三《ゆうざ》って師匠は、ご家人《けにん》あがりで北海道で裁判官《さいばんかん》をしていたとき、姦通《かんつう》事件の係りになったんです。女のほうがわるいことははっきりしてるのに、その女てえのがすこぶるつきの美人で、色っぽい目つきでチョイチョイとこっちを見るもんで、ポーッとなって女のほうに有利な判決をしちまった。こんなことをしたら、今だったら大変でしょうが……その時分だってよかァありません。クビになるのと同時に、その女と手に手をとって東京に逃げて来て、はなし家になったてえ経歴の持ち主であります。

以前、ご家人の時分に、五明楼玉輔《たますけ》てえ名人の弟子になったことがあり、円遊より兄弟子にあたるのに、二度目のはなし家はその円遊の弟子になったんです。役者の助《すけ》高屋《たかや》高助《たかすけ》から思いついて、上から読《よ》んでも下から読んでも「三遊亭遊三」てえ名前を考えたなんぞは、実にどうもオツなものであります。あたしがつけた名前の中では、全亭武生だの隅田川馬石なんてえのは、ちょいとふざけてるようにきこえますが、別にあたしが勝手につけたんじゃァない。昔からある名前なんです。

初代の武生てえ人は、あんまりなりふりをかまわないもんだから、師匠から、

「お前は、どうも全体無精《ぶしょう》でいけないよ」

と叱られた。

「おーッと、師匠、その全体無精てえのを、あっしがそっくりいただきやしょう」

てんで、文字を「全亭武生」とかえて、芸名にしたなんてえ話をきいてます。

隅田川馬石てえのは、江戸時代の馬生……このひとは四代目の坂東三津五郎の実の兄貴だったそうですが、その馬生さんの家のそばに、「ここで下馬しろ」てえ言葉を彫《ほ》った石が建っていた。隅田川がすぐ近くにあるので、その両方を合わせて、弟子の一人に隅田川馬石とつけさせたのがはじまりだそうです。

あたしが、その武生のときに、涙の出た話が一つありましたよ。

以前、あたしが若いころに、清朝てえ仲間と一緒に、下宿してた話をしたでしょう。小円朝さんの弟子で清朝てえんですが、その以前はてえと、円喬さんとこにいて喬松《きょうまつ》といっていた。あたしよりいくらか兄貴分です。

その清朝が、のちに落語ォやめて宇都宮へ行って、茶目平《ちゃめへい》てえ名前で幇間《ほうかん》（タイコ持ち）をやってたんです。風の便りてえやつで、そういうことはあたしも知っているし、向こうも、あたしが武生になって、どうにかやっているくらいのことは知ってい

る。

ある年の暮れですよ、いよいよ押しせまったが、あたしは例によって一文《いちもん》なし、正月をどうして迎えようと弱り果ててるとき、師匠の馬生から迎えが来た。大晦日《おおみそか》も、そいつも夜になってからですよ。

なにをしくじったのかな、とドキドキしながら、出かけてみると、

「お前なァ、宇都宮の茶目平てえのを知ってるか」

てえから、

「へえ、よく知ってます、兄貴分みてえな奴です」

「そうかい、そうだろうなァ、実ァな、その茶目平から、お前のところに羽織が届いているんだ。ほんというとな、今月のはじめに届いたんだが、私あての手紙に、武生てえ男はズボラでいけない。いま、羽織を渡すと、しめたとばかり伊勢屋の蔵（質屋）へ運んじまうに違いない。ですから、どうか大晦日に渡してやっていただきたい。そうすりゃァ、元日から着て、高座にも張りが出るだろうから……と書いてある。そういうわけだ、この際、茶目平の気持ちを無《む》にしないように、がんばってくれ」

これには、さすがにあたしも、涙ァ出て、しばらく顔ォあげられませんでしたよ。

この茶目平てえのが、あたしのあとの馬生（八代目）になった、小西万之助てえ人

ですよ。惜しいことに、昭和十八年に五十にもならないでなくなった。いい友達でしたがねえ……。

妙ちきりんな講釈師

まァ、はなし家のあたしは、その時分、東京にいたってうだつがあがるわけじゃァなし、旅に出たってご難つづきでロクなこたァない。たまに東京に帰って来るてえと、

「なにしに、帰《けえ》って来やがった」なんてえことをいわれちゃう。

あるえらい師匠と大喧嘩しちゃいましてね、

「はなし家以外のことでめしィ食えるなら、食ってみろ!」

ってやがるから、しゃくにさわったから、

「よーし、食ってみせてやらァ」

ってんでタンカァ切って、すぐに飛び出して芦洲先生のところへ行ったんです。

「先生、こうこうこういうわけなんです」

「そうかい、講釈師《こうしゃくし》なら、はなし家じゃァねえんだから、いいじゃァねえか。ウチへおいでよ」

「お願いします」

ってんで、あたしゃァ講釈師に鞍《くら》がえして、そのときつけてもらった名前てえのが小金井芦風《ろふう》なんです。

「お前はいくらか見どころがあるから、一年も我慢すりゃァ、めしィ食えるだろう」

てえから、そのつもりになって、早速講釈の修業です。

間もなく、芦洲先生が熱海へ行くってんで、くっついて行った。湯へつかりながら、ゆっくり稽古つけてもらえるんだろうと思ってると、無精なんですねえあの人は。酒のつき合いはさせてくれても、講釈なんぞ一つも教えてくれやしない。あたしだって酒はきらいじゃァないから、それも結構だが、この場合はおまんまのタネになる講釈のほうが大事ですよ。

いくら傍にいたって、これッぽちも教えちゃァくれない。そのうちに、

「お前なァ、高座へ出られるよう、組合の番頭にたのんどいてやったからなァ」

といってくれた。組合てえのは、講談組合です。神田の小柳《こやなぎ》へ出ろってえんです。小柳てえのは、徳川時代からある一流の釈場《しゃくば》ですから、定連はうるさいのが揃っている。

小金井芦風てえ名前を、堂々と名のりながら、講釈も知らないじゃァすまされない。高座でだまってるわけにもいかないから、あたしゃァやりましたよ。講釈はダメだか

ら、人情ばなしです。『塩原多助』もやったし、甲府で小常爺さんから教わっている『甚五郎の大黒』なんぞもやりましたよ。

ところが、講釈と人情ばなしは違う。素人衆は一緒だと思うが、耳の肥えた人には、ごまかしがきかない。

「おい、若えの、ほんとうの講釈をやってくれ」

なんてえことをいわれたりして、あたしは困っちゃった。しょうがねえから、その時分、講談の速記本てえのが、一ぱい出ていたでしょう。雑誌なんぞにも、一つ二つはかならずのっている。

貸本屋でそういうのをかりて、いつもふところへ入れて読んでいる。電車にのるときなんぞも、ザーッと読むんです。うろ覚えのまんまでもなんでも、かまわず高座へかけちまう。『幡随院長兵衛』だの『雷電為右衛門』だの、平気でやっちまうんです。

ところが、やってるうちに、次の言葉ァ忘れちまって、「エー、エー」なんて、口ごもって汗ェかいている。前のほうに、おっかない顔ォした爺さんかなんかいて、汗ェかいているあたしの顔をのぞきあげて、

「どうしたい、体の具合でもわるいかい」

なんて、わざといやがる。知っていて、芸人をイビるんですから、イビられるほう

はたまりませんや。こんな具合で、ずいぶんと妙ちきりんな講釈師だったわけですが、芦洲先生の顔で、あっちこっちの席を、なんとかかんとかお茶をにごしていたわけですよ。

講釈と人情ばなしの違い

講釈と人情ばなしと、一体、どう違うんだね、なんてえお客さんがいらっしゃるが、やっぱり違うんです。世話講談ですと、

……路地《ろじ》をはいったつき当たりに、荒い格子《こうし》があります。こいつへ手をかけてガラガラッとあけて、足を中へ入れながら、『ええ、ごめんくださいまし』……奥から出て来たのは、年のころは四十五、六とみえます。でっぷりふとったいい男でありまして、『あァ、いらっしゃいまし』……。

てえように、地《じ》の説明てえんですか、描写《びょうしゃ》てんですか、そういうぐあいに運《はこ》んでゆくが、人情ばなしてえのは、対話を主としてしゃべってゆくんですよ。

「おォ、路地《ろじ》だな」……と格子をあけるしぐさをして……「ごめんくださいまし」「だれだい、おうお前か、まァ、おはいりよ」……。

ってえようなことになります。あまり説明はくどくどしないで、雰囲気《ふんいき》でしゃべってゆくわけです。それだけに、実際むずかしい。

人情ばなしてえのは、滑稽ばなしとは区別されて、落語のほうでは一番大事なもので、昔は人情ばなしができないと真打《しんうち》になれなかったなんてえことをいわれたくらいであります。もっともこれは三遊派《さんゆうは》のことで、柳《やなぎ》のほうは、そう面倒なことをいやしない。

それに、講釈の人はてえと、みんな前に釈台《しゃくだい》てえものを置いてやります。人情ばなしは、そんなもの置きゃしません。だから見た目にも違いがあります。

落語へ逆もどり

そのうちに、芦洲先生が、大酒がモトでポックリと、横浜で死んじまったから、あたしゃァ弱っちまったね。そうかといって、ほかの講釈の先生ンとこへ行く気にゃなれません。あたしゃ芦洲先生がとても好きだったんですから。

喧嘩《けんか》した野郎にゃァいまいましいが、頭ァさげるところはさげて、また落語へ逆もどりしたのですが、くわしいことは抜きにして、そうしてつけた名前が、古今亭馬生《ばしょう》です。馬生てえ名前はもともと亭号が金原亭《きんげんてい》なんだが、あたしの師匠が古今亭だから、あたしも「古今亭」にしたんだが、もう一度、馬生になったときは、ちゃァんと、「金原亭」です。ここんとこ、ややこしいから、はっきりしときたいと思います。

この馬生てえ名前についちゃァ、ややこしい話があるんです。師匠が五代目の馬生を襲《つ》いだのが大正元年ですが、そのとき大阪にも五代目馬生てえのがいたから、両方でうるさいことになった。結局、箱根を境《さかい》にして、東京の馬生は西へ行かず、大阪の馬生も東へ来ないことで話がついた。ところが、その後、大阪の馬生はその弟子が襲《つ》いで東京へ出て来たから、東京に二人の金原亭馬生が揃《そろ》っちまったんです。これじゃァお客さんもこまるが、仲間うちでもややこしくっていけない。区別するために東京の馬生を黒札《くろふだ》にして「黒馬生」、大阪のを赤札《あかふだ》にして「赤馬生」なんてよんでました。

震災前後

女房を迎える

死にもの狂いの真打披露

うちのかかァが、あたしんとこへ来たてえことについて、よォく考えてみますと、あれは、あたしが三十三ぐらいのときでした。たしか、関東大震災（大正十二年）の、前の年でしたよ。十一月ごろでしたかね。

そのとき、あたしは馬きんてえ名前で、もう看板をあげていた。寄席で看板てえのは、真打のことです。この看板をあげたのが、たしか、その前の年の九月でしたよ。これについちゃァ、バカな話がありますよ。

上野鈴本の大旦那てえかたは、昭和三十六年の六月に、八十一歳で大往生しましたが、いい旦那でしたねえ。この大将が鈴本へ養子《ようし》に来て間もなくのころでしたよ。あたしが、あそこの楽屋で、一席やっておりて来て、汗ェふいてると、

「お前さんも、わりあい、はなしがしっかりして来たよ。どうだい、そろそろ、看板ンあげたら……」

といってくれた。はなし家にとって、こんなうれしいこたァない。でも、真打になるてえことは、金がかかるんですよ。

「ありがとうございます。でも、旦那ァ……」

と、そこまで返事したら、

「あァ、お金だろ、少しばかりなら、用立ててしてあげるよ」

てんで、人の上に立つ人は違うね。万事、心得ェて、ゼニィ二百円、ポンと貸してくれた。震災前の二百円ですよ。いまどきの二百円とは、わけが違います。羽二重《はぶたえ》の着物に、袴《はかま》、羽織まで一式《いっしき》出来て、半纏《はんてん》染めて、くばりものの手拭いだの扇子なんぞ、すっかり揃えて、まだいくらかおつりが来るってえ金ですよ。なんのかんので、披露《ひろう》にはこのくらいかかるんです。

「ありがてえッ！」

てんで、押しいただいて、すぐその足で、呉服屋へ行きゃァいいのに、そういうところへは行かないで、吉原へ行っちまった。

震災で焼ける前の、吉原なんてえものは、そりゃァまァ、この世の天国でしたよ。天国へ、あたしはズーッと通いましたよ。

酒は呑む、バクチには手ェ出すてんで、三道楽が、いきなり派手になったから、たまりませんや。いつの間にやらスッテンテンになっちまった。着物なんぞ一枚もつってないんだから、正直いって弱ったことにぞなりにけりってえ次第です。

そんなこたァ知らないから、寄席のほうの準備はドンドン進む。出来るだけにぎやかにしようてんで、顔ぶれにも力瘤《ちからこぶ》を入れる。南部の芸者《げいしゃ》が七、八人来て、踊りィ踊ったり、講釈の芦洲先生もスケ（助演）に出てくれるてんで、大層な景気。初日からお客の入りも上々です。

「さァ、馬きんさん、そろそろ支度したほうがいいよ」

って、大旦那がいう。あたしゃァ、そのとき、寝間着だかなんだかわけェわからないものを着て、楽屋で出番を待っている。

「支度は、もう、出来てます」

「冗談じゃァない、そのナリで、高座に出ようてえのかい」

「そうなんです。ほかに着るものないんです」

「えッ、ない？　高座着ィつくったりするお金は、お前さんに貸してあげてるはずだよ」

「それが、使っちゃって、一文《いちもん》もないんです」

「なんだって？」

そのときの、旦那のおどろいた顔ったらなかったですよ。

「しょうがないじゃァないか」

「しょうがないたって、しょうがないですよ。第一、あたしから、ゼニィ貸してくれと頼んだわけじゃァない。旦那のほうから、勝手に貸してくれた金でしょう。それに、ふた月《みつき》も三月も前のゼニなんぞ、今ごろあるわけがないでしょう」

随分と手前勝手な屁理屈《へりくつ》で、ほんとなら、横ッ面ァ三つ、四つひっぱたかれるのがオチなんですが、さすがに大きな寄席ェあずかる旦那だけのことはある。人間が出来てるんでしょう。ゲンコツなんぞふり回さないで、あたしのいうことをだまってきいている。

「しょうがないから、このまンま、高座ィ上がります。紋付、羽織、袴でなきゃァいけねえのなら、大神宮《だいじんぐう》のお札《ふだ》くばりかなんか呼んで、高座に上げりゃァいいでしょう。

あたしは、これでもはなし家なんだから、ナリを見せるんじゃァない。芸できかせりゃァいいでしょう」

大将、あきれけえって、木戸（入り口）のほうへ、スーッと行っちまった。あたしは、寝間着みてえなナリのまんま、高座ィ上がりましたよ。

理屈をならべた手前、満員の客をひとりでも立たした日にゃァ、こっちの負けです。大将に対したって、顔向けは出来ません。一生懸命……それこそ、あたしゃァ、ありったけの力でやりましたよ。

その時分はてえと、年ァ若ェし、人間もガムシャラで、人に負けるてえことが大きらいだから、ほんとうに死に物狂いでした。大きな人情ばなしで、あまり他人《ひと》のやらないのを、タップリ演《や》ったら、客ァシーンとしてきいてくれる。途中で、立って帰る客なんぞ、誰もいない。ここで立たした日にゃァ、もう真打として落第《らくだい》です。終わって、打ち出しの太鼓が鳴ったとき、あたしは、本当に腰が抜けるほど疲《つか》れたね。

でも、「あんなきたねえ野郎を、高座に上げるな」なんてえ苦情も、別になく、実に、どうも、ホッとしましたよ。

あくる晩も、客ァドンドン来てくれる。中には、「馬きんさん江」なんて、ご祝儀《しゅうぎ》をくるんでくれる客もあるから、ふところはだんだん暖《あった》かくなる。そいつをいいことに、毎晩酒ェ絶やさないから、結局着物のほうは、そのままなんです。

その後、大旦那には、いろいろ金ェかりたりして面倒かけました。なかなか、そのかりたものが返せねえんで、あやまりに行くと、

「なァに、芸人さんから、金ェもらおうたァ思わないよ」

てんで、貸したことなんぞ、すっかり忘れたような顔ォしている。実にどうも、神様のようなおひとでしたよ。

あれからすでに五十年

それから、一年ばかりたって、かかァがあたしんとこへ、転がり込んで来たんです。

その時分、あたしは、下谷《したや》の清水町の、床屋の二階の六畳にひとりで住んでました。真打といったって、それで食えるてえもんではない。少しばかりワリ（給金）でも入るてえと、左手ェ動かしたり（酒をのむ）、手なぐさみ（バクチ）のほうに精が出るから、どうしたって生活のほうにさしつかえるって寸法ですよ。

床屋のとなりに運送屋がいて、この人が世話好きとみえて、

「ねえ師匠、いつまで独りでいて、呑んで遊んでばかりいたんじゃァダメだよ。どう

だい、そろそろ、もらったら……」

もらえたって、猫の仔やなんかじゃァないことは判ってるから、

「そりゃァね、もらいたい気持ちは山々だけど、あたしみてえなもんのところへ来る娘なんぞ、ありゃァしませんよ」

「だから、あたしが、世話ァしようてんだよ。いい女性《ひと》がいるんだよ」

てえから、あたしゃァ、正直にいったんです。

「じゃァねえ、向こうさんに、きいてみておくんなさい。あたしゃァ芸人だからといって、別に売れてるわけじゃァない。かせぎもないし、財産もないし、着るもんだってありゃァしないよ。江戸時代にいた林子平てえ人の親戚《しんせき》みてえなもンだよ。そのかわりといっちゃァなんだが、呑む、打つ、買うの三拍子《さんびょうし》は人一倍、その上になまけもんと来てる。それが承知ならいつでも、どうぞ来ておくんなさい」

あたしは、どうも人間が正直だから、そっくりそのままをいっちまった。これには、世話人もあきれた顔をして帰って行ったから、もう来ないだろうと思っていると、十日ばかりたった晩ですよ、人形町の席ィすませて、床屋の二階へ帰って来ると、そこにちゃァんと、かかァがすわって待ってるじゃァありませんか。

女房てえのは、高田の馬場あたりで、学生相手に、下宿をやってる家の娘で、清水

りんてえ名前で、年《とし》ァあたしより七つ下。きいてみるてえと、世話人にあたしのことをきいて、あたしが早稲田あたりの寄席ェ出てるとき、おやじさんと二人で、客席からこっそりあたしを見て、「おとなしそうな人だから、いいじゃァないか」てんで、勝手に向こうできめちまって、道具ゥ持って、あたしのとこへ来たってわけです。婚礼の真似ごとぐらいは、しなくっちゃァならないからてんで、仲人と向こうの両親と、近所の人が二、三人、それに新郎、新婦が、六畳の間一ぱいにひろがって、酒ェ買って来て、スルメかなんかかじりながら、高砂やァ……、てんですから、式なんてえものじゃァありません。むろん新婚旅行なんて、そんな面倒なことァしてるヒマはありゃァしません。

女房は、自分で針仕事したりして、いくらか貯《た》めた金と、タンス、長持ちに、琴なんぞ持って来たが、そんなものが家にあったのは、ひと月半ばかりですよ。あたしがみんな、スッカラカンにしちまったから、これには、かかァも、さすがにおどろいたらしい。

女房が来たあくる晩ですよ。あたしゃァ、もう女郎買いに行っちゃった。あたしがわるいんじゃァない、友達がわるいんですよ。

若いころから仲のよかった窓朝てえ仲間が、ドンドンと上がって来て、

「おう、孝ちゃん、チョーマイに行かねえか」

といふから、あたしは、女房に、

「チョーマイに行かなくちゃァならねえから、こん夜は帰れないよ。この商売《しょうべえ》は、仲間のつき合いが大事だからなァ。いくらか、金ェおくれ」

てえと、女房のやつァ、財布からヘソクリを出して、下駄《げた》までそろえて、三ッ指ついて、「行ってらっしゃいまし」という。

そのあくる晩になると、

「おい、今夜は、ちょいとモートルだから、いくらかたのむよ」

てえと、また金ェくれて、「行ってらっしゃいまし」だ。

チョーマイてえのは、われわれの符丁《ふちょう》で女郎買いのことです。モートルてえのは、バクチのことなんですが、来たばかりの素人娘のかかァに、そんなことがわかるわけはない。あとできいたら、チョーマイだのモートルってえのは、はなし家の勉強会かなんかだと思ってたらしいんですよ。

ふつうのかみさんなら、もうこの辺で、あきれかえって、逃げ出すところでしょうが、うちのかかァなんてえものは、あたしのわがまま放題を、ジーッと辛抱《しんぼう》して、家ン中ァよく守って、子供たちを育てて、もう五十年になるんですから、そりゃァもう、なんてったって大変なものですよ。

むかしの娘《むすめ》てえのは、いまどきの若い娘《こ》と違って、嫁《よめ》に来るときは、「いったん、よそさまの家の敷居《しきい》をまたいだら、実家《うち》へなんぞ帰るもんじゃァないよ」なんてえことを、両親からウンといわれてるので、どんな苦しいことだって、たいてい我慢《がまん》しちまう。どんな貧乏にもおどろかないように、丈夫一式《いっしき》に出来てるんですね。

うちのかかァなんぞ、ついこの間まで、どんな冬の最中だって、足袋《たび》なんぞはいたことがない。うっかり足袋ィなんぞはこうものなら、しもやけが出来て、かえって風《か》邪《ぜ》ェ引いてしまう。

そんな具合でありまして、あたしがよく遊ぶもんですから、かかァのタンスの中なんぞは、だんだん空《から》になる。部屋代がたまっちまって、具合がわるいことになってくる。

あるとき、かかァの親父さんがやって来て、

「どうだい、いっそのこと、ここいらで、ひとつ思い切って……」

「別れるんですか？」

「そうじゃァない。一軒、家ィ借りてみたら、どうだい。一軒の主《あるじ》てえことになれば、あいつだって、少しは責任をもつだろう。それに、困ったときにゃァ、ひと部屋ぐら

い、他人に貸したって、やりくりの足しになるだろう」てなことを女房にいったとみえて、本郷の動坂《どうざか》の停留所からちょっと入ったところに、ちゃァんとした家を、一軒みつけてくれた。二階家で下が八畳に六畳、玄関も勝手も、一応揃っているという、あたしにとっては、実にどうも、まるで夢の宮殿みたいなところですよ。そのかわり、家賃のほうも二十五円という、きいただけで気の遠くなるような値段です。

そこで、あたしは震災に出っくわすてえことになるんです。

激震、東京を襲う

家の心配よりまず酒買いに

大正十二年九月一日の午前十一時五十八分四十五秒……あまり、物覚えのよくないあたしも、これだけは、いまだに覚えてます。あの、関東大震災です。

いやァ、凄《すげ》えの凄《すご》くねえのって、こないだの戦争の、あの空襲のときと、ドッコイドッコイてえとこでしょう。空襲に丁《ちょう》と張る人がありゃァ、あたしゃァね、震災のほうに半《はん》と張りますよ。あたしは、家にいて、あの地震にぶつかった。

その時分の、落語界のことを、少し申しあげましょうか。演芸会社、睦会《むつみ》、東西会てえ三つの派がありまして、東京のはなし家は、そのどれかの所属になっている。

会社（東京演芸株式会社）てえのは、大正の六年に、席亭《せきてい》（寄席の主人）と芸人が、両方株主になってつくったもので、上野の鈴本、神田の立花亭、両国の立花家、本郷の若竹なんてえ大どころの寄席と、小さん、円右《えんう》、燕枝《えんし》、小勝《こかつ》、円蔵《えんぞう》てえ大看板が相談をして、資本金は三万円ぐらい。

ところが、こういうことはすぐ反対派が出来るもので、五代目の柳枝《りゅうし》が会長で、五代目の左楽《さらく》を副会長にして、睦会（落語睦会）てえのが出来た。こちらはてえと、神田の白梅亭《はくばいてい》、人形町の末広、四谷の喜《き》よしなんぞが尻押しをする。両方で関ケ原の合戦みたいなことをやっていたんですよ。

会社派が本格の芸を看板にすれば、睦のほうは、お陽気にいこうてえ寸法で、むかしの三遊と柳のむし返しです。もっとも、三遊派と柳派のゴタゴタてえのは、あたしなんぞ生まれる前のことですから、その時分のこたァ、よォくわかりませんけど……。

ところが、睦の芸人の中に、会社側の株ゥ持ってるのがいて、そいつが株主の権利《けんり》でもって、会社側の帳簿《ちょうぼ》ォしらべたりするもんだから、秘密にしてある月給がすっかりわかっちゃった。睦のほうは、それよりもっとゼニィ出して、どんどん引っぱったから、会社側ァおどろいた。

そこへもって来て、神戸から興行師がのり込んで来て、

「もう一つつくるから、みんなおいでよ」

てんで、東西会（落語東西会）てえのをでっちあげた。さァ、こうなるてえと、会社からも睦からも、そっちへ移るのが出て来ます。あたしも師匠の馬生と一緒に、睦からそっちへかわっちゃった。

馬きんで、曲がりなりにも看板あげてたから、月給を六十円ぐらいくれたんです。毎月二日と十七日が、その給料日てえから、その日は待ち遠しいですよ。何しろ、ゼニの顔ォおがむのは、その二日間だけですからね。もっとも、おがんだ途端に、もうありゃァしません。

東西会が出来たとき、大阪からもずいぶん、いろんな芸人がこっちへやって来て、にぎやかでしたよ。漫才の林家染団治なんぞ、その時分は、はなし家で来ていました。

震災の前の日はてえと、八月の余分の一日だから、あたしは、本所の常盤《ときわ》てえ席ィかりて、独演会をやって、少しもうかった金でバクチをやって、みんなスッちまって、がっかりして家ィもどったのが、夜中の十二時すぎ。目が覚めると、九月一日てえわ

けです。

九月の上席《かみせき》（九月上旬の興行）のかけぶれが、事務員のほうから回って来た。あたしの出番《でばん》はてえと、本郷の梅本《うめもと》をふり出しに、浅草の二州亭《にしゆうてい》から、上野の鈴本へ回るてえことになっている。さっきもいったように、二日が月給日だから、一番ゼニのない日です。

朝から雨がパラパラと来るが、いやに暑っくるしい日でしたよ。パタッとその雨がやむてえと、こんどは風が出てきやがる。おてんとうさまと雨と風が、運動会かなんかやっているようです。

「なんだい、おい、へんな天気だなァ」

なんていいながら、あたしゃァ猿叉《さるまた》一つで、座敷に寝ころがって、雑誌かなんか見とったときです。雨がピタッとやんだ途端、グラグラグラーッ！

そのうちに、だんだんひどくなって、裸電球が、天井にぶつかって、パチーン！

かかァのほうをひょいと見るてえと、奴《やっこ》さん、勝手口で、七厘で、メザシかなんか焼いていて、あわてて、そいつに水ゥぶっかけてる。暑いから腰巻き一つです。

「お前さん、大丈夫かいッ！」

てんで、あたしの傍へ寄って来た。そのときですよ。タンスの上の、嫁入りのときもって来た鏡台が、ガラガラガッタンてんで、あたしらの頭ァ通り越して、目の前へ落っこちて来た。

「オレたちァ、兄弟（鏡台）なんぞじゃァねえ。夫婦だ」

ひまなときならこの位の洒落をいってもいいが、非常の場合です。そんなひまァない。

いよいよ、いけなくなって、浴衣ァひっかかえて、表ェとび出したとき、どういうわけだか、あたしの頭ン中に、ツツーッとひらめいたのは、まごまごしていると、東京じゅうの酒が、みんな地面に吸い込まれちまうんじゃァなかろうかという心配です。

「おい、財布かせッ！」

てんで、帯《おび》ィむすぶのももどかしく、かかァの財布ゥひったくって、あたしはかけ出しました。財布の中ァチラッと見ると、二円五十銭ばかり入っている。いきなりとび込んだのが、近所の酒やでです。主《あるじ》がウロウロしているから、

「酒ェ、売ってください」

てえと、向こうはもう商《あきない》どころじゃァない。早いとこ逃げ出すことで、精一ぱいのさ中だから、

「この際です。師匠、かまわねえから、もってってください」

「二円五十銭しかありませんよ」

「ゼニなんぞ、ようがすから、好きなだけ、呑んでください」

そういうひまも惜しいように、あわてふためいてもう表へとび出した。しめたってんで、あたしゃァ、そこにころがっていた四斗樽の栓《せん》をぬいて、一升ますでグイグイグイってあおりましたよ。いい酒だから、いやァうめえのなんの、あんまりうめえから、ついでにもう一ぱい、キュー ッ！

あたしは、酒は好きだが、そんなにバカ呑みするほうじゃァない。一ぺんに一升五合も飲みゃァ、もう十分です。

そうしている間にも、棚《たな》から一升びんが落っこちて来て、あたしの足もとではぜたりする。もったいない話です。こんなもったいないことを、とても見のがすわけにはいかないでしょう、まだ割れない奴が、二、三本あったから、そいつを赤ン坊でも抱くようにして、表ェとび出した。

外はてえと、逃げる人だの、泣き叫んでいる子供だの、もう大変なさわぎです。あたしもかけ出そうと思ったが、ちょうどいい心持ちに、酔いが回って来たから、足もとがうまくねえんですね。グラグラあたりが回っている。地面がゆれてるのか、手前ェがゆれてるのかわからない。きっと両方でしょう。すっかりへべのレケです。

「アー、コリャコリャ……」かなんか歌いながら、家まで千鳥足《ちどりあし》でたどりついてみると、かかァひとりでオタオタしてやがる。

「このさわぎに、どこをほっつきあるいてるのさ。わたしの身にもなってごらんなよ」

「オレの身にも、なってみろ」

「なにいってんのさ、わたしは、身重《みおも》なんだよ」

てんで、さすがにあのときばかりはかかァにうんとどやされた。あたしがおどろいたのは、かかァが身重だってことです。そういうこたァ、なにも大地震のさ中にいわなくったって、もっと早くいやァいいですよ。

余震の中で長女誕生

幸いに、あたしんとこの本郷の家ァ、いくらかかしいだくらいで、焼けなかった。

「おっかさんとこは、どうだろうかねえ」

てんで、あくる日、かかァの在所の、高田の馬場の家ィ行ってみると、家がかしいで、戸なんぞあかないくらいになっているが、みんな無事でした。そこで、いくらか、ゼニだの米なんぞもらって帰ってくるてえと、あたしんとこへ、お客さんがたくさん来ている。お客さんたって、みんな家ィ焼かれて逃げて来た連中です。

林家染団治てえ、上方《かみがた》から来ている東西会の仲間が、まっさきに来た。これが太ってるから、よく食うんですよ。鍋《なべ》一ぱいたいたメシなんぞ、一人でペロリとやっちまう。こっちは夫婦で、カラの鍋ェのぞいちゃァ、ためいきをついている。

ウチの師匠（先代の志ん生）も、家が焼けたって、あたしんところへ転がり込んで来た。師匠のナリはてえと、刺子《さしこ》ォ着て、まるで消防の頭《かしら》てえいでたちで、家族七人に犬まで連れて、「おい、しばらく、頼まァな」ってスーと入って来た。

二階が、下宿用にあけてあるから、そこへ入ってもらったが、たべものがありませんや。

ふっと思いついたのは、前にあたしが、正月の餅《もち》ィ、アミに入れて、二階の天井につるしといたのがある。むかしは、どこの家でも、こういうことをして、非常の場合にそなえたんです。そいつをおろしてみるてえと、餅ァボロボロで、カビが生えていて、おまけに虫が一ぱいいて、ひろげてみると餅より虫のほうが大分多いてえ代物《しろもの》ですよ。なァに、かまやァしねえよてんで、そいつをグラグラ煮て、だまって出したら、師匠は、「うめえ、うめえ、山海の珍味だよ」てんで、みんな食っちまった。

そんなこんなで、あの人はどうしてるだろう、あそこの家は大丈夫かしらって、あたしも、随分あっちこっち回ってあるいたが、ひどかったのは吉原でしたね。あそこに、あたしは、ちょいと馴染《なじみ》の花魁《おんな》がいたから、やっぱりのぞきに行ったんですよ。

吉原病院のわきのところに弁天池《べんてんいけ》てえのがあって、あの池で大層人が焼け死んだ。吉原のまわりてえのは溝《どぶ》で、出入り口てえのは大門《おおもん》と、三つの非常口だけですから、一ぺんに逃げられない。それに、裏手の千束町《せんぞくまち》のほうからも火が出たから、みんな争って池のまわりへ集まって来た。風が回って火柱《ひばしら》が立つ、荷物や着物に火の粉が飛ぶ、さァ大変だってんで、池にとび込む奴がいる。オレも、あたしもてんで、みんな助かりたい一心で、その池へわれさきにとび込んだ。

池ッたって、小さな池で、おまけに下ァ泥で、人の背《せ》よりいくらか深い。次から次へととび込むもんで、下の人ァおぼれる。上の人ァ、火をかぶるってんで、一夜あけたら、六百三十人ばかりの人が、折り重なって死んでいたてえんですからひどいですよ。女郎なんかも、ずいぶんいたそうですすよ。中にゃァ、あたしの馴染もいたかもしれませんが、みつかりっこありませんよ。

吉原もひどかったが、本所の被服廠《ひふくしょう》あともひどかった。五代目の麗々亭《れいれいてい》柳橋てえ師匠も、あそこんとこでなくなった。ほかに古今亭志《し》ん橋《きょう》だの、奇術の帰天斎小正一《きてんさいこしょういち》なんぞも、震災でいなくなっちまった。太神楽《だいかぐら》ァやっていた湊家小亀《みなとやこがめ》も、かみさんが行方不明になっちゃったてんで、オロオロしながら歩いて来ましたよ。

震災で、東京じゅうの寄席《よせ》があらかた焼けちまったから、もう会社だ、睦だ、東西会だなんて、のん気なことをいってる場合じゃァありません。復興演芸会《ふっこうえんげいかい》てえのが出来て、のこった寄席ェかりて興行したんですが、いやァ来るわ来るわ。なにしろ、みんな演芸とか娯楽に飢《う》えてるから、そういうところへ押しかけて来るんです。

寄席ァそれこそ一ぱいなのに、どのお客さんをみたって、乞食《こじき》と同じですよ。寝るも起きるも一帳羅《いっちょうら》で、なりふりかまわずどこへでも行くんです。芸人だって同じようなもので、満足なナリのものなんぞいやァしません。ひどいのになると、印《しる》し半纏《ばんてん》を着て、平気で高座に上がる。「あたしも、焼けちゃったんですよ」てえと、ドーッと受ける。

そこへゆくてえと、あたしなんぞ都合がいいですよ。いつも満足なものォ着てないから、これ幸いと、ヨレヨレの浴衣にナワみてえな三尺《さんじゃく》ゥ締《し》めて、それを高座着で通《とお》しちゃった。あっちこっちの席を、そんな恰好でずいぶん回りましたよ。

そんなことをしているうちに、大正十三年が来て、一月の十五日に女の子が生まれました。これが長女の美津子《みつこ》てえんです。この美津子が生まれて二日目の明け方に、グラグラッてんで、またひどい地震が来ましたよ。その時分はてえと、のべつ揺《ゆ》り返しが来たんですよ。ナマズの奴ゥ、なにかよほど腹ァ立ててたんでしょう。ですから、どこの家だって、すぐ逃げ出す用意をしている。

「そら、また地震だよッ！」

てんで、寝ていたかかァが、赤ン坊かかえて、表へとび出しゃァがった。その早《はえ》え

の早くねえの、あんな体で、よく逃げられたもんだと思いましたねえ。

あのとき、しばらくもどって来ないから、あたしは心配していると、ようやくもどって来た。

「オレより、赤ン坊のほうが大事かい」

って、あたしがいうと、

「あァ、子供と亭主じゃァ、亭主のほうが他人だよ」

ってぬかしゃァがる。なるほど、考えてみると、赤の他人同士が夫婦になって、その間に子供が生まれるんですから、そりゃァそうかもしれません。子供を生んだ途端、かかァてえものは、強くなるてえことを、あたしはそのとき、しみじみ感じましたよ。

余震なおもつづく

寄席経営に失敗

そのかかァの算段《さんだん》で、あたしは、寄席ェ一軒持ったことがある。あたしが席亭《せきてい》になった話なんぞ、誰も信用しないでしょうが、本当なんですよ。

これだけ寄席がはやるんだから、一軒寄席ェ持ちゃァ、きっともうかるだろうてんでね、うちのかかァが、親元へそういうと、かかァの父親てえ人も、長年下宿屋をやってるくらいの人だから、

「うん、そいつァいい。どっかに出ものがあったら、捜《さが》してみろ」

てんで、あちこち捜すと、巣鴨のお地蔵さんの近くの「巣鴨亭」という寄席が、売りに出ていた。震災で焼けずに残った小屋だが、どうも入りが思わしくないので、持ち主が手放そうてんです。

「じゃァ、そこにきめよう」

てんで、買っちゃった。買うったって、あたしにゼニのあるためしなんぞありゃァしませんから、かかァの親元が出してくれて、かかァの名儀てえことにしたんです。

タバコや菓子ィ買うのと違って、安いゼニじゃァないが、かかァのものはあたしのもの。あたしも気が大きくなっちゃった。

「さァ、ここで、お前さんも、男になっとくれ」

って、かかァがいうもんだから、

「あァ、なるともさ」

てんで、あたしも、男になるつもりで随分と働きましたよ。「馬きん独演会」なんぞもやったり、いろいろな人にも出てもらいました。かかァは、田端の家から、美津子を負《おぶ》って、毎晩そこへ通《かよ》って、木戸にすわるんです。

「たまにゃァ、ドカーッとおどろくような看板をあげたいね」

って、一応もっともなことをいうもんだから、あたしは芦洲先生のところへ行って、三日ばかり独演会をやってもらうように掛け合って来た。

「大丈夫かね。あの先生ァ、平気で抜いたりするから、あぶないよ」

って、かかァのほうが用心している。先生のズボラなこたァ、あたし以上ってこと、ちゃァんと知ってるんですよ。

「なァに、オレが頼むんだから、そんなことをするもんかい」

ってんで、フタをあけると、客が来ましたねえ。名人の名で通《とお》ってるから、客ァ正《しよう》直《じき》です。

ところが、近くに活動小屋《かつどうごや》があって、そこが、浪花節の鼈甲斎虎丸《べっこうさいとらまる》をかけた。虎丸とくると、こいつはまたとびっきりの大看板だから、講談の芦洲でも喧嘩にならない。おまけに向こうが初日で、こっちが二日目だから、こいつァ弱ったなァと思っていると、やっぱり客ァ来ましたよ。向こうに負けないくらい来た。

また、芦洲先生の講談もよござんしたよ。『切られ与三郎』をミッチリやったんだが、あんまりうめえんで、客ァためいきをついている。あたしも、商売ェ離れて、すっかりきき惚れちまったくらいであります。

先生にすれば、浪花節に負けてたまるか、腕で来いッって気持ちでしょう。芸人のすさまじい気魄《きはく》てんですか、そういうものをズシーンと感じましたね。あたしが、あとでこの先生に弟子入りして、しばらく講釈ゥやったのは、こういう高座に惚《ほ》れたからですよ。

ところが、そのあとがいけない。

三日目に、木戸ォあけて、客ァ一ぱいつっかけているのに、いつまでたっても先生が入って来ない。どうしたんだろうと思って、先生の家ィ行ってみるてえと、どうです、近所の左官屋の親方と、ひる間から酒ェ飲んでいて、もうレロレロなんですよ。

「先生、独演会ですよ」

「なに、独演会？　誰の？」

「先生のですよ、もう時間ですから早く来てください」

「そんなもの、どうだっていいよ。お前も、折角来たんだから、まァ一ぺえやってけ」

「そうですか、じゃァお言葉に甘えて……」

あたしも酒ときいちゃァだらしない。そのまま、先生ンところで、夜っぴいて左手を動かした。

こんなふうでありますから、その寄席も、ほんの半年ばかりで人手に渡すようなことになっちまった。

何しろ日《ひ》ゼニが入る商売ェだから、使うにゃァ都合がいい。かかァをおどかしては、木戸からゼニィ持ち出す。その足であたしは遊びに行く。吉原で居続けなんぞしてるんです。帰って来ると、

「お前さん、こんどこそ、男になるといったのに、何だい、そのザマは」

「だから、吉原で男になってるんだよ。吉原なんぞ、女の行くところじゃァねえぜ」

かかァもあきれるより仕方ない。

かなりもうかっているつもりが、ソロバンはじくと損になってるんだから、かかァの親父が首ィひねるのは当たり前ですよ。あたしは、もっとやりたいんだが、そういうわけにはいかなくなったんですよ。

その時分の高座てえのは、はなし家が湯ゥ呑むでしょう。だから下に車《くるま》のついた火鉢が置いてあったものであります。そこの寄席にも、唐金《からがね》（青銅）の立派なのがあって、席ィ手放すとき、あたしがなんでも酒にかえちゃうもんですから、

「なにからなにまで、飲《の》み代《しろ》にされて、たまるかい」

てんでね、そいつをかかァの実家へ運んじゃった。それが、いま、千葉にいるうちのかかァの弟のところに残っています。巣鴨亭の思い出ってえと、いまは、その火鉢だけになってしまいました。

こういう忙しいときでも、かかァはすぐはらむんだね。美津子のあと、一年たった十月の五日に、また女の子が生まれた。これが喜美子てんで、いま、川崎のほうに住んでいて、三味線豊太《とよた》郎《ろう》の名でちょいちょいテレビなんぞにも出ております。本郷の家はてえと、家賃がドンドンたまる。大家にあんまり催促《さいそく》されるんで、しまいには顔もまともに見られなくなった。震災のあとですから、みんな家ィ捜している。少しばかり家賃が高くったって、かりたい人はいくらでもいる。そんなとき、家賃を払わな

いで、威張ってる店子《たなこ》がいた日にゃァ、大家さんも困るのは、当たり前ですよ。

あたしゃァ、こんどは笹塚へ引越します。

権太楼と貧乏の競争

どっか安いところはないかと捜していると、故人になった柳家権太楼《ごんたろう》が来て、

「うん、オレも家ィ捜しているんだ。一緒に捜そうよ」

てえから、二人してあっちこっち歩き回った。下町だの、山手だのと、ぜいたくなこたァいっちゃァいられません。新宿から、京王線てんですか、電車にのりかえていくつか行くと、笹塚てえ駅があるでしょう。

いまは、あの辺は、大層な発展ぶりで、家なんぞ一ぱいあるが、その時分はてえと、東京の郊外もえらい郊外で、あたり一面畑と藪《やぶ》ばかりです。その畑ン中に、新しい平家がポツンポツンと建っている。柱なんぞピカピカして、出来たばかりってことはすぐにわかる。震災で家ィなくした人を見越してそんなとこへ建てたんですね。

「ここがいいよ」

てんで、大家を尋ねると、表通りのブリキ屋さんがそうだという。人のよさそうなおやじさんです。こっちは商売がら口はうまい。ご機嫌を取り結ぶなんざ朝めし前だ

から、「ようがしょう」と、すぐに貸してくれた。

すぐ引ッ越しです。権太楼とあたしんとこと、両どなりてえことになった。向こうじゃァ、はなし家が二人だから、口明《くちあ》けの店子としちゃァ、陽気でいいだろうと思ったんでしょうが、思惑《おもわく》だの褌《ふんどし》なんてえものはえてして外《はず》れやすい。こっちはあくる月から家賃がはらえない。別に大家ァだましたつもりじゃァないが、自然にたまって払えないんです。両方で貧乏の競争みてえなことをやっている。

昔、三遊亭円左《えんさ》てえ人が、浅草の三筋町《みすじまち》に住んでいて、すぐとなりが講談の悟道軒《ごどうけん》円玉《えんぎょく》てえ先生だが、二人とも貧乏についちゃァひけを取りません。はじめは二軒の境界に竹垣《たけがき》みてえなものがあったんだが、両方からそいつをもぎ取っては薪《まき》にするから、しまいにはなんにもなくなっちまった。

ある年の暮れですよ。円左がひいきのお客のところへ歳暮《せいぼ》に行くんだが着て行くものがない。円玉のところへかけ込んで、

「すまねえが、実はそういうわけで、羽織と銭ィ一円だけ、貸してもらえめえか」

とたのむ。先生にしたって、となりのよしみだから、いやとはいえない。

「お安いご用といいたいが、あたしも実ァ、歳暮に行くために、ちょうど一円だけ工面して来たばかりだ。今日じゅうに返してくれるなら、持っていっていいよ」

「あァ、いいともさ、これから旦那ッとこへ行って、小ばなしを三つ四つしゃべってくりゃァ、イノシシ一枚(十円)ぐらいには化けるから、二、三時間、待っとくんなさい」

てんで出かけて行ったが、いくら待ったってもどって来やしない。そのうちに夜も更けてから、バタバタとかけ込んで来た円左が、

「やァ、どうも、お待たせしました。向こうへ行くてえと、あいにく旦那も奥さんもご不在で、さて弱ったなァと思ったが、どっこいここで帰ったら、土産もの代が損になると思うから、坊ちゃんの馬になって、長い廊下《ろうか》ァ這いまわっているうちに、やっと旦那がもどって来て、馬がイノシシに出世をしました。ほら、この通り……」

てんで、一円と羽織に、酒ェ一本つけて出したてえ話がありますが、あたしと権ちゃんとこは、そう陽気にはいきません。あたしは権ちゃんから、金ェ借りたこたァないが、向こうは、あたしからゼニィ借りっ放しで、とうとう返さなかった。

向こうは、あたしんとこと違って、ひとり者だから気が楽です。出かけるときは、雨戸をしめて行く。帰って来ないから、しまいには年中締めっきりです。どこへ行ってるのかと思ったら、大塚の色街《いろまち》の琵琶《びわ》ァ弾いてる芸者と出来て、そっちのほうが家みたいになっている。

それなら、出て行きゃァいいのに、出て行かない。家賃なんぞためっ放しにして、たまに大家が来るてえと、
「やい、やい、オレは、本所の借家《しやくや》同盟へへえってるんだぞ」
てんで凄《すご》む。借家同盟てえのは、その時分、団体の力で、どこへでもかけ合いに行くから、地主や大家さんなんぞ、名前をきいただけでふるえ上がったもんですよ。権ちゃんは、そんなところへ入ってるわけァないのに、そういって、人のいい大家をおどかすんですよ。わるい奴ですよ、あいつは。

寄席ェ行くときなんぞ、さそい合って権ちゃんと二人で出かけることもある。笹塚から新宿まで、電車にのりゃァ早いんだが、電車賃てえのが八銭もかかるから、「もったいねえから、歩こうよ」てえことになる。犬や猫じゃァねえから、はだしてえわけにはゆかないから、下駄で歩く。ところがあれだけ歩くと、下駄もやっぱりへりますよ。計算すると、五銭ぐらいはへりましたねえ。

何か丈夫でモチのいい履《は》き物《もの》ァねえかなァと捜すと、古道具屋の店さきに、皮の長靴がぶら下がっていて、ちょうど合う。値段も安い。一円だというから、清水《きよみず》さまの舞台からとび下りたつもりで、そいつを買って毎日はいていた。ところが、雨の日になって、底のほうからドンドン水が入って来た。見ると、穴がふたァつばかりあいて

いる。

「やい、やい、ひどいものを売りゃァがって、金ェかえせ」

って、どなり込んだら、

「バカなことをおっしゃっちゃァいけませんよ。値段と相談してみてください。穴でもあいてなくって、あんな値段で売れますか」

てんで、あべこべにやり込められちゃった。

あたしどもが行ってから、すぐバタバタと近所に家が建ったが、その一軒が犬ゥ飼ってる。ツーンとしたかみさんで、あんまりあいそがよくないから、犬のほうも横柄《おうへい》なんですよ。

夜おそく帰ってくると、きまってワンワンとほえ立てる。ワンワンなんてえ英語をつかうだけあって、どうも見たところ日本の犬じゃァねえ。そいつがまた、いまにも嚙みつきそうに寄ってくる。毎晩そうだから、にくらしいですよ。

ある晩、ムシャクシャしたことがあって、いくらかきこしめしてもどってくると、例によって、ワンワンワンです。腹立ちまぎれに、顎《あご》ンところを、ポーンと下から蹴上げてやったら、ウウーン、キャーンてなことをいって、舌ァ嚙んで死んでしまった。

朝ンなるてえと、前の家の人たちがさわいでいる。あたしゃァ知らん顔ォして、

「きっと、下駄かなんかで、下から蹴られたんでしょう。世の中にゃァ、ひでえ野郎がいるもんですねえ、フーム」

てなことをいってるよりしょうがない。

間もなく、その家から火事ィ出して、権ちゃんところも半分焼けて、あたしんとこは助かった。権ちゃんとこは、そのとき留守でしたよ。

仕立物も質屋行き

ここの、笹塚時代の貧乏なんてえものは、そりゃァお話にもなにもなりゃァしません。

そこの家を、追い立てェ食って、同じ笹塚で、近くの家をかりたが、どうも陰気くさい家でしてね、美津子がころんで、足ィくじいたりした。「注意しなくちゃァいけねえよ」なんていってるうちに、こんどは、下の喜美子も土間へころげ落ちて怪我をするてえさわぎです。

夜になると、コツコツなんてえ妙な音がするから、起きて行ってみると、なにもないんです。化けもの屋敷みたいでしたよ。

そのうちに、あたしがつまらないことで寄席ェしくじっちまった。しばらく高座へ出ることが出来ない。もうニッチもサッチもゆかなくなっちまったんです。たべるものもロクにないから、子供は、一ン日《ち》じゅう泣く、お医者に診《み》せりゃァいいのに、そんなこたァ出来ません。

「なんか、栄養のあるものァないかい。タダで……」

てんで、かかァと二人で相談すると、

「心当たりがあるよ……」

てえから、何だってきくと、赤蛙《あかがえる》だってんですよ。

それから、かかァが、近所の池みてえなところから、赤蛙をつかまえてくる。その時分のことですから、原ッぱがいくらでもあったんですよ。ついでにタンポポだの、オンバコ（車前草）だの、たべられそうな草ァ一ぱいむしってくる。赤蛙なんぞ、一匹の肉なんてえものは知れてるから、五匹も六匹もつかまえてくるんです。

そうして、塩で味ィつけて、焼いたり煮たりして、

「帝国ホテルで、厚いトンカツ食うより、よっぽどうめえんだぜ」

なんてんで、威勢のいいことをいって、子供にもたべさせるんです。

こんなのはぜいたくなほうで、ひどいときなんぞ、大豆《だいず》を一合《いちごう》ぐらい買って来て、そいつを煎《い》って食うんだが、煎るについちゃァ火がいるでしょう。炭《すみ》も薪《まき》もないから、

原ッぱからひろって来た枯木でやるんですよ。

大豆の煎ったのに湯ゥ流して、

「サァ、よく嚙《か》むんだよ、もっと嚙むんだよ。ほら、こんな具合にな」

ってんで子供にたべさせる。あたしとかかァは、嚙《か》む真似はしているが、ほんとは食べちゃァいない。茶をのみたくても、買えないから、もっぱら湯なんですよ。

パン屋へ行くと、パンのふちの堅いところを、一銭でも二銭でも売ってくれる。砂糖を少うし買って来て、そいつをつけて食べさせる。わりに子供はよろこぶんです。これもよくやりましたよ。

こんな具合だから、子供が熱ゥ出したり、腹ァこわしたりする。くすり屋の前なんぞいつも素通りだから、塩水をのますと、なんとなくなおっちまう。ウンとわるいときは、ニンニクをすって、そのまゝまロの中へほうり込んでやる。子供ァ泣きますよ。その泣いた口へ、アメ玉ァひとつ入れてやる。それでピタリとなおるんですから、貧乏人にとってはありがたいくすりでしたよ。

そんなこんなで、その家に行ってから、いいことは一つもない。わるいことばかりです。あたしは、あんまり易《えき》だの占《うらな》いだのてえものは信用しないタチですが、こいつァ度がすぎるてんでね、よそから磁石《じしやく》を借りて来て、方角をうらなうと、玄関と便所がよくない。鬼門《きもん》とか暗剣殺《あんけんさつ》とか、そういう方角なんですよ。

「冗談じゃァないよ、まごまごしてたら、ほんとの人間の干乾《ひぼし》になっちまうぜ」

てんで、また前の、ブリキ屋の主人に頭ァ下げて、もう一度もといた家に引ッ越しました。

「よし、こんどこそ、鬼になって働くぜッ」

て、あたしは、ほんとうに、そのときは、そう思いましたよ。かかァにいうと、

「わたしも、鬼の女房で働くからね」

と、向こうもいうから、よしッてんでね、あたしは働き口を捜しに行った。

知った人が、「じゃァ、ちょうどいい働き口があるから」って、紹介してくれたのが、バイヤス（斜め布）ってんですか、洋服につかう、アレをつくる工場です。その時分は、まだ機械じゃァなくって、鉄の輪でやっているんだが、一日汗ェかいて働き通しで、せいぜい五十銭にしかなりゃァしない。

かかァのほうはてえと、裁縫が出来るもんだから、近所から仕立て物なんぞ請け合って来て、せっせとやっている。あたしにゃァ裁縫のことはよくわからないが、きれいで、丈夫で、おまけに早いときてるから、うまいんだそうです。まァ、はなし家のほうでいうなら、いい看板てえところでしょう。

仕事はドンドン来るから、あたしよりグッと稼ぎになる。せまい家ン中に、よそからあずかって来たきれいな反物《たんもの》が、花のようです。

そのうちに、バイヤスをつくる仕事なんてえものは、あたしの性分にとても合わないから、やめちまった。途端に、あたしの稼ぎはなくなるから、どうしたって、かかァをあてにすることになります。

「縫いあげるまで、そんな立派な反物ォ、家へ置《お》いといて、もしかのことがあったら、どうする気だい。オレが安全なところへあずかってもらって来てやろう」

てんでね、かかァのとめるのもきかずに、反物を質屋《しちや》のほうへ持って行く。品がいいから、わりにかしてくれます。二、三日の辛抱《しんぼう》と思ってるうちに、そいつをつかっちまうから、出すのに骨が折れるようになる。じゃァ、出来たての着物のほうが、なお値がいいだろうてんで、こんどはそっちを運んで行く。

そんなわけで、客のほうはもう出来ただろうと、約束の日に取りにくるが、着物なんぞありゃァしません。かかァは言い訳に汗かくし、先方はブツブツいいながら帰ってく。

ブツブツのうちはいいが、中にゃァ凄いおばさんがいて、訴えるのなんのと大さわぎになったこともありました。

そんなころでしたよ。かかァが仕立て物をとどけに行ってる留守に、あたしが退屈まぎれに鼻くそォ丸めて、指ではじいたりしていると、そこへ屑屋《くずや》がやって来た。

「なにかお払いものはございませんか」

「なにもねえよ」

「旦那《だんな》、それをお売りになりませんか？」

「それって、どれだい？」

ひょいとうしろを向くてえと、柱のとこに短冊《たんざく》がある。ゴマメが二匹描いてある奴で、あたしが前に一円かなんかで買っといたもんです。そんなもののあることは、すっかり忘れていた。絵描きはわりにちゃんとした人です。

「いくらで買う？」

「へえ、七十銭でいただきましょうか」

てんで買って行きゃァがった。すると、そのあくる日またその屑屋がやって来て、

「きのうの絵が三円で売れて、もうかりましたよ。旦那ンとこは、いいもんがありますねえ」

とおだてやがる。

「ほかに、なにかありませんか」

「そうだなァ、質《しち》ィ入ってるものならあるんだが……」

「ほう、じゃァ、ひとつ出してきて売ってください。いくらくらいです？」

「うん、キチキチでへえってるから、利子《りし》と一緒で、まァ二十円くらいかなァ、こういう品物が五つか六つあるよ……」

　あたしが、入ってる着物《きもの》の柄《がら》なんぞをいうと、屑屋は金ェ立てかえるという。ほんとうのところは利息《りそく》をふくめて九円いくらでした。

　屑屋のくれた二十円をもって、そいつをすっかり受け出して、もうけた金ァふところに入れといて、衣類だけ屑屋に渡した。みんなボロみてえなもんだから、屑屋ァヘンな顔ォしながら帰って行ったが、一時間もしねえうちに、またもどって来やがって、

「旦那、さっきのはいけません。五円にも売れやしませんや。すいませんが、利子だけあっしが泣きますから、元ィ入れといてくれませんか……」

「ダメだよ。元の値段で入りっこないよ。あれはもう利息がズーッとたまって、流れがきて、出したり入れたりした品物だから、いま持ってったっていくらにもなりゃしないよ」

「旦那、そ、そんな殺生《せっしょう》な話ってありますかい」

「おい、お前は、きのう短冊でもうけたからまた来たんだろう。こんどはもうからな

かったから、品物を持ち返って来たんだろう。もし、それが五十円にでもなったら、お前は返しになんぞ来やしないだろう。そんな虫のいい話ってあるかい。こうなったのも、お前の了見から出たことじゃァねえか。こういうものは勝負と同じだ。負けたら男らしくあきらめろい」

てんで、あたしゃァ尻《しり》ィまくってタンカを切ってやった。そんな妙な理屈があるかどうかわかりゃァしないが、久しぶりのゼニをうっかり手放すわけにはいかない。そういうより仕方ありません。あァいうときは、高飛車に出たほうがいいですよ。奴《やっこ》さん、なんかグズグズいっとったが、あきれかえって、スーッと行っちまった。

そのなかには、あたしのものばかりじゃァない、女房が仕立てもので、よそからあずかっていたよその反物もあったんですよ。でも背に腹ァかえられない。思いがけない十円で、米を買ったり、酒ェ買ったりしました。

それから一週間ばかりたって、「くずーい」とその屑屋がやって来たが、ヒョイとあたしの顔を見るてえと、あわてて逃げ出しゃァがった。

いま考えるてえと、気の毒なことをしたなァと思ってますよ。向こうだって、あたしと同じような貧乏かもしれねえ。きっと、あのときは困ったでしょう。あたしだって別に悪い気じゃァない。苦しまぎれにやったことなんですから。

今でも、屑屋の声をきくてえと、あのときのことを、シミジミと思い出しますねえ。鬼みてえな気持ちになって、働こうと決意はしても、あたしって人間は、どうにもダメなんですねえ。そこへゆくと、かかァのほうは、やることはやるんだから、えらいもんですよ。よっぽと貧乏てえものが、性《しょう》に合ってるんでしょう。

結局、そこの家も居づらくなっちまった。入るときは、「こんどこそ、家賃は、キチッと入れますから」といった手前、ひとつも入れないんじゃァ、いくら人のいい大家さんでも怒りますよ。

笹塚でもう一度引ッ越した。こんどは、大通りにあって、知りあいのお巡りさんが、気の毒がって、そこを紹介してくれたんです。

びんぼう自慢

強情で生き抜いた笹塚時代

鯛焼きで長男のお祝い

清（長男の十代目金原亭馬生）が生まれたのも、その笹塚の、世話場《せわば》のさ中でした。あれは、たしか、昭和三年一月五日でしたよ。

前の二人のときは、わりに軽くスイスイと生まれたが、清のときはかかァがろくにモノを食ってないときだから、えらい難産で、寒いさかりなのに、産婆《さんば》さんは汗ェかいて取りあげてましたよ。

さて、生まれたものの、産婆さんにはらうゼニなんぞありゃァしません。

「実は、申しわけありませんが、一文なしなんですよ。生まれちゃったものを、もとのとおりにするわけにはいかないでしょうから、ゼニのほうを待っていただけませんか」

いいにくいセリフですが、そういうより仕方がない。

「なるほど、赤ちゃんを、もう一度、おなかの中へ納めるのは無理ですから、あとで結構です」

と、向こうもあきらめがいい。いい産婆さんでしたよ。

ゼニはなくったって、とにかく男の子が生まれたってえことは、めでたいことには違いない。貧乏な家に生まれても、のちに出世して、陸軍大将になったり、総理大臣になったりした人もある。この子だって、まかりまちがって出世しないとも限らない、と思うから、かかァの布団《ふとん》の下から、ソーッと財布ゥ引っぱり出して、表ェ出て中ァのぞくと、五十銭ぐらいあったから、駅の近くで鯛焼《たいや》きてえのを買った。ほら、今でもあるでしょう、ほら、アンコの入った、子供のたべるアレですよ。家へとんで帰って、番茶ァ入れて、

「まァ、ほんの、お祝いのしるしに、尾頭《おかしら》付きをめし上がってください」

てんで出したんですが、腋《わき》の下から汗ェ出ましたよ。でも尾頭つきには違いない。

あとで、産婆さんもいってましたよ。

「わたしも、ずいぶん長いこと、あちこちのお産に行ったけど、こんなことははじめてです」

そりゃァそうでしょう。あたしだって、ほかにきいたこたァない。

三人の子持ちになると、どうしたって家にすわっていて、商《あきな》い出来ることを考えないといけない。幸い、家が大通りに面しているから、何か売ったらもうかるかもしれないと思うから、かかァにそういって、実家からまたいくらか都合つけてもらって、チリ紙だのタワシだの、そういうものを少うしばかり、表へならべてみた。早くいえば荒物屋のマネゴトみてえなもんです。ところが、さっぱり売れない。大通りといったって、道はひろくても、人通りがあまりないんです。

「じゃァ、オレが売って来てやる」

てんで、風呂敷にくるんで、まず親戚《しんせき》から回ったんだが、そんなもなァ買ってくれやしない。ふだん道楽ばかりして、寄りつかないのが、急にものを売りに行ったっていい顔はしてくれませんや。かかァの実家《さと》へ行ったら、買ってくれるどころか、さんざ小言のほうをもらっちゃった。元手を出してもらってるところへ、品物を売りに行くんじゃァ、なるほどこっちのほうがズウズウしい。

「納豆《なっとう》売りはいいそうだよ。少うし朝が早いけどね」

と、すすめてくれる人があったから、そいつもやりましたよ。表を、

「なっと、なっとォ……」

って、売って歩くんですが、高座《こうざ》の上なら、どんな大きな声だって出せるが、表ェ歩きながらは、とてもいけません。うそだと思ったらやってごらんなさい。恥ずかしいてえのか、馴《な》れないてえのか、人家《じんか》の前で大きな声なんぞ出せるもんじゃァありませんよ。そのかわり、人ッ子一人通らないところへ来ると、「なっとォ」なんて、天までとどくような声も出る。

だから、あたしが演《や》っている『唐茄子屋政談《とうなすやせいだん》』てえはなしがありますが、あの中で道楽のあげく、親をしくじった若旦那が、伯父《おじ》さんから意見されて、唐茄子を売って歩くところがあるんですが、はじめは大きな声なんぞ出やしません。あそこんとこの、若旦那の心持ちてえのは、あたしが納豆ォ売って歩いたあのときの心持ちと同じだろうと考えて、そんなつもりで演ってております。

納豆てえものは、チリ紙やタワシと違って、売れないからっていつまでも置いとくわけにはいきません。親戚がダメなら、仲間に限ると思ったから、四谷の三遊亭金馬のところへ行った。こないだ故人になった金馬で、その時分は四谷にいて、わりにい

い暮らしをしてるんです。

ちょうど、奥で誰かと飲んでいる。「誰だい？」って、かみさんにきくと、作家の正岡容《いるる》てえ先生です。金馬のところに居候して、年じゅう酒ばかりくらっている。酒ェ飲んでいると機嫌がいいが、切れると主人に文句をならべるという、大変な居候がいたものです。

あたしも、よく知っているから、「よう、珍客来々《らいらい》、その納豆で一ぱいやろう。君も入れよ」てんですすめられては、黙っては帰れません。上がり込んでゴチになってるうちに、すっかりいい心持ちになっちまった。商売ェものは、すっかり空《から》になったが、これじゃァゼニなんぞ取れませんよ。

その晩も、かかァにうんと怒られた。

「納豆がダメなら、醤油《しょうゆ》がいいよ。アレはくさる心配がないからさ」

と、また人がすすめるから、そいつもやりましたよ。樽《たる》ゥかりて来て、そこからびんにうつして、

「こんちわァ、醤油の量《はか》り売りでございます」

てんで、一軒一軒勝手口からきいて歩くんですが、ふつうの家ァ、みんなちゃんとした店から取っているから、ヘンな野郎がヒョコヒョコ入って行ったって、「きょう

は、間に合っていますよ」てんで、女中あたりにも鼻であしらわれる。中にゃァ、「おい、ヘンなのが勝手口に来たよ。下駄ァなくなってないか見といで」なんて、ひとをコソ泥と間違えてる家もある。とても、あたしの性分にゃ合いません。

これも、すぐ取りやめです。

元金《もときん》はてえと、かかァがその都度、三円、五円と、実家へ行っちゃァもらって来る。よく、出してくれましたねえ。かかァはひょっとすると、せびるほうの天才じゃァないかと、あたしはいつも感心したものであります。

子供の守りの毎日

「お前さんほどダメな人もないもんだ。こんどはあたしが外で働いてくるから、お前さん、坊主の守りをしておくれよ」

てんで、こんどは、かかァが働きに行く。どっから借りて来たのか、見てくれのいい着物ォ着て、洋食屋みたいな店へ、内働《うちばたら》きに行くようになったんです。そこだって、大してゼニィくれないが、でも商売柄、うまいものが一ぱいある。余得《よとく》てえ奴がつく。

朝の八時ごろに出かけて、もどってくるのは、夜中の十二時近くになってからです。

あたしのほうはてえと、一《いち》ン日《ち》家にいて、ガキの守りです。なにしろ、まだ赤ン坊だから、ただ泣くだけです。そいつを抱いたり、おぶったりしているうちはいいが、しばらくするとまた泣き出す。あたしのおっぱいを吸わしても、こりゃァ出るわけはない。かわりに指かなんぞ吸わすと、チュッチュッと吸ってやがる。赤ン坊もなかなか頭ァいい。ところがすぐ泣き出す。いくら頭がよくたって、泣けば近所めいわくだなんてとこまでは気がつかないから、ほんとに弱っちゃいます。

あァいうときの男親のダラシなさなんてえものは、きっとご存知のかたも多いでしょう。

そのうちに、かかァがもどってくるてえと、あたしはやっと人間らしくなる。店で客ののこしたトンカツだの、コロッケだの、それにカン冷《ざま》しの酒なんてえのを、主人にことわってもって来てくれる。そんなのが、ひと包みあるんですよ。

そいつを、チビリチビリやるときの気持ちなんてえものは、それこそ何ともいえませんや。

ひと月ばかり、こんなことを続けたら、女房はいくらかふとったわりに、あたしのほうはゲッソリしてしまった。なにしろ、赤ン坊がいるんだから、お互いに長く続くわけァないですよ。

かかァだって、こんな生活には、ほとほとあいそがつきたんでしょう。さすがにいろいろ悩んでいたようです。子供が一人、二人のうちはいいが、三人にもなると、いまさら実家《さと》へ帰《かえ》るわけにもいかないし、あたしとしたって、こんなによく働いてくれる女房と、ここで夫婦別れなんぞした日にゃァ、それこそ路頭《ろとう》に迷ってしまう。

ふつうの家だったら、もうとっくの昔、女房が家ィとび出すか、さもなかったら一家心中でもしているところでしょう。こういうことも、きっと腹の中では考えたんでしょうが、あたしの前ではグチひとついわない。歯ァ食いしばって、涙も向こうをむいて拭いて、頑張っている。

ほんとうによくやってくれる。こんないい女房なんて、ひろい世界にも二人というもんじゃァないことは、あたしにだってよォくわかるから、かかァのいないところでは、男の涙ァこぼしたことが何度あったかしれません。でも、あたしも、かかァの前じゃァ、そんなことはコレッポチもいやァしない。

あたしも強情だが、かかァも負けずに強情なんですねえ。

かかァだって、その時分はてえと、少しは落語界のことなんぞわかっている。芸人の裏《うら》ものみ込んで来ているから、あたしのことを、それとなく仲間にきいたりしてたんですね。はなしの筋はいいし、強情とズボラがなくなりゃァ、きっといいはなし家になれるのに、惜しいことだよ。出来るだけ早く、高座へもどることだよ……なんてえことを、人がいうもんだから、ちったァ、あたしの芸の値打ちてえものがわかって来て、そういうところに惚れ直したりしてたんでしょう。

それに、あたしは、自分でこんなことをいうのも変だけど、寄席へ出られなくなったって、「ちくしょう、今に見てろッ」てえ気持ちがあるから、ほかのことをやらしたら、子供より役に立たないが、はなしの稽古だけは、決してほったらかしにはしない。子供ォ守りしながらも、ひとりで何席もしゃべっていましたよ。夜中にだって、寝ながらやっていて、つい大きな声を出して、かかァが地震とまちがえてとび起きたなんてえこともありましたよ。

そのうち、子供も大きくなるのを見りゃァ、男だもの、父親だもの、何かきっかけをつかんで、真剣に働くだろうと、かかァも、あたしに対し、かすかな希望《のぞみ》は持ち続けていたんでしょう。ですから、こんなドン底生活の中にだって、メソメソしたところはない。家ン中ァ案外と落ちついたものでしたよ。

家賃タダの家があるぞ！

そんな、ズボラなあたしだって、根ッから人間がわるいんじゃァないから、同情してくれる人もありました。

世間さまはありがたいもので、笹塚のあるお金持ちの家の人が、「美濃部さんとこのおかみさんは、三人も子供ォかかえて、夜おそくまで働いて、ほんとうにえらいよ。お気の毒だ。ほんのつまらないお古だけど、子供さんに着せてあげてくださいよ」

といって、いろんな子供の着物をひと包みもって来てくれたんです。向こうさんは、もう子供たちが大きくなって、屑やにでも払い下げようと思ってたものでしょうが、あけてみるてえと、あたしンとこにとっては宝物のようなものが一ぱいです。中に男もののカスリが一枚入っている。新品同様で、立派な品物です。こんな立派なカスリなんて、あたしァそれまでに見たことも、さわったこともない。

途端に、グーッと胸に来ましたよ。

「うん、子供にこんなのを着せてやったら、さぞよろこぶだろうなァ。ようし、オレも働いて、こんな着物ォ、大いばりで着せてやれるようになろう。一生懸命働きゃァ、なんとかなるだろう」

と、あたしは、そのとき、真底《しんそこ》からそう思ったんです。そのカスリの着物が、あたしの首ィつかまえて、グイとひっぱって、曲がった気持ちを、シャンとのばしてくれたように、思えたんですよ。

さァ、そうなるてえと、もうジッとなんぞしておられない。

「なァ、おめえ、すまねえが、このカスリをすぐ……」

「また、質屋へもってくのかい？」

「そうじゃァねえや、すぐ仕立ててくれ」

「清のキモノにかい？」

「違うよ、じれってえな、オレの着物にだよ」

「こんな派手な柄ァ、大人が着ちゃァおかしいよ」

「おかしくたってなんだって、かまうもんかい。オレ、もう一ぺん、高座へ出られるよう、仲間にたのんでくるんだ。いま着て行く着物がねえからさ」

ってんで、かかァにすぐ仕立て直しをさせて、そいつをひったくるように着るてえと、あたしは、サーッと家ィとび出した。かかァの奴ァ、あたしの顔ォ、豆鉄砲くらった狆《ちん》みてえな目つきで見てましたよ。そうして、牛込の神楽坂《かぐらざか》演芸場へ行ったんです。そこには兵隊落語で、日の出の勢いの柳家金語楼が出ているんです。今でも元気で、テレビなんぞに出ている、あの金語楼ですよ。その時分から頭ァうすかった。

あたしは、その時分、東三楼《とうざぶろう》といって、柳家三語楼さんのとこの内輪になっていたから、金語楼とは兄弟弟子ってえことになる。もっとも、金語楼はその前は、二代目の金馬さんの弟子で金三《きんざ》といっていた。金馬てえ人は、初代の小円朝さんの弟子だから、そういう関係であたしは昔からよく知っている。ところが、あたしは三語楼師匠ォしくじっているてえから、この辺のところはややこしい。

あたしが、師匠ォしくじったのは、実ァほんのつまらないことで、師匠からかりて来た高座着を一揃い、返す前に、ついそのまま曲げちまったんですよ。そいつがバレて、具合がわるくなっていたんですよ。

その時分の金語楼の勢いなんてえものは、そりゃァ大変なもので、あたしなんぞ傍《そば》へ寄りつけないくらいのものでありますが、そこは友達のよしみで、気まりのわるいのは万々承知の上で、洗いざらいぶちまいてみたんです。

「というような次第で、面目ねえが、なんとかならんだろうか……」

てえと、さすがに、あれだけ大きな看板になった人だ。

「あァ、いいともさ、よかったら、あしたからでもおいでよ」

二つ返事で、いやな顔なんぞなしですよ。

おどり上がるほどうれしいてえのは、ああいうときですよ。おぼれかかってるときに、ポイと浮きを投げてもらったようなものですよ。

何とかして、金語楼にあやかろうと、あたしも随分と一生懸命にやりましたが、人気のほうは、とてもああはいきません。もっとも、のちにゃァ、頭のほうが金語楼にあやかって、すっかりはげちまったけど……。

寄席ィ出られるてえことは、はなし家にとっては一番ありがたいことで、あたしも、水を得た河童《かっぱ》てえ奴で、一生懸命つとめていると、それから間もなくでしたよ。浅草の立花館てえ寄席の楽屋で、ヨイショ（タイコ持ち）をやっている男が、

「家賃のいらねえ家があるんだが、誰かかりる人ァいませんかね」

と、わきの人に話をしている。タダの家なんて耳寄りな話ですから、

「えエ、そりゃァ、一体、どこだい？」

とあたしがきくと、

「本所《ほんじょう》の業平《なりひら》ですよ。電車の停留所はすぐ近いし、いま入ってくれりゃァ、家賃は本当にタダだって、大家ァいってますよ」

「大方、半分かしいだ、化けもの屋敷と違うかい」

「冗談じゃァありませんよ。長屋だが、六畳と二畳で、家ァ出来たてのホヤホヤですよ。ウソだと思ったら、案内してあげますから、見にいらっしゃいよ」

半信半疑で出かけましたよ。本当にそんなところがありゃァ、道端《みちばた》にダイヤモンド

が落っこちていて、ひろって来てもお巡りさんにつかまらねえのと同じですから、その足でついて行ったんです。

するとどうです。まだ真新しい長屋がズーッと三十軒ばかりならんでいて、全部空家だが、電気も水道もある。たしかに六畳と二畳です。表通りの角の帽子屋さんが家主てえからのぞいてみると、おやじさんがいて、

「あんた、はなし家さんならちょうどいいや、いまなら家賃はおろか、敷金もいりませんから、ぜひ入ってください。そうして、大いに宣伝していただいて、長屋が一ぱいになれば、あたしんとこはもとが取れますから、こっちから、お願いしますよ」

てえから、こんなにありがてえ話はない。幸せを絵に描いたようなものですよ。

「それじゃァ、お言葉に甘えて、あしたにでも引ッ越して参ります」

てんで、すぐきめてしまった。

なつかしの〝なめくじ長屋〟

ソーッと朝逃げ

笹塚での生活てえのは足かけ五年ほどですが、前にも申しあげたように、あっちこっちを四回もかわって歩いて、どこも家賃を払ったことがない。本当は、どこの家も六円か七円ぐらいの家賃なんだが、払ったことがないから、いくらでも同じことです。家賃が払えないくらいだから、米屋だの、酒屋だの、借りっ放しです。朝晩、大家と顔ォ合わすのがつらくってしょうがないから、うっかり水なんぞ掬《く》みに行けないですよ。夜中にこっそり、かかァと二人で表の井戸へ掬みにゆくてえ始末です。

引っ越すのは、おあつらえだが、引っ越すについては、いくらかとなり近所へあいさつしなけりゃァならないからゼニがいる。そのゼニがないんだから、逃げ出すよりしょうがない。そこで、夜逃げをすることにきめたんだが、荷車ァかりるのにマゴマゴしていて、朝逃げになっちゃった。

朝がそろそろ明るくなろうてえところですよ。あたしが荷車ァ一台、友達のところから都合して来て、荷物をまとめて、ドンドンつめ込んで、サーッとズラかった。近所の人に気づかれないようにてんで、物音をひそめて、雨戸なんぞもソーッとあけたり締めたりしていたが、となりの婆さんは、耳が遠いはずなのに、こういうときは早い。

「朝から掃除とは大変だね。あたしも、手伝おうかねえ」

てんで声をかけてくれた。うっかりのぞかれたり、手伝いをされた日にゃァ大変ですから、

「なァに、戸がどうもかたくってねえ」

なんてごまかしといて、引いて出た。

荷物といったって、布団に風呂敷包みと、それに箱が二つ三つぐらいのものだから、何もありゃァしません。その上に喜美子ォのせて、前をあたしが引っぱる。かかァは清をおぶって、うしろから押す。美津子は、もうそろそろ学校へ上がろうてえ年だから、歩いてついてくるてえ道中です。

四谷あたりまで来るまでは、あとを追っかけられてるんじゃァねえかと、そりゃァ心配でしたよ。よく、途中で、お巡りさんに声かけられなかったもんですよ。

業平へついたのは、もう昼もとっくにすぎた時間で、何しろ、九月の、まだ暑いさかりで、いやァ、ひや汗と両方で汗一ぱいでした。

荷車は、友達があとから取りに来てくれましたよ。

「あとをたのんだよ」

てんで、あたしは、その晩、すぐ浅草の金車亭《きんしやてい》へ商売ェに出かけて行ったが、夜になって帰ってみると、おどろきましたね。あたしんとこ一軒だけが灯《あかり》が点《とも》ってるから、蚊の野郎が、そこんとこにだけ集まって、運動会をやってやがる。

「おう、いま、けえったよ……」

っていおうと思ったら、途端に蚊が二、三十も口の中へとび込んで来やがって、モノがいえやしない。かかァなんぞ、破れ蚊帳の中で、腰巻一つになって、ペタンとすわってやがる。

二、三日たって、大雨が降ったら、こりゃァひどいですよ。泥がつまってるとみえて、溝板《どぶいた》が浮き上がって、水が家ン中まで、「こんちわ」もいわないで入って来る。業平ってえと、在原業平《ありわらのなりひら》かなんか思い出して、知らないかたは、ちょいとイキなところだろうと思うでしょうが、とんでもない。もともと、池か沼だったところが、関東大震災のときからゴミすて場になった。そういうところを、そのままほォっておいては、衛生上よくないてんで、上に土をパラパラとまいて、バタバタと長屋ァおッ建てたんですな。排水だの、衛生だの、そんなこたァ一向にかまわないから、モノのわかった人は、見ただけでかりやしない。

住むつもりでやって来た人もあるが、二、三日住んでみて、いのちあっての物種《ものだね》とばかり、すぐどっかへ行っちまう。そこで、まず家賃をタダてえことにして、カモをおびき寄せる。一軒住めば、あとは順々に埋まるだろうてえ家主の心づもりだったんですよ。

なんのこたァない、あたしがそのオトリみたいなことになったんですな。そういえば、注意してみると、はじめっから柱の下のところには、シミが一ぱいありましたよ。あたしのあとから入った人は、タダじゃァありません。六円ばかり家賃がついている。

なるほど、これじゃァ、あたしんとこだって、タダでなきゃァ、二、三日で逃げ出したかもしれません。

東武鉄道に業平橋てえ駅があるでしょう。都電の通りにも業平橋てえ停留所があります。あの、都電の大通りから、ちょいと南のほうへ入った通りの、すぐ裏手ですから、地の利としちゃァ、そう悪かァない。

傘ァさしちゃァ通れないような路地ィ入ると、三軒長屋が六棟、四軒長屋が二棟、肩ァすぼめてならんでいる。あたしんとこは、手前から二側目《ふたかわめ》の、四軒長屋の二軒目てえことになる。

台所と玄関と兼用の土間があって、となりが二畳で、奥が六畳、その向こうに廊下があって便所があるという、たったそれだけの間取りです。となり近所、全部同じなんです。

そのうちにだんだん人が入ってくる。こんなところへ来る人てえのは、だいたい、生活《くらし》が似ているから、気が合って、すぐ仲よしになる。あたしんとこの右どなりは、ビールの口金《くちがね》をくりぬく人、左となりは時計の腕皮屋《うでかわや》さんです。お向かいはてえと、お膳をつくる職人と、一銭コロッケ屋と、大工と左官がならんでいる。ほかに紙芝居屋だの、下駄の歯入れ屋だの、そういう人たちでした。

みんな気分がよくって、わるい野郎なんぞ一人もいない。

小学校もすぐ近くにあるから、美津子もそこへ上がりました。

いのちの次に大事な蚊帳

あの辺はほんとうに蚊が多いとこですが、あたしの住んだところは、まして、そんなジメジメしたところだから、いるなんてえ生やさしいものではない。夜が忙しいから、ひる間はてえと、天井なんぞにはりついて休んでやがる。まっ黒に見えるほどいるんですよ。だから、蚊帳てえものは、いのちの次ぐらいに大事です。寝るときなんぞ、布団なんかなくたって、蚊帳だけあればいいてえぐらいのものであります。

あたしのとこも、笹塚から持って来た蚊帳ァあるにはあるが、もともと安物で、色《いろ》なんぞすっかりあせている。そこへ子供が踏みぬいたり、あたしがトラになって帰って来て、乱暴《らんぼう》にあつかうもんだから、ところどころ破けている。そこを、かかァがツギをあててごまかすんだが、布《きれ》がマチマチだから、花色木綿《もめん》がはりついていたり、中にゃァ赤ン坊のおむつのお古がくっついていたりする。

そろそろ、何とかしなけりゃァならないと思ってるところへ、二人連れの男が蚊帳ァ売りに来た。あたしはそのとき外に出ていたから、かかァだけがいたんですね。

「品物は、この通り、ほゥら、とびっ切りだよ。店で買えばだまって三十円はとられるてえ、麻《あさ》の極上物だ。六畳てえのも、お宅の座敷にゃァピッタリだ。月賦《げっぷ》でもかまわないが、いますぐなら、十円にまけときやしょう」

てなことといってすすめるもんだから、かかァの奴ァ、のどから手が出るほど、ほしくってしょうがない。ところが十円なんて、そんな大金があるわけはない。

そうかといって、突っけんどんにことわるのもなんだから、いろいろ迷いながら、ひょいと何の気なしに、長火鉢《ながひばち》のひき出しをあけたんです。そうするてえと、そこに十円札が一枚、たたんだまんま入っている。しめたってんで、

「じゃァ、ほんとに、十円でいいのかい」

ってんで、そいつを渡すと、

「へえ、どうもありがとうござんす」

てんで、奴さん、その札ゥひったくるようにポケットへねじ込んで、風のようにサーッと行っちまった。そこへ、あたしがヒョッコリともどって来たってえ寸法です。

「どうしたい、ニコニコして……」

「蚊帳ァ買ったんだよ」

「ほう、そいつァ豪勢だ。して、いくらで？」

「十円だよ」

「十円？　そんな大層なゼニが、どこにあったんだ？」

「ほら、あんたが、火鉢のひき出しへ、ヘソクッといたのがあったろう。アレを見つけたんだよ」

「火鉢のひき出し？　ありゃ、おめえ……」

てんで、あたしゃァ思わず吹き出しましたよ。だって、その十円てえのは、日本銀行発行の奴なんぞじゃァなくって、ルーブル紙幣《しへい》なんですよ。ほら、むかしのロシヤの札があったでしょう。夜店で一枚五厘《りん》かなんかで売っていたのを、子供のおもちゃにでもなるだろうてんで、二、三枚買って、そこへ入れといたんですよ。

「向こうの奴も、あわてもんだなァ。よくなんともいわなかったもんだ。奴さん、今ごろは、さぞおどろいていやがるだろう」

てんで、その蚊帳ァほどいてみると、こんどはこっちがおどろいた。

たたんである一番上のところは、たしかに本麻で、ちゃァんとしてるんだけど、下になってるところは、切れッ端《ぱし》ばかりなんですよ。蚊帳なんてえもんじゃァありません。向こうは向こうで、バレちゃァ大変だてんで、札をにぎるやいなや、随徳寺《ずいとくじ》（あとをも見ずに逃げ出すこと）をきめ込んだんでしょう、きっと……。

「ちきしょうめ、ふてえ野郎だッ」

とかなんとか、向こうでもいってるに違いねえと思うと、腹ァ立つより、おかしくってておかしくって、かかァと二人で大笑いしてしまいました。

いるのは蚊ばかりかと思うとそうじゃァない、蠅《はえ》がいて、なめくじがいて、油虫がいて、ネズミがいるってんですから、人間のほうがついでに住んでいるようなものです。

地面が低くって、年じゅうジメジメしていて、おまけに食いものがあるてえことになると、なめくじにとっちゃァ、この世の天国みてえなところとみえて、いやァいましたねえ。虫の中の大看板はこいつです。

夜、歌を歌うなめくじ

出るの出ねえのなんて、そんな生やさしいものじゃァありません。なにしろ、家ン中の壁なんてえものは、なめくじが這って歩いたあとが、銀色《ぎんいろ》に光りかがやいている。今ならなんですよ、そっくりあの壁ェ切りとって、額《がく》ぶちへ入れて、美術の展覧会《てんらんかい》にでも出せば、それこそ一等当選まちがいなしてえことになるだろうと思うくらい、きれいでしたよ。

かかァが蚊帳の中で、腰巻一つで、赤ン坊ォおぶって、仕立物かなんかの内職をしていると、足の裏のかかとのところが痛くなったから、ハッとふりかえると、大きななめくじの野郎が吸いついてやがる。なめくじがこんな助平なもんだとは、あたしゃァそれまで知らなかった。

なめくじといったって、そこいらにいるような可愛らしいのじゃァない。五寸くらいもあって、背中に黒い筋《すじ》かなんか走っているのが、ふんぞりかえって歩いている。きっと、なめくじの中でも親分衆かいい兄ィ分なんでしょうねえ。

もうそんな奴になると、塩なんぞふりかけたってビクともしやしない、キリで突いたってんでこたえない。血も出やしない。血も涙もねえ野郎ってえのは、きっとあァいう奴のことをいうんでしょう。しょうがねえから、そんなのを、毎朝、十能《じゅうのう》にしゃくっては、近くの溝川《どぶがわ》へ捨てに行くんだが、出てくる奴のほうが多いから、人間さまのほうがくたびれてしまう。

夜なんぞ、ピシッピシッと鳴くんですよ。奴さんにすれば、歌でも歌ってるつもりだろうが、あいつは薄ッ気味のわるいもんでしたよ。

なめくじは、別にあたしの家ばかりじゃあない。長屋じゅう同じなんですよ。一つしかない水道の回りに朝なんぞみんな集まっては、

「ひょっとすると、東京のなめくじが、みんなウチの長屋へ集まって来てんじゃないかねえ」

なんて話をしている。

そういう具合でありますから、長屋の中には秘密なんてえものがない。なんでもかんでも素通しです。仲がいいんですよ。

醤油を切らしたといえば、となりがかしてくれる。お茶がないといえば、向かいの人がかしてくれる。となりが魚のアラを買ってくると、こっちから大根を出して煮て、そいつをわけ合ってたべるてえ具合で、お互いに都合しあって暮らしている。

誰か体の具合でもわるいてえと、まわりのおかみさん連がドヤドヤッとやって来て、くすり屋へ走ってくれる。湯タンポをもって来てくれる。長屋のすぐ裏手が製氷会社だから、そこへかけ合って、氷を一貫目ばかり持って来てくれるってんで、そりゃァ人情てえものがありましたよ。

だから、みんな、長屋じゅうが一軒の家みたいでしたよ。夫婦喧嘩も、子供のいたずらも、どこの家へ客が来たなんてえことも、すぐにわかってしまう。

一度、あたしんとこへ新聞屋が来て、新聞代を払えという。頼まないのに、ふた月ほど前から、ほうり込んでおいて、そのとき金ェ取りに来たんですよ。

「ゼニなんぞ一文もねえよ」

「こっちも、払ってもらわんことにはこまる。どうしても払わないというのなら、こいつをもらって行きます」

てんでね、バケツを持ち出しゃァがった。バケツてえのは、水ゥくむだけじゃァない。いろいろに使えるから、こいつを取られた日にゃァ途端にこまる。

「そいつはいけないよ。ゼニは、二、三日うちに何とかするから、バケツは返しておくれ」

うちのかかァのその声きいて、バタバタッとみんなが寄って来て、気の毒に、その新聞屋は袋叩きにされちまった。

便所へ入るところの廊下が、ネタが抜けて落っこちたことがある。家主に掛け合ったが、家賃がタダなんだから、いい顔はしませんや。長屋の連中に相談するてえと、「どうです、あんたァ芸人なんだから、ひとつ読み切りをやったらどうです。応援しますよ」

といってくれた。どっかで落語の会をやって、あがりで縁側ァ直そうてんですよ。読み切りてえのは、あたしどもが、こまった仲間のためによくやる義捐《ぎえん》興行のことなんです。

そこで、先代の文治さんだの、二、三人の人に頼むと、快く引きうけてくれた。浅草に新並木てえ貸席があるから、そこでやることにして、切符も二百枚ほど印刷屋に注文した。

ところが、具合のわるいことに、ちょうど歯が欠けちまって、入れ歯ァしないことにはしゃべることが出来ない。「これが本当のハナシ家だ」なんて、ノンキなこともいっておれないから、歯医者へも行きましたよ。切符が売れないことには、歯医者へも払えない。ところがもとになるゼニがねえから、印刷屋へ切符を取りに行くことが出来ない。

しょうがねえから、切符を十枚ばかり、印刷屋からもらって来ては、長屋の人に買ってもらって、その金ェ持って、また十枚ばかり受け取りに行く。印刷屋さんも、おどろいてましたよ。歯医者さんには、わけをいって、切符二十枚ばかりでかんべんしてもらいましたよ。

歯医者さんもいい人だが、長屋の衆の応援がなかったら、とても出来る芸当じゃァない。

人の心のふれ合いてえものは、暮らしのよしあしとは違いますねえ。お互いが理解し合って、助け合って、一緒になって笑ったり、泣いたりする。あたしなんぞ、いまでもあの時分の、なめくじ長屋の生活てえのが、とってもなつかしく思い出されて来ますよ。

つい、五、六年前でしたよ、あたしがちょうど大病して、高座ァ休んでいるとき、新内《しんない》の岡本文弥《ぶんや》さんてえ古い友達が、あたしのことを新内にして、ラジオでやってくれた。業平で友達になったなめくじが、久しぶりに志ん生を見舞ってやろうてんで、みんなしてあたしのところへ来るってえ筋で、とってもよく出来てましたよ。かかァと二人して、シンミリときかせてもらいましたよ。

検事局から呼び出し

この、なめくじ長屋のころの貧乏てえのも、笹塚時代といくらもかわりゃァしません。かかァは、仕立物を夜っぴいてドンドンやるから、いいゼニになる。あたしのほうはてえと、寄席だけであんまり座敷なんぞないから、年じゅうピイピイしている。たまに入ると途端になくなる。かかァからまきあげては遊びなんぞに使っちまうんです。

旅なんぞに行くときは、かかァがみっともなくないようにてんで、高座着を縫《ぬ》ってくれるんだが、もどって来るときは、そういうのはきれいになくなっている。いつの間にやら、酒代に化けちまっているんですな。

あるときでしたよ、やっぱり旅からはだかで帰って来た。

「お前さん、もう直す着物もないんだよ。首つり（古着）でもいいから、安いのみつけておいでよ」

って、かかァに叱られて、しょうがないから、柳原の古着屋へ行って、安くて見てくれのいいのを買って来た。よごれているからって、かかァが洗濯をして、かわいたら少しユキだのタケだのを直そうてえことにして、表ェ干《ほ》した。表ッたって、ひさしの下に竿《さお》ォ出して、そこへかけとくんです。

長屋にはわるい奴なんぞ一人もいない。だから夏なんぞ、戸や窓をあけっ放しにして寝てても、モノのなくなったためしはない。もっとも、盗ッ人《ぬすと》が来たって持っていくものがない。二、三年はそれですんだが、その時分はてえと、長屋の暮らし向きがいくらかよくなったせいか、チョイチョイ夜中に、洗濯ものなんぞが消える。どうも近くの長屋に、わるい奴がいるって話です。

「お前さんは、あしたの仕事があるんだから、さきにお休みよ、あたしが夜なべついでに、見てるから大丈夫だよ」

かかァがそういうもんで、あたしは安心して、さきに寝ていると、暁《あ》け方近く、かかァが血相かえて、あたしを起こして、

「大変だよ。ないんだよ」

っていう。見るとなるほどない。きいてみると、三時近くまで夜なべして、そのときのき下ァ見ると、着物がチャンとしているから、安心しているうちに、ついトロトロしちゃった。ハッと気がつくと四時を回っている。そのときゃァもうなかったてんですよ。

もう、こうなりゃァ、着て行くものがないから、寄席も休まなくちゃァならない。

「こんな日にゃァ、ロクなこたァねえよ」

って、半分やけのやッ八で、そのまま布団にもぐって、また寝てると、十時すぎですよ、

「お前さん、大変だよ。こんどの大変は、とびっきりだよ」

って、また叩き起こされた。裁判所てんですか、検事局てんですか、そういうところから、呼び出しが来たんですよ。お座敷がかかったんじゃァない。「ちょいと来いッ！」てえ、こわい手紙ですよ。

仙台に大森さんてえ興行師がいて、あたしも、この人の手で、ずいぶん仕事をもらっている。

「ひとつ、いい荷物ゥこさえて、送ってくれねえか」と頼まれた。いい芸人を集めて、ひと興行やりたいからよろしくてえわけです。

あいにくと、ゼニのないときだから、こいつァうまい仕事だとばかり、いいかげんに売れてるはなし家だの、講釈の先生だの、色物の名前を書いて向こうへ知らせてやると、すぐ前金《まえきん》を五十円ばかり送って来た。七十円でなきゃァとてもダメだといってやると、今はそれだけしかないから、それでなんとか都合つけてくれという。「ダメだ」「来てくれ」てんで、そんなやりとりをしているうちに、あたしゃァその金ェ全部使っちまったんです。

ひでェ話だが、背に腹ァかえられずよんどころなくそういうことになっちまったんですな。

なんとかしないことには納まらないから、こんどは「名人会をやろう」てんで、東京でもめったに揃わないような、いい顔ォズラリとならべて、向こうへそういってやると、その顔ぶれを見て、びっくりしたんでしょうな。「うん、こいつァ凄い、東北地方始まって以来だ」てんで、こんどは催促《さいそく》もしないのに、七十円ばかり送って来た。よしゃァいいのに、あたしはその金を遊びとバクチですっちゃった。

そのうちに、いよいよのり込みの日が来たから、さァ弱った。あたしひとりは都合つくが、向こうに知らせてあるえらい師匠や先生たちには、口もかけてない。あたしひとりの推量《すいりょう》でなったことなんだから、今更頼みようもない。

そこで、またよんどころなく、友達の神田伯梅《はくばい》てえ講釈師に、五円ばかりつかませて、ともかく、だまって仙台まで行ってくれ、ってんで汽車にのりました。伯梅てえのは、伯竜《はくりゅう》先生ンとこの若いもんです。

向こうへつくてえと、駅前に大きなビラが張ってある。あたしが、以前いいかげんに書いて送った、東京でも一流の芸人たちの名が、ズーッとならんでいるんですよ。

「で、ほかの師匠たちは？」

「へェあとの汽車で……」

「来るんですか？」

「いェ、来ないんです」

「じゃァ、君たち、二人だけかい」

「えェ、よんどころなく……」

「冗談じゃァねえぜ、小屋《こや》はもう一ぱいの客だ。こっちは前金もの り金（汽車賃）もふくめてちゃァんと送ってある。契約に手落ちはねえはずだ、顔ぶれだって、お前さんのほうからきめて来たんだろう」

てんで、道ィ歩きながら、スッタモンダがはじまった。小屋に来てからもまだやっている。話の様子によると、土地の顔役衆が何人か集まって、ゼニィこしらえてはじめた興行らしいんです。どうしたって、こっちにいいところは一つもない。

楽屋のまわりには、おっかない顔ォした兄ィ連中が、ウロウロして、あたしたちをにらんでいる。こういうときァ、きもッ玉ァすえてかからないとダメですよ。

「こんなにお客さんが入っていて、幕ゥあけないわけにはいかんでしょう。芸人はあたしたち二人ですが、ともかく一生懸命つとめましょう。あたしどもだって、折角ここまでのり込んで来てなンもやらんで帰るわけにゃァいきません。名人会というわけには参りませんが、お江戸の芸人の、力かぎりの芸を、ご当地のお客さんにぜひ見ていただきたい。二席だって、三席だって、いくらでもやりますから……」

てんで、ともかく幕ゥあけるところまでこぎつけて、伯梅がはじめに上がって、その次があたしです。終わって楽屋へもどって来ても、親分衆がまだああだこうだとやっている。伯梅はオロオロして、

「オレはまだ死にたくねえ、すぐ、東京へ帰らしてくれ」

って、半分ベソかいてやがる。

「じゃア、帰れ。あとはオレが引きうけた」

てんで、あたしが胸ェ叩くより早く、もういなくなった。

ところがひとりになると心細いもんですな。舞台じゃァ、誰か親分のひとりが出て、あいさつかなんか始めたらしい。マゴマゴしてると、こりゃァひょっとするとひょっとするようになるかもしれないと思ったから、あたしは便所へ行くフリをして、裏からハダシのまんまズラかった。

駅ィかけつけると、ちょうど東京行きが出るところです。とびのるてえと、そこに伯梅がいるじゃァありませんか。奴さん、気の毒にまだふるえている。

そのことについて、向こうの連中が、あたしをサギだと訴えた。その呼び出し状っ

てわけですよ。

検事局てんですか、あたしはそこへ出かけて行って、いいましたよ。

「あちらさまの損害につきましては、かならずお返しします。もっとも、今すぐってわけにはいきませんが、なんとかして、出来るだけ早く稼いでご返済に上がりますから、ひとつ、よしなにお願いします」

頭ァさげると、検事さんてえのはいい人で、向こうの連中に向かって、

「損害の金については返すといっているし、それに、ともかく舞台へ上がって芸をやったんだから、しばらく待ってやって、金だけ返してもらったらどうかね」

といってくれたから、結局、不起訴てんですか、話し合いで片がつきましたが、考えてみるてえと、一文なしの大バクチとはいえ、よくもまァこんなとほうもないことがやれたもんだと、われながらあきれかえりましたよ。ゼニがねえということは、ほんとうにしょうのないものであります。

その事件のあと、仙台のほうへ行くときは、あたしはいつもかかァに、

「オレの体ァ、どうなるかわからねえから、そのつもりでいてくれ」

なんて、心細いことをいって出かけたものですが、別にどうってこともなくすんだのは、やっぱり大森さんてえ人の人格でしょう。

その後、こっちに少しはゆとりが出来てから、大森さんにあらためてごあいさつしようと思っているうちに、その人は故人になってしまった。申しわけねえから、お墓まいりにだけは行って来ましたよ。

志ん馬で「男」に

わが家の家宝

あたしは、この業平で、東三楼からぎん馬、甚語楼から志ん馬（二度目）、そうして馬生（二度目）と、また名前ェをよくかえましたが、別に深いわけがあるってほどのこともない。名前をかえれば、ひょっとして貧乏神も逃げ出すかもしれないという、わずかばかりの希望《のぞみ》みたいなものですよ。いくら名前をとっかえても、少しもかわりばえがしない。

かえるたびに、手拭ィ染めて、仲間にくばったりするから、かえってモノ入りです。

「なんだい、おめえ、またかえたのかい。一体、何度かえりゃァ、気がすむんだい」

なんてえことを、イヤ味タラタラいわれたりする。何度かえりゃァ気のすむてえものではありません。

あたしが、甚語楼のときでしたよ。

さっぱり芽が出ないから、いい席には出してもらえない。浅草の金車亭《きんしゃてい》一軒だけで、どうにも生活《くらし》になりません。その時分は、落語界も全体によくないときで、はなし家もあんまりいい生活はしていないが、あたしとくるてえと、貧乏もとびっきりです。美津子も喜美子も、もう小学校へ行ってる。清もだんだん大きくなって、親のすることをよォく見ているから、このままじゃァ、子供の手前もみっともない。

なんぞ、収入の安定した、見てくれもいい仕事はないものかと、ふた晩トックリ考えました。口ァうまいんだから、紙芝居がいいだろうてんで、ひと思いに紙芝居になる腹ァきめて、よし、そうなると、鳴りものが必要だてんで、寄席の楽屋からヨスケをこっそり持ち出した。ヨスケてえのは、お囃子《はやし》につかうチャンチキという鉦《かね》のことです。別にぬすんだてえわけじゃァない。紙芝居の稽古に使おうてんですよ。

そのうちに、神田の立花で、組合の寄り合いがあって、あたしもそこへ顔を出した。はなし家ァやめるという話を、いま切り出そうか、いまいおうかと待っていると、人間の運命てえのは実に不思議なもんですな。会長の六代目の一竜斎貞山先生（講談師）が、

「なァ、甚語楼……」

と、向こうから声をかけてくれたんです。あたしは、心臓がとまったかと思いましたね。ヨスケのことがもうバレて、しかも会長の耳に入っているんじゃァしょうがない。ところがソウじゃァなかったんですよ。

「君ィ、近ごろ、お客さんから評判がいいよ。力ァあるんだから、もう一度、看板あげたらどうだい。なんなら、来月のトリを取ってもらおうか」

てえ話なんですよ。とまった心臓がまた動き出しましたよ、あのときは……。

さァ、こいつをのがしたら、もうはなし家は永久にあきらめなきゃァならないと思ったから、あたしは三尺下がって、畳に頭ァすりつけましたよ。涙がポロポロなんてえもんじゃァありません。

そこで、古今亭志ん馬とまたかえたんです。

こうなりゃァ、前の馬きんのときとは違って、あたしとしちゃァ真剣です。もう、鈴本の大旦那が、金ェかしてくれる道理はないから、自分で集めるよりしようがない。かかァの実家やなにか足を棒にして、四百円ばかりかき集めて、こんどは着物もつくったし、くばりものもちゃァんと揃えました。

うしろ幕もぜひ必要だというので、作家の宇野信夫《うののぶお》さんが、生地を贈ってくれる。それに画家の鴨下晁湖《かもしたちょうこ》さんが、墨《すみ》で富士の絵を描いてくださった。かかァの奴も、と

び上がってよろこんで、

「さァ、これが、お前さんの本当の第一歩だよ。男の花道だよ。いいかい、こんどこそ花道を、まっすぐ歩くんだよ」

ってうるさいほどいう。

これだけいわれて、その気持ちにならないのは、男じゃァありませんよ。

このときの気持ちを忘れないようにてんで、そのうしろ幕ゥ、今もってウチのタンスの中にしまってあります。もっとも、のちに、今の志ん生を襲《つ》いだとき、あたしは、この富士の絵が大好きだから、何とか生かそうといろいろ考えて、「志ん馬」と「志ん生」は一字違いでしょう。そいつを、鴨下さんのところへ持って行って、「馬」を「生」にかえてもらった。近くで見ると少しおかしいが、遠くから見りゃァわかりゃァしません。タンスの中にしまってあるのは、それですよ。

あたしんところには、もう一つ自慢の品がある。円朝大師匠の書いた、絵と歌の軸なんです。絵はひと筆描きの骸骨《がいこつ》で、実にどうも見事なものですが、文字と歌がまたすばらしい。

『見しゆめの睡《ねむり》にかかる世のつねに、うつつのゆめになるぞかなしき』

と書いてある。

これは鈴本の大旦那の先代が、楽屋かなんかで円朝大師匠に書いてもらったもんで、まったくの真物《ほんもの》ですよ。そいつを大旦那があたしにくれたんですが、ほんとに、大旦那にはすっかり迷惑ばかりかけてしまいました。

この円朝大師匠の軸と、晁湖先生のうしろ幕だけは、本当に、あたしんとこの家宝ですよ。

もっとも、家宝てえほどのこたァないが、もう一つ、木剣《ぼっけん》てえものがある。

これは、あたしが、まだひとりで浅草でゴロゴロしているとき、すぐ前の家に大工がいる。そこの屋根に鳩《はと》がよく来るんです。

こっちは、メシが少しばかり余ると、にぎりめしにして、その屋根にポーンと投げてやる。鳩がよろこぶだろうというやさしい心ですよ。ところが大工はそうは取らないで、屋根をよごすっていうんです。掛け合いに来るとき、犬をけしかけて来た。犬ァあたしゃァきらいだから、ようしそれじゃァてんで、木剣を買って来た。古道具屋のおやじが、

「旦那、こいつァ買いものですよ。なにしろ、宮本武蔵が、修業中に使ったってえ、由緒ある木剣ですから」

てえから、それにしちゃァ安いと思うから、買っといたんです。

その後、屑屋にも売らずに、なくしたり、出て来たりしているうちに、あの空襲のときなんぞ大変に役立ちましたよ。

こいつも、うしろ幕や軸と一緒に、決して売ったり、人にやったりしちゃァいけねえと、家のもんによくいってありますよ。

二・二六は引ッ越し記念日

志ん馬になって、少しは人さまに知られて来たときですよ。

ある寄席で、一席やっておりて来ると、楽屋へ、久保田万太郎さんと、森暁紅《もりぎょうこう》さんと、それに講談社の瀬川さんてえ人が、連れ立って来ていて、

「志ん馬さん、今でも、まだ、なめくじ長屋にお住まいで？」

というから、そうですてえと、遊びに行っていいかという。あたしの貧乏暮らしが、そういうえらい先生がたの間でも評判だったんでしょうねえ。

そんなことで、その寄席から、そのまま三人のお客さんを、業平へ案内しましたよ。

今なら、電話かなんかかけとけば、かかァがビールの支度かなんかしとくんでしょうが、電話なんぞありゃァしませんし、第一、あたしんとこへ客が寄るなんてえことは、猫がワンと鳴くより、もっと珍しい。

かかァの奴ァあわてふためいて、よそから茶ァかりてくる。茶碗もかりてくる。表ェとんで行って塩豆ェ買ってくるてえらいさわぎ。それでも、皆さん、上へあがって、六畳間にすわって、別にイヤな顔もせずに、一時間ばかりいろいろな話をしていきましたよ。

もっとも、あとで近所のおかみさん連が、うちのかかァに、

「あんたが、おあがんなさいといったときサ、年寄りの客ァ笑っていたけどサ、一番若い人ァ、ペロッと舌《した》ァ出してたよ」

と、くだらないつげ口をしてましたよ。年寄りてえのは、きっと森さんで、若い客てえのは瀬川さんでしょう。そうすると、久保田さんは、どんな顔ォしてたんでしょうかねえ。

このとき、うちのかかァのお世辞がよかったせいか、瀬川さんから仕事をもらうようになり、あたしの名前の口演速記が、「婦人倶楽部」だか「講談倶楽部」だったかにはじめてのって、お礼として二十円送ってきたときの、かかァのよろこびなんてえものは、そりゃァ大変なもので、

「まァ、うれしい、二十円、あんた、二十円だよ！」

てんで、あたしゃァ、かかァがあたしを捨てて、その二十円と結婚するんじゃァね

えかと思ったくらいでしたよ。

そうこうするうちに、出口《でぐち》さんてえ人が、ポリドールから、レコード吹き込みの話なんぞも持ち込んでくれる。

そのうちに、馬生てえ名前を襲《つ》ぐことになる。前は古今亭馬生てえ名でしたが、馬生の本当の亭号は金原亭です。あたしは金原亭馬生の七代目てえことになる。

一事が万事で、トントントンと物事がうまくゆくようになる。そういうのがわかって来たとみえて、家主が、

「いつまでも、タダってえのは、よそに具合わるいから、ひとつお家賃を」

てんで、取りにやって来た。月に六円てえのを、そのときはじめて知りましたよ。世の中てえのは、実にどうも現金なもんです。

さァ、払ったかどうだか、かかァにきいてみないとよくわからないが、あたしの記憶じゃァ払ったこたァないようです。

長い間の貧乏神との親戚づき合いも、そろそろ、証文返すときが来たんでしょう。そのうち、浅草の永住町《ながすみちょう》へ引ッ越すことになるんです。

なんのかんので、このなめくじ長屋には、七年ばかりお世話になっていたんですが、

引っ越してしまうと、人間どうも現金なもので、あまりあっちのほうへ足を運ばない。大家さんは田中さんてえ帽子屋さんだったが、その後トンとご無沙汰してました。どうしているのかと思ってるうちに、あたしが志ん生の看板をあげたとき、どこできいたのか、寄席へひょっこりと尋ねて来てくれた。もうそのとき、八十近いいおじいさんで、どっか田舎のほうへ引っ込んでいるてえ話でしたよ。その後、どうなりましたかねえ。

こないだ、この本をまとめるについて、ウチの美津子が、何年ぶりかで、あのなめくじ長屋を見て来たら、もう面影もないほど、かわっていたそうですよ。そりゃァそうでしょう。あたしだって、こんな爺ィになったんですから……。

永住町へ引っ越したのは、忘れもしません昭和十一年の二月二十六日です。あの二・二六事件の当日ですよ。

紙切りやってた林家正楽《しょうらく》てえのが、あの近くに住んでいて、

「家賃は十二円だが、わりにいい家だよ。そろそろ君も看板なみの家に住むもんだよ」

なんてえことをいうから、それもそうだと思って、見に行くと、なるほど、業平よりは大分家らしい。二つ返事できめて、さァ引ッ越してえことになったが、そのころはガラクタもいろいろふえてるから、笹塚から逃げて来たときとは違って、どうして

もトラックがいる。

　こっちの看板てえこともあるから、夜逃げだ朝逃げだというわけにもいきません。となり近所に、いろいろあいさつしたり、とどけものをしたりして、朝からトラックを待ってたが、いつまでたっても来やしない。

　雪がドンドン降りつもって、そりゃァ寒い日でしたよ。そのせいかなァと思っていると、午後になって、ようやくやって来た。

「どうしたい、バカにおそいじゃァねえか」

「すみません。気ィばかりあせっても来ようにも、来られないんですよ」

「雪のせいかい？」

「冗談じゃァない、きょうの事件ですよ！」

「えッ、何かあったのかい？」

「あれ、旦那、ご存知ないんですか。陸軍の兵隊が武装して、二重橋から三宅坂のほうなんぞ、いま大変ですよ……」

　てんで、あたしゃァ、二・二六事件てえのを、運送屋からはじめてきいた。

　その日の引ッ越しですから、こいつは忘れろといわれたって、忘れられませんよ。浅草あたりは、別にどォってこともなく、無事引ッ越しを終わったが、あの日には、

　もう一つ忘れられないことがありましたよ。

　その日、あたしはAK（NHK）で、放送の仕事を請《う》け合ってたから、あとかたづけはかかァにまかせて、九段の近くまで行ってみるてえと、兵隊が剣付き鉄砲ォキラキラさせて、

「こらッ、ここからさきは、ダメだッ」

「あたしゃ、馬生てえはなし家で、これから、放送局へ行くんです。早く行かないと間に合わないんです」

「日を改めて出直せッ！」

「そんなムチャおっしゃっちゃいけません。放送局をしくじるとメシの食いあげです」

「ばかもん！　個人のメシの問題じゃァない、こっちは生命がけだ！」

　こういうところでは、お世辞は通じません。てんで受けつけてくれないので、弱っちまって、放送局の係の人に電話すると、

「うん、今日は、演芸は取りやめです」

　もっとも、こんな日に、バカバカしいお笑いなんぞ放送したら、本当に兵隊さんに突っ殺されたかもしれません。

三道楽免許皆伝

五代目志ん生を襲《つ》ぐ

神明町の隣組、柳家三語楼

永住町にいたのは一年半ばかりで、それから、あたしは神明町の、柳家三語楼師匠のすぐ前の家へまた引っ越しました。

以前、この師匠を高座着の件で、しくじっていたことがあるが、そういうしくじりは、いつかは許してくれるもんですよ。あたしは、その時分、せっせと三語楼さんとこへ足を運んでいたから、近いのは何かと都合がいい。

この三語楼てえ人は、売れてるさかり新作なんぞをやってましたが、もともとはてえと、あたしとは円喬師匠のとこの兄弟弟子で、あの人が右円喬《うえんきょう》、あたしが朝太《ちょうた》といってましたから、その時分からよく知っているんです。

かわった人で、夏のあつい時分だって、左手の手甲《てこう》をぬいだことがない。どうしてかというと、そのかくしてるところに彫りものをしていたんです。左腕だけですがね。

まだ円喬師匠が元気なころ、みんなァ連れて九州のほうへ旅に出たんです。師匠とおかみさんは向こうの二等の箱にのっていて、こっちの三等には、一朝爺《いっちょう》さんと右円喬(つまり三語楼)と、それにもう一人小円太てえのがのって、馬鹿ッぱなしをして騒いでいるところへ、ある駅からドヤドヤとのって来たのが、デップリふとった土建屋みてえな野郎で、芸者ァ三人も連れて、すぐ向こうの席に陣取って、キャァキャァ騒ぎ出した。

さァ、こっちは面白かァありませんや。右円喬がいきなり左の腕ェまくって、自慢の彫りものをチラッと見せたんです。彫りものを見せりゃァ、奴さんおどろいて静かになるだろうと思ったんですよ。そうしたら静かになるどころか、その肥った野郎が「フン」と鼻ァ鳴らして、ひょいとワイシャツの腕ェまくるてえと、右円喬のより大分リッパな彫りものがのぞいているじゃァありませんか。

そいつを横目で見て、こんどは一朝爺さんが、パッと着物をぬいだ。

この一朝てえ人は、円朝大師匠の弟子で、大層可愛がられていたが、彫りものを彫ったおかげで大師匠をしくじったてえくらいだから、二の腕から肩から太股《ふともも》のあたりまで、目もさめるような見事なものが彫ってある。彫り手だって、江戸で一、二といわれた名人だから、色といい図柄といい、そりゃァリッパなものだったが、惜しいことに、途中でゼニが足りなくなって、背中ンところだけ筋彫りで、まだ仕上げがしてないてえから、肝腎《かんじん》のところがダラシない。

そいつを見せりゃア、どんな野郎だってグウともいわせねえという、その自慢の奴を見せたんだが、向こうはまた「フーン」とせせら笑やがって、

「おう、大層暑いじゃァねえか、失礼するぜ！」

てんで、パッとシャツをぬぐてえと、体一面朱入りのベタ彫りだから、さすがの一朝爺さんもグゥともいえなくなっちゃった。

そいつを見ていた小円太がくやしがって、

「べらぼうめェ……」

かなんかいいながら、いきなり立ち上がったはいいが、上のあみ棚《だな》へ、頭《あたま》ァいやというほどぶっつけて、そのまま目《め》ェまわしてしまったてえ話がありますが、三語楼さんはそんな文身《いれずみ》をしてたんです。

なにしろ、家が道ひとつへだてた向こうとこっちだから、あたしばかりじゃァない、かかァも子供たちも、年じゅう行ったり来たりしている。

そのうち、かかァのお腹が、だんだん大きくなって来た。はじめは、いくらかうまいものを食うから、ふとって来たのかと思ったらそうじゃァない。そのうちに、腸《ちょう》満《まん》かなんかわるい病気じゃないかと心配したが、そうじゃァない。十年ぶりの孕み腹《はら》だてえから、こりゃァおどろいた。また子供が出来るんですよ。

どこの高座でも『桃太郎』を一席

いままでの貧乏暮らしの中で生まれた子供ァ気の毒だが、こんど生まれる子には、少しは親らしいことがしてやれると思うから、年甲斐もなくうれしくなったのも、無理ァありません。

今日《きょう》あすにも生まれるんじゃァなかろうかというときに、あたしはちょうど名古屋へ興行に行くことになった。文長座《ぶんちょうざ》てえ寄席で、亡くなった神田山陽《さんよう》先生を頭《あたま》にして、今の文楽や小勝なんぞも一緒でした。あたしァ馬生です。

前にも書いたように、清のときのお産が大変な難産だったもんですから、留守中にもしかのことがあるといけねえてんで、あたしとしちゃァ心配でしょうがない。年ィ取ってからの子供てえものは、どなたさまでも同じでしょうが、心配なもんですよ。

東京の席《せき》をやって、すぐその足で名古屋へ行ったんだが、いつもお産のことが頭にあるから、高座へ上がると自然に『桃太郎』をやってしまうんですね。そういうつもりでなくっても、ついそうなっちまうんです。

『桃太郎』てえはなしはご案内のように、昔の子供てえものは、おとぎ話でもしてやればすぐ寝ちまったもんだが、今の子供てえものは、反対に親に向かって理屈をいうというアレなんです。東京を発《た》つ日に、あたしは四軒の寄席をやったんだが、四軒ともそのはなしをやっちまったてえくらいのものであります。

文長座の初日の、はじめての高座へ上がってしゃべってるうちに、またその『桃太郎』をやってしまってる。自然にそうなっちまうんだからわれながら不思議です。おりてくると、前座《ぜんざ》が「師匠、東京から電報ですよ」てんで、あたしに渡してくれた。見ると東京の三語楼さんからで、

『子供は軍人だよ、安心おしな』

と書いてある。あたしゃァとび上がりましたね。昭和十三年の三月十日……陸軍記念日のその日に、男の子が生まれたんですから……。

間もなく三語楼さんから、こんどは手紙で、

ござんなれここに日本の男の子

てえ、俳句だか川柳だかわからないような句と一緒に、その子供に「強次《きょうじ》」てえ名前までつけて送って来てくれました。これが今の志ん朝なんですよ。

　それから半年もたたないその年の六月の末に、三語楼さんの葬式を出すことになったんです。

　三語楼てえ人は、胃《い》の手術をしたんですが、半年ばかりするとどうも具合がよくない。あたしは心配して医者《せんせい》にきくと、

「肝臓の中にガンがあって、それが取れないんです。だんだん大きくなって来てるから、もうダメですね」

というような、ごく秘密のことをコッソリ教えてくれた。ところが本人にはそんなこたァいえやしません。本人はタン石《せき》だとばかり思っている。

　あたしが見舞いに行くてえと「火事だ、火事だ」てえから、びっくりしたら、あたしの吸ってるタバコの火ィ見て、そうどなったんですね。頭のほうもすっかりいけなくなってたんでしょう。看護婦があわててあたしのタバコをとりあげたんだが、それっきりいけなくなっちゃった。

　なくなるたしか前の日でしたよ、強次を連れて見舞いに行くと、強次のちっちゃい

手ェにぎって、

「おう、バナナ、えらい人間になるんだよ」

って、大きい子供にいうようにいいきかせている。

「なんです、師匠、バナナてえのは？」

って、あたしがきくと、

「馬生（芭蕉）のせがれなら、バナナだろう」

ってんですよ。こんなノンキなことをいってるくらいだから、まだいくらか持つだろうと思っていたら、一日ですっかりおかしくなってしまった。

この人は、ちょいと人間がかわっていたから、敵も多かったですよ。通夜も「三語楼の家なら行かねえよ」てえのがいるから、あたしんとこでやりました。本人はいつも「オレが死んだって、香典《こうでん》なんぞもらうんじゃァねえよ」といっていたんです。つまり故人の遺志てえ奴で、香典持ってくるのをドンドン返しちゃった。バクチなんぞも始まって、どうも大変なお通夜になってしまった。

ゼニは大分ためていたようで、財産はその時分の金で二十万円とかあったが、息子てえのがみんな持ち出して、メチャメチャに使っちまった。だから、そいつをうらんで、三語楼さんのユウレイが出たなんてえ話もひろまりました。あたしは見たことはありませんがね。

逸話ァ多い人で、若い時分に、ゼニがねえから、タクアンばかりでメシ食っていたそうです。

「タクアンてえものはなんだねえ、さしみにしても焼いても、おつけの実《み》にしても、やっぱりタクアンにはかわりはねえもんだ」てえんですが、そりゃァあたりまえでしょう。

左の足の親指がなかったので、足袋なんぞそこんとこに綿《わた》ァつめてごまかしてある。あるとき、楽屋で前座の若い者が、うっかりその綿ァぬいちまったもんで、えらく叱《しか》られたことがありますが、何でも若いころバクチィして切られちゃったなんてことをいってました。もっともそのへんのところはどうだかわかりゃァしません。与太《よた》も多い人でしたから……。

晩年はこのようにさみしかったが、ひところの人気なんてえものはなかったですね。現代ものをやるんです。古典だの、人情ばなしだのとうるさい時分に、英語なんぞ入れて新しいものをやるんですから、仲間うちの風当たりは強いが、客には受けるんです。なくなった権太楼だの、今の金語楼だの、千太てえのと漫才をやっていたリーガル万吉なんてえ人は、みんなこの三語楼さんの弟子なんです。

よくいってましたねえ。

「あたしゃァ、円喬師匠が好きで、あの人の弟子になったんだから、ほんとうはあの人のようなはなしをやりたいんだけど、それじゃァ世の中に出てゆけない。よんどころなく新しいはなしをやってるんだ。でも、これからの落語てえものは、やたらにシブがっててもダメだよ……」

ってね。

現在《いま》は、新作落語てえものが、随分とはやって来てますから、三語楼さんが生きていれば、きっとよろこんでいるだろうと思いますねえ。あたしは新しいものはやりませんが、それでも、それはそれなりに工夫はしてますよ。三語楼さんの陽気な芸風は、どれだけあたしの勉強になったかしれやしません。

女房に反対された志ん生の襲名

あたしが、今の志ん生てえ名前を襲《つ》いだのは、前にも申しあげましたように昭和十四年でありますが、志ん生てえのは、落語界の大看板で、あたしで五代目になります。

このときも貞山先生に、大変お世話になった。

強次が生まれたそのあくる年の春、神田の立花の楽屋《がくや》で、事務員みてえなことをし

ていた右中《うちゅう》てえのが、

「師匠、こんど、志ん生になるんですってねえ……そうしたら、師匠、どこへでもお供さしていただきますよ。エヘヘ……」

てなお世辞をいうじゃァありませんか。あたしゃ、そんな話を、誰《だれ》からもきいたわけじゃァないが、思わずピーンと頭の中に「志ん生」てえ名前がこびりついた。

その晩、ちょうど会長の貞山さんと、車で一緒に帰ることになったもんだから、なんとなくそんな話を持ち出してみるてえと、

「うん、ワシもなァ、君が志ん生になりゃァいいと思ってるんだよ」

といってくれた。家へ帰って、早速かかァに相談してみると、とび上がってよろこぶと思いきや、

「あたしゃァ、反対ですねェ、志ん生は……」っていやがる。

無理もありません。かかァだってその時分は、あたしと一緒になって、もうコケが生《は》えるくらい長いから、落語界のうら表をよく知っている。志ん生てえ名前は、大きな名前にゃァ違いないが、どうも、代々短命で終わっている。そういうことを知っているから、反対したんですよ。エンギがよくないっていうんです。

初代から四代目まで

志ん生てえ名前は、もともと江戸時代、芝居噺《しばいばなし》の元祖といわれた初代の三遊亭円生の門下から出た名前でありまして、初め円太といっていた人が、ちょいと師匠をしくじって古今亭真生《しんしょう》となった。あとになって「真生」を「志ん生」と書きかえたんだそうで、安政三年十二月二十六日に四十八歳でなくなっている。これが初代てえことになっています。

二代目はてえと、俗にいう「お相撲志ん生」で、何でも若いころ、相撲になろうと思ったが、やめてはなし家になったてえくらいですから、体も大きかったが力も強かった。

何かの寄り合いで、円朝とこの志ん生が言い合いになったので、初代の談州楼燕枝《えんし》てえ人が、「まァ、まァ」と留《と》め男に入ったが、志ん生にグイと手をつかまれた拍子《ひょうし》に、指ィ二本くじいたというくらい、それほどに力が強かった。

初代志ん生の弟子で、本名はてえと福原常蔵《ふくはらつねぞう》。明治二十二年一月二十四日に五十六歳でなくなっております。『与三郎の島破り』なんぞ、目に見えるほど凄《すご》かったそうで、その半面には、うーんととぼけた滑稽噺《こっけいばなし》も得意だったと申しますから、やっぱり名人だったんでしょう。

三代目は「軍鶏《しゃも》の志ん生」で、雷門《かみなりもん》助六から「真生」となり、「志ん生」となった人で、あたしもよく知っております。大正七年五月十一日に、五十七歳で故人になってます。なぜ「軍鶏の志ん生」なんてえ名前がついてたかってえと、この人の本名が和田岩松《いわまつ》ってんです。その時分新橋に「今松」ってシャモを食わせる家があったから、岩松と今松でよく似ている。それで「軍鶏の志ん生」ってあだ名がついたんだそうです。もっともこの人は、志ん生からまた名前をかえて、古今亭雷門《らいもん》てえことになりました。

四代目があたしの師匠で、本名が鶴本勝太郎てえところから「鶴本の志ん生」というう。この人はてえともと二代目の今輔《いますけ》の弟子から、のちに三代目志ん生の預《あず》か り弟子に入り、今松、小助六、志ん馬から、六代目馬生となって、大正十三年に四代目の志ん生を襲いだんですが、どうも体の具合がわるく、それから間もなくの大正十五年一月二十五日、五十歳でなくなりました。

五十てえ年は、はなし家としちゃァこれからの年齢でありますから、病院へ入れられたときは師匠がくやしがって、

「志ん生てえ名前は、どうも代々早死にでいけねえ。もうオレ限りで、志ん生の名前はつくらないでくれ」

なんてえことをいった。そのときは、あたしだって、別に志ん生を襲ごうなんてえ了見はなかったから、そのまんま洒落《しゃれ》かなんかのつもりでき流してましたが、さァ「志ん生」てえ名前が身近になってくると、そいつが遺言みたいなことになる。そういうことを、ウチのかかァだってよく心得ているから、いきなり反対したって寸法です。

「べらぼうめえ、志ん生になると、みんな病《わずら》うだの、早死にするなんてえことが法律できまってるわけのもんじゃァあるめえ。こういうこたァ、その人の持ってる運勢だァな。オレがもし、志ん生になって病《わずら》うんなら、むしろ本望じゃァねえか。もし、長生きしてウーンと看板大きくしたら、代々の師匠もよろこんでくれるだろう。どうだい、それでも異存あるかい」

てんで、あたしゃァまた威張っちゃった。あたしの強情が始まった日にゃァ、かかァなんてどうしようもない。

「そんなら、そうおしよ」

てんで、あたしの五代目襲名がきまっちまったんです。このとき、あたしはもう数えの五十になってましたよ。師匠のなくなったのと同じ年です。

「いくらなんだって、もうこれ以上名前をかえるこたァないだろうから、こんどこそは、一つ有り金ェはたいても、派手な披露目《ひろめ》をしたいもんだなァ」

って、そこでまたタンカ切っちゃった。

もらった袴・羽織で

大きなことをいってみたって、金なんぞあるわけがない。しょうがねえから、貞山さんのところへ行って、とりあえず四十円借りて来て、浅草の馬道《うまみち》にある手拭屋《てぬぐいや》で名《な》染《ぞ》めの手拭いを五反《たん》ばかりたのんでそいつを持って関係筋ィ配って歩くんですが、五反一ぺんに持って来るとゼニィ足らなくなるから、一反ずつもらって来ては、お客のところへ行く。いくらかご祝儀が入るてえと、そいつでまた一反受けとりに行くんです。

着物のほうまではとても手が回《まわ》りません。そうしたら「エヘヘ」でおなじみの春風亭柳枝てえ人が、

「よかったら、ふだんの袴《はかま》にでもおしよ」

てんで袴ァくれた。安田さんてえお客さんが、こんどは羽織をくれたから大変に助かった。ふだん着どころか、この二つが披露の晴れ着になったんです。

披露はてえと、看板の手前もあるから、あんまりセコ（みっともない）なところで

もやれません。上野の精養軒を借りることになったが、支払いのアテは、当日みんなが持って来てくれるご祝儀だけです。

何とかなるだろうとは思ったって、内心はビクビクもんですよ。かかァと二人で、

「まァ、うれしそうに行こうよ」

てんで、表向きは涼しい顔ォして出かけました。

披露宴も無事にすんで、前座《ぜんざ》があたしんところへ、当日のご祝儀をもって来た。足りるかなァと思いながら、ひょいと見るてえと四百円と何ぼか集まっている。

これだけありゃァ何とかなるだろうと、会計を呼ぼうとするってえと、そいつを貞山さんが横からおさえて、

「これからはな、入る金も多いかもしれないが、出銭《でせん》だって今までより多くなるだろうよ。ゼニは大事にするもんだよ」

てんで、そっくりそのまま、ウチのかかァの手ににぎらせて、当日の支払いのほうは、すっかり自分ですませてくれた。

あァ、ありがてえことだなァ、えらい人だなァ……と、あたしとかかァは顔見合わせて、涙ァポロポロこぼしちゃいましたよ。

結局、あたしの志ん生襲名は、こういうわけでたった四十円だけですんだんですか

ら、貞山先生には、前の志ん馬のときのこともあり、何とお礼をいってよいかわかりゃァしません。

そんなわけで、あたしが志ん生になってから、もう三十年になりますが、別に早死にしたわけじゃァないし、看板だって汚したわけじゃァない。志ん生の名前はエンギがよくないの、早死にするのなんてえのはウソになったでしょう。これから、志ん生を襲ぐ人は、別にいじけたり、つまらないことに気を病むこたァ少しもいりませんよ。あたしは、やっぱりこの名前を襲いでよかったなァと、今になってしみじみ思ってますよ。

だから、あたしは、名前がどうのこうの、方向がどうのこうのってえことは、あんまり気にしないことにしてますよ。

昔のえらい人と同じ名前の人が強盗をやったり、いい方角へ出かけた人が、車にはねられて死んだなんてえ話だってよくあるでしょう。人間ひとりひとりの運勢なんてえものは、神さまや仏さまだって決してわかるもんじゃァないですよ。

はなし家と珍芸

誰でも名前をかえるけど……

あたしのように名前を十六たびもかえたなんぞは、あまり類《るい》がありませんが、仲間うちではたいていの人が、少ない人で三回、多い人で五、六回は改名てえのをしてますよ。

なくなった桂三木助なんぞ八回かえています。この間故人になった三笑亭可楽《からく》も六回かえている。いまの三遊亭小円朝だの桂文治なんぞも六回ばかり取りかえているはずですよ。林家正蔵が五回で、四回てえのが桂文楽、春風亭柳橋、古今亭今輔なんてえ人たちです。

そうかと思うてえと、先代の桂小南《こなん》なんてえ人は、子供のときから生涯一つ名前で通した、こういう人のほうがあたしにいわせりゃァ大変に珍しい。

はなし家の名前てえものは、売れてくれれば自然に世間がそう見てくれるもので、大きな看板を襲いだからって、本人も怠けてばかりいたんではなんにもなりゃァしません。

あたしなんぞ、人間がズボラで、上の人に可愛がられようだの、お世辞の一つもいおうなんてえ気持ちはちっともないから、はなし家としての階段をのぼるのがえらくおそかったですが、まァ、なんかかァかやってるうちに、いつの間にやら認められて、どうにかこうにか今の位置になったんですが、昔ァみんな、早く売り出そう、早く上の人に認めてもらおうてんで、いろいろなことをしたもんです。

もっとも、このほうがあたりまえで、あたしのほうが少うしどうかしているんです。売れないことにはメシが食えないんですから。

色ものの四天王

「ラッパの円太郎」といわれた橘家円太郎の若いころの話ですが、あるとき仲間の花見があったときに、ちょうど雨が降り出した。

「それッ……」てんで、番傘《ばんがさ》をうんと持って行って、師匠連にドンドン渡して大変によろこばれた。それがもとで地位が上がったてえ話があります。

そうかと思うてえと、この人は南京ネズミ……あの体のちっちゃい白いネズミですが、あれが好きで飼《か》っているうちに、ドンドンふえてしまって家じゅう一ぱいになってしまった。「弱った、弱った」と頭ァかかえているとき、ちょうどうめえ具合に、南京ネズミの値《ね》が上がった。しめたってんで、みんな売ってえらくゼニィもうけて、それで真打の披露目をして、そこからパーッと売り出したそうです。

円太郎てえ人は、大変に売れた音曲師《おんぎょくし》で、豆腐屋さんが表をププゥ、ププゥと吹いて歩くあのラッパを高座に持ち込んで、音曲の合の手に、

「おばァさん、あぶないよ、プップゥ」

なんてえことをやる。

もっとも、この人のラッパてえのは、いまの都電の前が市電で、その前が鉄道馬車で、そのまた前がガタ馬車だったそのころに、御者《ぎょしゃ》が警笛《けいてき》がわりにラッパを使ってたのをまねて、そいつを高座の上がり下《お》りに使ったのがはじめだそうです。

ひところは大変な人気で、かえってガタ馬車のほうに「円太郎馬車」って名前がついて、ずーっと震災のころまで、その名前が親しまれていたんですから、芸人もこうまでなりゃァ大したものです。

明治三十一年（十一月四日）になくなってますから、あたしなんざァ知らない人です。何でも五月人形の金時みたいな顔ォして、根っから陽気な人だったそうです。

その時分、色ものの四天王といわれたのが、この「円太郎のラッパに円遊のステテコ、万橘《まんきつ》のヘラヘラに談志の釜掘《かまほ》り」てえわけで、ご年配のお客さまの中には、時々そんなお噂《うわさ》をしているかたがいる。

「ステテコの円遊」てえのは、ウチのおやじの友達だってえことは、前にも申しあげ

りました が、この人がステテコを始めるについちゃァ、やっぱり苦心があったようであります。まだ二ツ目の時分、落語のあと突然、じんじんばしょりに半股引《はんももひ》き、向こう脛《ずね》を突き出して、

「まだまだそんなこっちゃ、真打にゃなれない、あんよを叩いてしっかりおやりよ」

てんで、奇妙な手つき足踏みで踊り出したんだそうです。

それまではなし家の踊りてえのは座《すわ》り踊りに限られていたのを、いきなり立ち上がって踊り出したんだから、お客のほうもポカンとしていたが、しばらくたって割れるような拍手かっさいだったそうです。これがステテコの始まりです。

何でも回向院《えこういん》あたりの乞食のかっこうから、そいつを考えたなんてえ話をききましたが、古いことですからよくはわかりません。

この人だって、年ぢゅうこんなことをしてたわけじゃァない。若いころはてえと、落語家としても、ちゃァんとした腕ェもっていて、そっちのほうだって人気のあった人なんですよ。

ヘラヘラの万橘《まんきつ》だって、人情ばなしのうまい相当なはなし家だったんですが、しばらく旅回りをして、東京にもどってくるてえと、もうすっかり客層がかわっているし、仲間の円遊なんかが、ステテコですっかり売り出しているから、

「ちえっ、バカバカしい世の中になったもんだ。はなし家が落語をやらないで、踊りで人気をとるなんて……」

と中ッ腹《ちゅうぱら》で、神田の寄席を出て、小田原提灯《ぢょうちん》で足もとを照らしながら、九段の牛ヶ淵まで来て、石ィ腰おろして考えごとをしてるてえと、竹橋の鎮台（兵営）で、ラッパが鳴り出した。それが「ヘラヘラ、ヘラへのへ」ときこえたそうです。

「うん、これだ！」

ってんで、あくる日から万橋は赤手拭いで鉢巻《はちまき》ィして、赤地の扇子《せんす》ゥ持って、

「赤い手拭い、赤地の扇《おうぎ》ィ、これをひらけばおめでたや。ヘラヘラヘッタラ、ヘラへラ、ヘラヘラのへ……」

とやったところ、これが大当たりをとって、そこからヘラヘラが始まったそうですよ。

円太郎のラッパも、円遊のステテコも、万橋のヘラヘラも、今は残っちゃァおりませんが、談志の「郭巨《かっきょ》の釜掘り」てえのは、戦後もやっていた人がいましたよ。

羽織をうしろ前にして、手拭いを四つにたたんでうしろ鉢巻きにして、扇子を半開きにして襟元ェはさんで、座布団を二つに折ってわきの下へかかえておいて、

「そろそろ始まるカッキョの釜掘り、テケレッツのパァ……アジャラカモクレン、キ

ンチャン、カーマル、セキテイよろこぶ、テケレッツのパァ……」

てなことをいいながら、布団をそばへ置いて、扇《おうぎ》を取って、鍬《くわ》で釜ァ掘り出すしぐさなんぞを見せるんです。つまり『二十四孝』の釜掘りの故事てえ奴なんですよ。

はなし家が、高座のあと余興でやる芸を、あたしたちのほうは「飛び道具」てえんですが、こういう人たちは、その飛び道具のほうですっかり売れて、そっちのほうで名前が残っちまったんです。

つまり、なんですよ、努力とか工夫てえものは、別に落語の世界に限ったことじゃァない。どこの会社だって、どんな商売だって同じだろうと、あたしゃァ思いますねえ。

賽《さい》と吉原《なか》と猪口《ちょこ》と

勝ったときは紀国屋文左衛門

よく三道楽てえことを申します。

呑む、打つ、買う……酒ェ呑む、バクチを打つ、女ァ買うというのでありますが、こういうこたァ、あまり学校じゃァ教えてくれない。どうしたって、自然に覚えちまうようで、あたしなんぞも、ガキのころから、天然自然のうちに覚えてしまった。

こないだも、ある人が、

「ねえ、師匠、三道楽のうち、どれが一番たのしみです」

ときくから、あたしァ迷わず、酒と答えましたが、やっぱり、人間年ィ取ると、酒のたのしみが一番あとまで尾ォ引きますよ。

でも、若いうちはてえと、また、打ったり、買ったりが面白い。あたしもずいぶんとやったものであります。

なにしろ、十二、三のころから、もう一ぱし、三道楽ゥはじめていたんですからね。

バクチについては、バカな話がいろいろありまして、あたしがまだ、講釈をやっているころ、八丁堀の聞楽《ぶんらく》てえ席のおばァさんがなくなって、みんな世話になってるから、通夜《つや》に大勢集まった。その時分の、芸人のお通夜てえのは、すぐ始まるんです。花札で遊ぶアレですよ。泣いて酒ェ飲んでばかりじゃァ間が持てないから、どうしてもそっちのほうが始まるんですな。町内の頭《かしら》なんぞも、仲間へ入ってくる。

ゼニィ持ってる連中は、階下《した》の大広間で、思いっきり派手にお開帳をやるが、ゼニのねえ連中は、二階の隅のほうで、小ぢんまりとやっている。あたしは二階のほうでやっていた。そうしたら、いまさかりのところへ、いきなり手入れが入ったから、さァ大変！

「うわーッ！」

てんで、総立ちです。あたしははじめは、関東大震災がまたやって来たのかと思ったくらいです。みんなゼニも札《ふだ》もおっぽり出して、ダダーッてんで逃げ散った。あたしも、マゴマゴしてたら百年目てんで、二階の窓から屋根ェ伝わって、下へとびおりた。ものかげから、大広間をのぞくと、

「こらッ、神妙にいたせッ」

てんで、顔見知りの奴がふんじばられている。巡査や刑事は、捕えるほうに忙しいから、あたしのほうなんぞ気がつきゃァしない。ふんづかまった奴ァ、ガラス越しにこっちを見ては、うらめしそうな顔ォして行く。

ひどいのは西尾鱗慶《りんけい》で、近所の家の屋根ェ伝わって逃げて、ちょうどそこに窓があったからとび込んだ。そこの家のかみさんが、あいにくと臨月《りんげつ》で、ウンウンうなっているところへ、あわてふためいた鱗慶がとび込んだからたまらない。その腹の上を踏んで向こうへ逃げたから、こりゃァ大変ですよ。途端に赤ン坊がとび出した。

そうかと思うてえと、どさくさまぎれに、お経《きよう》ォあげている坊さんの外套《がいとう》を着て逃げた奴がいる。『品川心中』のおしまいのところは、貸本屋の金蔵てえのが、品川の海で死にそこなって、海から上がったばかりのかっこうで、親分のところへ行って戸ォ叩く。中では、若いものがバクチをやっていて手入れと間違えて大騒動になるてえところですが、ちょうどアレと同じですよ。

まァ、なんにしたって、屋根ェ踏みぬかれた家がある。庭木を折られた家がある。窓ォこわされた家があるてんで、あくる日になると、あっちこっちから苦情がウンと来たから、ともかくゼニィつくって、お詫《わ》びしようてえことになり、二日間、その間楽で読み切りをやりましたよ。あたしも出ましたよ。

四十円ばかりの金ェ集め、曲がりなりにも詫びィすませましたが、あのときは、あたしたちより、席の旦那が大弱りしたそうですよ。

また、先代（志ん生）が元気なころでしたよ。あの人の二号てえのが向島で江戸屋《えどや》という待合をやっていて、そこの稲荷《いなり》まつりがあるてんで、寄席ェすますとすぐ、師匠にくっついて、あたしも出かけました。

なにしろ、雪が降ってる寒い日でしたよ。こっちは着たきり雀《すずめ》で、寒くってしょうがない。でも、向こうへゆくと酒が出て、アレが始まることがわかっているから、少々寒いくらいは我慢出来る。案の定、始まった。「振りカブ」てえ遊びです。

師匠のおかみさんてえのが、モノわかりがよくって、あたしに前もって五円くれてたんですがね。そいつを元手《もとで》に、あたしも早速仲間入りです。一円ぐらいずつ張ってくうちに、たちまち取られて、弱ったなァと思ってるとき親が回って来た。もしブタでも出した日にゃア、みんなにつけなくちゃならない。もうゼニがねえんですよ。まわりを見ると、みんな知らない人ばかりだから、よけい始末がわるい。

ひょいとうしろを向くと、向こうで師匠が夢中でやってるから、

「ええママよ、負けたら、オヤジさんに助《すけ》ッ人《と》してもらおう」

てんで、まるっきり人のふところをあてにして、度胸ォきめて、パッと振ったら、なんとツイた。そいつが運の向きはじめで、暮れ方までに、何と三百円という大勝ちです。

その時分の三百円てえ金ですよ。あたしはそのとき、天下の三井も三菱も、よもやオレほどの金ァ持っちゃァいまいと、すっかりうれしくなって、その足で吾妻橋《あづまばし》のそばの料理屋へあがって、芸者ァあげてバカッさわぎをしたあげく、酔った勢いで吉原にくり込みましたよ。雪の夜の吉原なんてえものは、そりゃァオツなもんでしたよ。

紀国屋《きのくにや》文左衛門の遊びてえのは、あァいうんじゃァないかと思いましたよ。

バクチなんてえものでもうけた金なんぞ、どうしたって酒ェ呑んだり、吉原へ行ったりして、だらしなく使っちまうから、身につくわけはありません。そりゃァたまに勝つときもあるが、なんたって取られるときのほうが多い。

取られてくやしいときは、「ようし、こんどこそ」てんで、やりくり算段してまた行く。また取られてしまう。そんなことをくりかえしているんですから、生活《くらし》がうまく行く道理はありません。バクチなんてえものは、やらないですむなら、やらないに越したことァありませんよ。

もっとも、あたしなんぞが、そんなことを、人さまに意見出来るガラじゃァありませんがねえ……。

名誉の病気も何回か

遊びの話てえのも、いろいろあるもので、あたしがガキのころ素見《ひや》かしに行った時分の吉原てえのは、まだ明治四十四年（四月九日）の、あの大火事の前で、張り店なんぞあって、そりゃァ絵に描いたようにきれいでしたよ。お歯黒どぶてえ、一間《いっけん》ばかりのまっ黒いどぶがあって、ここが吉原の背《せ》中《なか》になっている。友達とカケをして、

「どうだい、このどぶをとび越せるかい」

「あァ、このくらい、朝めし前だよ」

「よせよ、おっこちたら、深いそうだよ」

「なァに、こっちは、身が軽いのが売りものだ」

てんで、ヒョイととび越そうとして、足ィすべらせて、はまったこともありましたよ。もっとも、あとでとび越したこともありましたがね。

明治四十四年に焼けて、大正十二年の震災で焼けて、こないだの戦争（昭和二十年）でまた焼けちまったんですから、もういまの吉原にはむかしの面影なんぞありゃァしませんが、あたしがよく通ったのは、やっぱり震災の前のころで、まだひとりで、御徒町の裏のほうで、三畳ォ間かりてゴロゴロしてるとき、ヨコネというあんまり名誉でない病気をもらって、寝込んだことがある。

手術ゥしなけりゃァいけねえって、医者がいうもんですから、やってもらったら、いやァ痛えの痛くないの、腹わたまで一緒にほじくり出されるような思いをしました。病気で休んでるからてんで、組合の事務員が、見舞い金をもって尋ねて来てくれた。

「ところで、病気って、何だい？」

てえから、あたしは人間が正直だから、ゴマカシなしでいうと、

「そういう病気じゃァ、見舞い金てえわけには参りません」

てんで、折角出した紙包みを、またしまって持って帰って行きましたよ。人間正直ばかりじゃァ、時にゃァ損をするものであります。

　笹塚のときも、少うしまとまったゼニが入ったのでとび出して、洲崎《すさき》かどっかで、三日ほど居続けしたら、どうもタマの具合がおかしい。診てもらうと、コーガン炎で、冷やさないと、えらいことになるてえんですよ。そこで、家ィ帰って、かかァに、

「おい、氷ィ、買って来いッ！」

ってどなった。かかァの奴ァ、なんで氷がいるのかわけがわからないが、子供ォおぶって買いに行った。その時分の貧乏てえのは、ドン底もこの下なしてえ大世話場ですから、かかァなンぞ、満足に着るものがない。まるで乞食みてえなナリでしたよ。

　魚屋へ行って、少うし氷をわけてもらって、もどってくると、あとからお巡りさんがついて来て、家ン中ァのぞいていましたよ。もっとも、コーガン炎まではのぞきゃァしませんでしたがね。

　業平に住んでいて、ちょうど東海林《しょうじ》太郎の歌がはやってたころでしたよ。あたしの独演会てえのを、浅草の金車亭でやって、その足で、ご苦労さんてんで楽屋の連中を連れて、近所の一ぱい飲み屋へ入った。さん輔（九代目文治）、百円（故円太郎）なんか一緒でしたよ。そうしたら、そこに、あたしのお客がいて、十円ご祝儀くれたんで

す。

「じゃァ、ひとつ、パーッとくり込もうよ」

てんで、全部で四人連れで、吉原へ行った。あちこち回っているうちに、江戸二(江戸二丁目)に、正成楼《まさしげろう》てえのがある。楠正成のあの忠義の正成と同じ名だから、

「おい、ここにきめよう。こん夜はここで全員討ち死にだ」

てんで、あがりましたね。四人で十円でおつりが来るてえ時代ですから、まだ世の中もよかったですよ。

それから、そこの楼《みせ》に馴染が出来ちまって、あたしはずいぶん通いましたよ。しまいには、客なんぞ入れてくれない楼《みせ》の風呂へ、女郎と一緒に入ったなんてえこともある。

昔のはなし家てえのは、みんなよく遊んだもので、あたしがはなしを教わった、盲小せんなんてえ人は、あんまり遊びすぎて、とうとう腰が抜けて、盲になってしまったてえくらいのものであります。四代目小さんのところの弟子で、枝楽《しらく》なんてえのは、あたしもよく知ってるが、あんまり女郎買いに行きすぎて、しまいには自殺してしまった。

あたしは、酒ェ呑むとすぐグズグスになっちまうほうだから、ご婦人のほうは、ど

うもご縁がない。

あたしの三道楽てえのは、やっぱり、呑む、打つ、買うの順序てえことになるようですな。

何たって酒が一ばん

あたしが、酒ェ好きなことは、お客さまがたがよくご存知だとみえて、方々からウイスキーだの、ブランデーてんですか、外国の酒ェ持って来てくださいますが、あたしァ根っからの日本人のせいか、どうもアチラの酒てえのはいけません。酒は日本酒にかぎりますよ。

じゃァ、カタカナ文字の酒てえのを呑んだことがないのかてえと、決してそうではありません。満州じゃァ、ウオツカてえロスケの酒ェ呑んで、死にそうになったことがある。こいつはあとのほうで申しあげますが、若い時分はよく、電気ブランてえのを呑みましたよ。

前にも申しあげましたように、あたしが酒の味てえのを覚えたのは、ウンとガキの時分で、その時分はてえと、安い酒しか呑めやしません。

浅草に玉村《たまむら》という馬肉屋があって、そこで電気ブランてえのを売っていた。一ぱいがたしか七銭でしたよ。その一ぱいてえのが、酒の五合ぶんに当たるほど酔うんですよ。あくる日なんぞ、舌のさきがノリをつけた浴衣みたいにつっぱってしまう。よっぽど強かったんですね。

だから、呑みかたてえのがむずかしい。途中でうっかり、タバコなんぞ喫おうものなら、火ィ呼んで爆発するてえくらい。どうするのかてえと、牛どん……馬肉屋だから馬どんてんでしょうが、そいつを三銭で取っておいて、別にドンブリに水もらっておく。

ブランをクーッとやって、大急ぎで水を半分ギューと呑んで、馬どんをサーッとかっ込んで、また水をキューーッと流し込むんですよ。腹ン中で、そいつがうまく混《ま》ざって、しばらくたつてえと、ポーッとしてくる。それでも、あくる朝は、舌がもつれるんです。

そんな酒ェ呑んだって、あたしの体てえのは不思議と丈夫で、若い時分は医者なんてえものは用がなかったですよ。いくらへベレケになったって、二、三時間もねむると、もとへもどっちゃうんです。腹の虫が、ちゃーんと、それを心得てる。

こんどの病気になるちょいと前に、医者が来て、

「師匠、三日ばかり、酒ェやめたほうがいいですよ」

「それじゃァ、寝られねえから、ダメですよ」

「じゃァ、ねむりぐすりてえのをさしあげましょう」

てんで、あたしはその晩、ねむりぐすりてえものを、生まれてはじめてのんでみたが、ねむられるどころか、トロトロッとしたと思うと、うなされて、いまにも殺されそうな夢ェ見る。どうにも我慢出来なくなって、こっそりと、酒ェみつけて来て、二、三杯ひっかけたら、グッスリねむれました。

あたしの思うには、腹ン中で虫の奴が、もうそろそろ酒が来る時分だなァと相談しているところへ、今まで顔ォ見たこともない妙なくすりが、いきなりとび込んで来るので、打ち合わせと違うじゃァねえかてんで、大あばれをする。かえって体じゅうがにぎやかになってねられねえ。きっとそうですよ。

大病をする前はてえと、朝、ひる、晩、それに寝る前と、一升びんを一《いち》ン日《ち》に四回にわけて、冷やのまんまあけるのが楽しみでしたが、病気のあとはそうはいけません。今でもやってはいるが、昔にくらべると、おまじない程度になってしまった。今は一ン日三合ありゃァ、いい気持ちですよ。

あたしゃァ人間が、総理大臣をやってた吉田茂さんと同じで、ガンコに出来てるから、呑まないときめたら絶対に呑まないこともあるんですよ。呑むさかりだって、そういうこともありましたね。

いつだったか、ある呑み屋で、ひとりでやってるてえと、あたしの顔ォ向こうは知っていて、こっちは知らない人が、横のほうから、

「どうです、師匠ォ、一ぱいいきましょう」

って、徳利《とくり》をさし出した。

「いえ、きょうは、あたしは、ひとりで勝手にやりますから……」

「まァ、そうおっしゃらずに、グーッといきましょう」

「あたしゃ、呑まないといったら、呑まないんです。別に遠慮してるんじゃァありませんから」

「なに、呑まない？　じゃァ、オレは、呑ましてみせる」

「いやァ、絶対に呑みません」

「なァに、絶対に呑ましてみせる！」

あたしも強情だが、向こうも強情だね。あたしは、勘定ォはらって表へ出る。その男ァ徳利と猪口《ちょこ》ォ持って、あたしを追っかけてくる。

「どんなことがあっても、呑ませるぞ」

「死んでも、呑むもんか」

「オレも男だ、ひと口でも受けろッ、ウー」

奴さん、うなっている。そのとき、うまい具合に、タクシーが来たから、あわててとびのった。

「あんたほど、強情な人は、見たことないよ」

と、向こうは、まだ徳利をふり回してくやしがっていましたよ。あたしだって、あんな強情な人を見たことないですよ。

双葉山と酒で四つ相撲

こういうのとは反対に、気持ちのいい酒なら、ドンドン呑みますよ。戦争中の酒のない時分、横綱の双葉山と酒合戦をしたことがあります。

築地のなんとかいう待合にお座敷があって、雪の降ってる晩でしたよ。双葉山だの名寄岩《なよろいわ》だの、たくさんお相撲さんのいる前で一席やって、ご祝儀もいただいたから帰ろうとすると、

「師匠、酒があるから、呑んでいきませんか」

といってくれたので、あたしはすっかりうれしくなって、寄席のほうは電話ァかけて、ヌキにしてもらって、腰ィすえて、鍋なんぞつつきながら呑みはじめた。なにし

ろ、物資がそろそろ不自由な時分だから、そのうめえのうまくないの、まるで天国です。

「師匠は酒が強いそうですから、どうかね、ワシと一つ、呑みっくらやりましょう」って、双葉山がいうでしょう。弟子どもが、御大《おんたい》は大して強くないですよとおだてるから、あたしも本気にして、

「じゃァ、一つお手合わせ願いますか。お相撲じゃァとてもかないっこないから、せめて酒のほうで胸ェおかりします」

てんではじめたんですが、一合以上入るコップを、向こうはまるで猪口《ちょこ》みたいにつまんで、グイとひと息《いき》に平らげる。そのコップについでもらって、こっちは「ウッ、ウッ」と、息を入れて呑む。とても「グイ」なんてえわけにはゆきません。

向こうはグイで、こっちはウッ、ウッだから、どうしたって旗色《はたいろ》がわるい。

でも、何回かそんなやりとりをかわしているうちに、そろそろおかしくなって来た。あたしひとり分でかれこれ二升はあけましたよ。その辺までは覚えているが、あとはダメです。双葉山はてえと、まだ平気な顔で呑んでいる。

「どうしました、師匠。当たりがにぶくなりましたな」

「もう、腰くだけです。とても横綱にゃァ勝てません」

あたしは、あやまるよりしょうがない。前に、震災のとき、一ぺんに一升五合あけたことがあるが、二升からの酒は、ちょいと持て余します。あたしの酒てえのは、量より数でのほうです。

さァ帰らなくちゃと思って、モンペをはこうと思ったが、足がもつれていうことをきかない。外套を着ようにも、うまくゆかない。それでも、女中さんの手ェかりたりして、あとでいろいろいわれるのもくやしいから、無理してひとりでモンペのヒモを結び、外套のボタンをはめて、袴なんぞは、とても風呂敷にくるむことも出来ないから、横抱きにかかえて、下駄ァつっかけて、玄関を出るてえと、ヨロヨロッとこけて、鼻緒《はなお》が切れちゃった。

下駄ァ片っぽ持って、片っぽだけはいたまんま歩き出したが、雪の道でしょう。あんな歩きにくいものはありません。えーい面倒だてんで、足袋はだしになったが、しまいには歩くことさえ面倒になる。

こけつまろびつ、どうにかこうにか、銀座の四つ角のところまでたどりつくと、ちょうど神明町行きの赤電車が来たから、しめたとばかりころげ込みました。

神明町行きてえのは、しょっちゅうのってるし、終点の車庫までのって行けばいいのだから、もうこっちのものです。いくら酔っていたって、そういう大事なことは、決して忘れてやしない。

電車の中へ、あたしがのった途端、どういうわけだか、みんなとび散った。おかしいなァと思っているうちに、どうも寝込んだらしい。車庫で車掌に起こされる。

「シャコでもう一ぱい」

てえ落語がありますが、そのときは、とてももう一ぱいなんて元気はありません。家まで、どういう具合にかえったか、そんなことも夢うつつで、「只今ァ」って、玄関の戸ォあけた途端、土間へつんのめって、そのまま高いびきです。

朝になると、おどろきましたねえ。紋付も袴も外套も、雪と泥と小間物やで、もうメチャメチャなんですよ。その時分は、あたしはもう志ん生になっていて、いくらかお座敷なんぞ忙しくなっているから、着るものなんぞに金ェかけてる。天下の双葉山のお座敷てえから、とびっきりの正装で出かけて、このザマですよ。かかァがすぐ洗い張りに出したけれども、とても、二度とは着られませんでしたよ。

「あんたが、あんなに酔ったことなんぞ、ほんとに珍しいよ。ずいぶんと、高いお酒だよ」

なんて、しばらく嫌味《いやみ》をいわれました。

それにしても、お相撲さんと呑みっくらなんぞ、二度とするものじゃァないと思いましたねえ。お相撲の中で大して酒の強くないという双葉山さんだって、アレですからね、酒豪だなんてえ関取とやった日にゃァ、どういうことになりますかねえ。

それから、そのちょいとあとの話になりますが、音羽屋さん（六代目尾上菊五郎）と、なにかの用事でお会いしたら、

「ないしょで呑ませるところがあるから、いらっしゃい」

てんで、銀座のある寿司屋《すしや》へ連れてってくれた。表からじゃァない、裏からです。旦那が、縁の下から大関の一升びんをとり出して、冷蔵庫からマグロのトロのところなんぞ出して、ならべてくれた。その時分、こんなのとは絶えて久しいご対面だから、あたしはついうれしくなって、盃《さきずき》をついつい重ねましたよ。そのうちに、

「師匠、そんなに、大丈夫かい？」

「なァに、あとは、みんなヌキにしますよ」

「こんやは、放送があるんだろう」

「ええッ、放送ですか？」

「新宿の末広から中継があるから、ぜひきいてくれって、さっき、君がいったろう」

「いけねえ、いま、何時です？」

「六時すぎだよ」

「そりゃァ、大変！」

てんで、あたしはとび出した。中継は七時からなんです。その時分は、いまと違ってテープでさきに取るなんてえことをしない。ナマ放送てえ奴です。のりものだって、流しの自動車なんぞめったにいない。市電は時間をくうし、地下鉄はのりかえがある。省線にのって新宿まで行って、末広へかけ込むてえと、もう放送がはじまっていて、誰か前に出て一生懸命につないでいる。

「志ん生さんが来たよッ」

てんで、あたしはすぐ高座に出たが、ちょうど酔いが回って来たところだから、何をしゃべっているのか、自分でもさっぱりわからない。

「師匠、こん夜のはなしは、一体、何て題です？」

って、楽屋《がくや》の連中からきかれたが、本人のあたしがわからねえんだから、ほかの人にわかるはずがない。酔いがさめてから、放送局の人に、面目ないったらなかったですよ。

実にどうも、酒てえものも、失敗のタネをつくりますな。六代目も双葉山関もなくなりました。酒の好きないい人てえのは、みんな早死にしますね……。

生きる

酒ひとすじに

空襲下のガブ呑み

戦争がもっときびしくなるにつれて、その酒がないってことが、あたしにとっちゃア爆弾が降ってくるよりこわかった。でも親切な人てえものはいるもんで、あっちこっちで随分呑ましちゃァもらったものでした。前に話した双葉山との呑みっくらべだの、六代目の寿司屋《すしや》の一件などもそうでありますが、そのうちに空襲なんぞが始まるようになってくるてえと、そんないい酒にお目にかかることなんぞ、トンとなくなりました。

漫談をやっていた大辻司郎てえ人……昭和二十七年だかに日航機が三原山にぶつかって、そのとき気の毒なことになってしまいましたが、あの大辻さんが、寄席の楽屋へ名刺ィ置いてってくれた。

「あしたの暮れ方、警戒警報がなかったら、数寄屋橋《すきやばし》へおいでよ。ビールがあるからさ」

と書いてある。大辻さんとこは、その時分数寄屋橋の近くでしる粉屋ァやっていた。そこへおいでよてえんです。

あたしは、警報の出ないのを幸い、よろこび勇《いさ》んで出かけましたね。大辻さんは武装して待っていてくれて、近くのニュー・トーキョウへ連れてってくれて、一人でジョッキ一ぱいに限るてえ規則になってるのを、ドンドン呑ましてくれたんです。あたしゃ、外国のカタカナ文字の酒より日本酒のほうが好きなんだが、あのときばかりは別ですよ。そのビールのうまかったことったらなかったです。十ぱいじゃァきかないほど呑んじまった。

そのうち「ブーッ」てんで警戒警報が鳴り出しゃァがった。

「師匠、これ持ってきなさいよ」

てんで、海老《えび》の絵かなんか書いてある大きな土瓶《どびん》にまたビールをなみなみとついでくれた。そいつを持って、あたしは銀座から神明町行きの電車に乗って日本橋まで来るてえと、こんどは本ものの空襲警報がおいでなさったから、さァ大変。電車ァおりて、ダーッとかけ出すひょうしにツルーッとすべったが、あたしゃァ土瓶だけは放しゃァしません。ラッパの木口小平《きぐちこへい》の気持ちと同じです。

そのうちに、ゴウゴウと頭の上を飛行機が飛んで来やがる。ああいうときは度胸がきまるもんですね。あたしゃァ、地下鉄の脇のとこに、ドッコイショと腰ィおろして、「えーい、どうにだってなりゃァがれ。死んだって、こいつばかりは放さねえぞ。あるだけ呑まねえうちは、死ぬなァご免だよ!」てえんで、グイグイ呑んじまったんです。そうしたら急にねむくなって、そのまんま寝ちまったんでしょう。夜が明けてみるてえと、土瓶をマクラにあたしゃァ生きていた。

そんなところを、うっかり憲兵《けんぺい》にでもめっかった日にゃァ、どんなに叱《しか》られるかわかりゃァしません。

土瓶さげて、あたしゃ、フラフラと家ィ帰ったら、家族のものは、ゆうべの空襲で、てっきりあたしが仏さまになってるだろうてんで、どっかへ捜しに行こうかどうしようと、大さわぎしてるとこだったもんだから、おどろいたりよろこんだりしたあげく、しまいにはあきれかえってましたよ。考えてみりゃァあたりまえですよ。

あたしより親孝行な息子

こんなわけで、酒があるってえと、どこへだってヒョコヒョコ行っちまうから、家のものは気が気じゃァない。あたしが夜、家ィ帰って来る時間になるてえと、せがれの清が神明町の車庫の前に立って待っているんです。

何しろ、あっち見たってこっち見たって、防護団の連中が鉄カブトをかぶって、いかめしい顔ォしてにらんでいる。ゲートルのヒモなんぞがほどけていたって「こらッ！　非国民」なんておどかされる始末だから、酔っぱらった奴が電車からノコノコおりて来ようものなら、そのままブタ箱へ持って行かれたって文句はいえません。

そんなことのないようにってんで、せがれが、あたしが電車ァ降りるのを待っていて、ひっかかえるようにして家まで運び込もうてえ寸法です。

うちの息子は、あたしのガキッときより、ズーッと親孝行してくれましたよ。

末子の強次は、まだほんの子供で、小学校へ上がるか上がらないくらいでしたが、上の清のほうはてえとその時分、護国寺《ごこくじ》の近くの豊山《ぶざん》中学ってんですか、あそこを出て予科練《よかれん》へ行きたいなんていっていた。

「ボクの体は、自分の体であって、自分の体じゃァない。天皇陛下の体です。ボクのいのちは二十五歳までです」

なんてえことをいっては張り切っている。講道館へ行って柔道もならっているんだが、試合になると負けてばかりいる。威張ってるわりにはちっとも強くならないんです。

「どうしたい。弱いなァ」ってあたしがきくてえと、

「ダメだよ。相手を投げたり、締めたりすると、気の毒でいけねえよ」

っていやがる。そんな気持ちでいい兵隊になれるわけがねえ。そのうち、鼻の具合がちょいと悪いてんで手術をしたら、こんどは腹の具合がおかしくなった。ハナとハラじゃァ一字違いだが、病気はえらい違いです。急性の盲腸炎だてえから、駒込病院へかつぎ込んだが、少うし手遅れの上に、その時分のことだから、くすりなんぞも満足にゃァありゃァしません。ふた月ばかりたって、病院から出てくるってえと、すっかりヘナヘナになっちまって、人間まで変わってしまって、もう予科練の「ヨ」の字もいわなくなっちゃった。

「あたしゃ、はなし家になりてえ」といやがる。えらいかわりようです。

そのうちに、空襲があって、あたしんとこの神明町の家もスッカリ焼けちまった。

一家そろって焼け出され

空襲てえものは、実にこわいものでありまして、あの「ブーッ」ってえサイレンの音なんてえものは、とてもシラフではきけません。

あたしんとこも、庭に防空壕を掘って、そこへ、着るもんだの、たべるもんだのォ入れてある。一番上に置いてあるのが酒なんです。食うものなんぞなくったたって、酒と生命《いのち》がありゃァ何とかなりますからね。

あたしんとこが焼けた空襲というのは、何でも、ルーズベルトてえアメリカのえらい人が、脳溢血かなんかでぶっ倒れて、死んだてえ日の晩でしたよ。「ブーッ」と鳴りわたって、それってんで防空壕にとび込んだが、あっちこっちに爆弾が落っこちて来て、とても生やさしい「ブーッ」じゃァすみそうにない。

こりゃァ、ひょっとすると、えれえことになると思ったから、あたしゃァ、びんに口ィつけて、五合ばかり残っていた酒をあおると、そこにあった木剣を持って、

「さァ、みんな、手ェつないで、オレについて来いッ」

てんで、田端の駅のほうへかけ出しましたよ。着物の上に、モンペはいている。その時分、男の人で、着物なんてえのは、あたしぐらいのものでしょう。この木剣てえ

のは、前に申しあげましたように、昔、古道具屋のおやじが、宮本武蔵が使ったものだというんで、あたしが買っといたものです。着物ォ着て、木剣もってごらんなさい、いくらか強くなったような気持ちになるものですよ。

田端と駒込のあたりを、火の粉ォ払いながらウロウロしていた。死ぬか生きるかの瀬戸ぎわに、どっちへ逃げたら助かるかてえのも、考えてみりゃァ、一つのバクチですよ。そのうち、あたしの家の方角も、火になりました。もうあたり一面火の海です。ひょいと見るてえと、あそこんとこのガード下に何十人か人がたまっている。ともかくそこへ入り込んで、みんなの名前を呼ぶと、みんなついて来ている。

「もう、逃げられねえ。死なばもろともだ。さァ、みんな、離れるんじゃァねえぜ」

って、そこで家じゅうが抱き合いましたよ。かかァを抱くてえのは久しぶりでもなんでもないが、子供ォ抱くてえのは、実にどうも久しぶりです。赤ン坊のころ、おむつをかえてやったころのことなんぞが、頭に浮かんで来ましたよ。

そうするてえと、妙なもので、死んだ爺さんや、親父やお袋の顔が、おぼろげながらボーッと現われて来た。道楽のあげく、親に迷惑をかけっ放しにして、ガキのとき家ィ飛び出したっきり、帰ったこともない。明治の四十四年だかにお袋が死んで、そうして、大正の三年だかに親父も死んだ。その親父がいまわのきわに、

「孝蔵、孝蔵ォ……」

って、あたしの名前だけを、サンザ呼び続けて、息ィ引きとったてえ話を、あとで親戚の人からきかされて、本当にすまないことをしたと常々《つねづね》思っていました。そんなことが、走馬燈のように頭の中ァめぐって来たから、あたしはきっと、泣きながらふるえてたんでしょうねえ。

しばらくたって、かかァが、

「おとうさん、もう空襲は終わったらしいよ。いつまでふるえて、泣いてるんだい」

っていやがるから、

「ふるえてたんじゃァねえ、武者ぶるいだよ。泣いてたんじゃァねえや、煙が目にへえりゃァがって、涙があふれただけだ」

って、あたしは威張ってる。

あとで考えると、四月十三日の夜から、十四日の朝にかけての、三時間ばかりの大空襲でしたよ。東京の下町にとってはその前の三月十日のあの大空襲につぐ、二番目の空襲でしたよ。女郎買いに行った客が、裏ァかえすてえのは、女郎がよろこぶことですが、空襲の裏てえのはいけません。こんな迷惑なものってありゃァしない。明るくなって、神明町の家に行ってみたら、もうすっかり灰ですよ。三語楼さんのいた家も、その時分は人手に渡っていたが、これもありゃァしません。

家族のものァ、足ィくじいたものもいなければ、火傷《やけど》したのもいない。とりあえず、寝るところを見つけなければいけないてんで、かかァのお袋が、中野のほうに疎開していたので、そこへしばらくころがり込んでいるうちに、動坂《どうざか》のところに、ちょっとした家が空家で売りに出ているのが見つかった。

間宮《まみや》さんてえ人の家だが、もうこうなったら、東京なんぞに住めねえってんで、土地もそっくりつけて、八百円で売ろうてんですよ。どうだとすすめてくれる人がいたが、こっちだって、もう東京のまん中で暮らすなんぞ、まっぴらご免ですからね、家賃を三十円にしてもらって、借りることにしたんです。

どうせまた焼け出されるに違いねえと、半分覚悟していたが、五月になっても、別に焼ける気配はない。とうとう、戦争が終わっても残った。いまだって、あそこのところを通ると、その家がそっくりありますよ。いまにして思えば、あのとき無理しても、買っとけばよかったんですが、これもバクチと同じで、あとの祭りてえ奴です。

考えてみるてえと、戦争ほど大きなバクチはありませんな。人がいのちをかけて、国を張ってやるんですから、勝ったほうはいいが、負けた日にゃァとりかえしがつかない。

あたしの子供のころに、日清《にっしん》、日露《にちろ》の戦争で、勝った勝ったと日本じゅうが大さわぎしましたが、こんどの戦争はアベコベになっちまった。憲法だか法律だか、むずかしいことァ知りませんが、戦争やっちゃァいけねえ、バクチもやっちゃァいけねえってえのは、こりゃァあたり前のことですよ。

その空襲のあと、あたしは満州へ行くてえことになるんです。

死ぬのを覚悟で満州へ

酒があるならどこへでも

大空襲ゥがあって間もなくでしたよ、あたしの知ってる興行師で、松竹演芸場に荷物（芸人）を入れている人が来て、

「師匠、どうでしょう、ひと月ばかりの予定で、満州まで行ってくれませんか。ゼニは三千円出しますし、それに向こうにゃァ、まだ酒がウンとあるそうですから……」

っておだてるもんだから、あたしゃァ、酒ときいて行く気になったんです。かかァや娘なんぞは、「大丈夫かねえ、生き別れになりゃァしないかねえ。酒はなんとかす

るから、行かないでおくれ」

って心配している。

女てえなァまずそういうことを考えるんですね。ところがせがれとなるてえと、

「どのみち、あたしらは、竹槍《たけやり》をもって死んじまう体だ。おやじさんだって、日本にいりゃァ、そうするよりしょうがないよ。もう、落語なんぞやって、ノンキなことをいってる時じゃァない。いま、向こうに行けるというのなら、そりゃァ行ったほうがいいよ。ウチのほうはオレが何とかして、みんなをたべさせるからさ」

っていう。別に親不孝でそういってるんじゃァないんです。日本人なら、男なら、その時分の考えとしちゃァ、死ぬことを当然だと思ってるから、あたしの身の上を思って、そういってくれているんですよ。

その時分、清はてえと、はなし家の卵で、あたしが三つ四つ教えてやった落語をもっちゃァ、寄席に出たり、鉄道の慰問に行ったりしている。若いものなんぞいない時代だから、いきなり「二ツ目」で、それでも結構忙しいんですよ。

そこで、あたしは腹ァきめた。

「向こうには、まだ酒がウンとあるてえから、冥土《めいど》の土産《みやげ》にたらふく飲んでくるよ。死んでもともとだ。うまく生きて帰れりゃァ、酒ェ飲んだだけトクじゃァねえか。オ

レ、行ってくるよ」

てんで、引き受けましたよ。あたしの強情なこたァ、みんな知ってるから、一度そういったら、もう、とめたってダメなんです。

あれは、昭和二十年も、もう五月でしたよ。

上野の駅ィ集合てえから行ってみると、落語があたしと三遊亭円生と二人で、それに映画説明の国井紫香《しこう》と、夫婦で漫才やってる坂野比呂志と、ほかにまだ一人か二人いましたよ。坂野が若くって元気もいいから、団長てえことになっている。

このときは、あたしは最初《はな》ッから行くことになっていたのに、円生は急にきまったんです。はじめ古今亭今輔《いますけ》が行くことになっていたが、今輔のところが空襲で焼けたので、家族のことやなんかで行けなくなった。そこで、円生がたのまれた。

「寄席はドンドン焼けて、演《や》るところなんぞありゃァしない。ジッとしてりゃァ徴用が来る。芸で前線の将兵を慰問出来て、ゼニがもらえるんなら、こんなありがたいことはない。お国のためです、よろこんで参りましょう」

てんで、みこしをあげたんですな。あたしは、酒につられて行くんだから、大分違う。あたしはもう五十七歳、円生はあたしより十《とお》は若い。若いけど向こうのほうがリッパな考え方ァしてます。

そのころの、上野の駅なんてえものは、もう右ィ向いても左を向いても、遺骨《いこつ》を抱いた人ばかりですよ。亡《な》くなって還《かえ》って来た兵隊さんたちのまん中で、

「元気で行ってらっしゃァい」

ってんですから、こんな心細いことったらありゃァしません。

何しろ、約束ではひと月ばかりで帰れるてえから、夏物で間に合います。あたしゃァ絽《ろ》の着物を着て行きました。荷物だってそんなにありゃァしません。上野から新潟まで汽車で行って、そこから船で朝鮮の羅津《らしん》てえ港まで行くってえ話です。

新潟へ着くと、はじめは船がねえとか何とかいってたが、三日ばかりするってえと、白山丸《はくさんまる》てえのが出ることになったから、みんなのりましたよ。女子供なんぞもいるところをみると、兵隊さんの船じゃァない。五十時間ばかりのるってえ話でした。

だんだん、だんだん風が強くなって来て、日本海のまん中あたりに来るってえと、そりゃァ風当たりがよすぎるほどになった。大方、台風の中に突っ込んだのでしょう。するってえと、いきなり「ダ、ダ、ダーン」てえ大きな音がしたかと思うと、どっからか、

「それッ魚雷だッ！」

と、どなった奴《やつ》がいる。続いてもう一つ「ガガーッ」と、物凄《ものすご》い音がしたもんで、

さァ、あたりは、たちまちひっくりかえる騒ぎになりました。ワァワァ泣き出す子供やら、気違いみたいに叫ぶ女やら、浮袋がどうのこうのと怒鳴る男やら、そりゃァもう大変です。浮袋のつけ方を船ェのったとき教えてくれたが、あたしゃァあいにくと忘れてしまった。

こんなとき、どうジタバタしたって、助かるあてなんぞ万に一つもありゃしません。もうダメだと思うてえと、実に不思議なもので、ドシッと腹がすわっちまった。あたしゃァ、みんなの顔ォジーッとみつめましたよ。ああいうときの顔色てえものは、青いのを通り越して、もう土《つち》色から茶《ちゃ》色みてえな色なんですね。こわいとき、よく青くなるなんてえことをいいますが、ありゃァウソですよ。

しかし、知った人の顔が頭の中へ浮かんで来るってえ話は本当ですね。あたしも、頭ン中に、ツツーッといろんな人の顔が走りました。亡くなった親父《おやじ》やらお袋やら、うちのかかァやら子供やら、師匠やら仲間やら、そういう顔なんですよ。田端のガード下で、空襲をやりすごしたときと同じです。

(えーい、こうなりゃァ、今のうちだ)

てえんで、あたしゃァ、カバンの中にしまってあった焼酎《しょうちゅう》を出して、グイとあおりました。冥途《めいど》の土産《みやげ》の酒なんですよ。酔いが回ったところで目ェつぶって、きっと念仏でもとなえていたんでしょう。そうしたら、どうです。あっちこっちから、人の笑い声がきこえるじゃァありませんか。地獄にしちゃァえらく陽気だから、傍《わき》の人にきいてみるてえと、

「魚雷でもなんでもないですよ」

という。なんでも、甲板の上につるしてあったボートの綱が切れちまって、そいつが暴風にあおられて、船の胴体《どうたい》へバターン、バターンてぶつかった音だったんだそうです。初めに「魚雷だァ！」なんて大きな声を出した奴がいけねえんだが、そいつがなんとお客じゃァなくって、その船の事務長だってえんですから、罪なはなしですよ。あたしゃァ、バカバカしくなって、また焼酎ゥ呑んじまった。

慰問演芸のコツ

そんなふうですから、羅津へ着いて大地てえものを踏んだときのうれしさは格別です。宿《やど》へ入って、早速酒ェないかってきいたら、そこにはないが近所にシナ人の呑み屋があって、いくらでも呑ませるってえ話ですから、あたしゃァ飛んでって、へべのレケになるまで酔っぱらった。酒のある土地はいいなァと、すっかりうれしくなって、海の上のバカな思い出なんぞ忘れちまった。

あくる日はてえともう奉天ですよ。奉天には、酒がうんとあるし、おまけに空襲はないときているからこりゃァ天国です。第一、夜なんぞ、寝巻きを着て寝られるんですから、こんなことは内地じゃァしばらく味わったことがない。兵隊さんの慰問があたしたちの仕事ですから、牡丹江《ぼたんこう》だの、あっちの奥地のほうまで行きましたよ。

兵隊さんの慰問にどんなはなしをやったかてえことは、一つ一つ覚えちゃァいませんが、ああいう場所ですから、ごく軽いバカバカしいものがよいようです。肩のこらないお笑いてえ奴です。人情ばなしをタップリ、なんぞはとてもいけません。鶴枝《かくし》てえ百面相の芸人が、前に戦地へ慰問に行って、いろいろやりながら、相手が兵隊さんだから、ひとつ乃木大将をやったら受けるだろうてんでやったところ、今までゲラゲラ笑っていた兵隊さんが、とたんにシーンとしてしまったてえ話があります。乃木大将だの東郷元帥だのをやられた日にゃァ、兵隊さんはアグラなんぞかいて、気楽に笑って見てるわけにゃァいかんでしょう。あたりまえですよ。

前に話に出て来た三語楼さんが若いころ、師匠の円喬から、大事なお客さんだから、しっかりやって来いてんで、かわりに柳橋《やなぎばし》の亀清《かめせい》へ行って、『子別れ』を一席始めたところ、そのうちにうしろから首っ玉ァつかまれて、

「ばか野郎ッ！　今日《きょう》は何だと思う！」

てんで、いやというほどひっ叩《ぱた》かれたてえ話がありますが、この時は婚礼のお祝ぃでした。婚礼の余興のとき「帰る、出る、切れる、去る、別れる」なんてえ言葉は、まかりまちがっても使っちゃァいけねえてのが、われわれの常識になっております。

あたしも、一度、帝国ホテルで片岡仁左衛門さんの婚礼の余興ォたのまれて行って、『桃太郎』をやって、ついうっかりと猿を出して失敗したことがあります。めでたい席で、あのはなしやったってかまわないんですが、ただ、猿は出しちゃァいけません。そういうときはてえと、

「犬にィ雉《きじ》、そういうものを伴《とも》に連れまして……」

という具合にやればいいんですよ。

ついこの間故人になった一竜斎貞丈（五代目）が、時津風部屋の余興を頼まれたとき、相撲の前で『真柄《まがら》のお秀』てえのをやった。大きな女が出てくる講談ですよ。ところが誰もクスリともいわなかったそうですが、これだって同じことで、お相撲さんてえのは、体の大きいといわれることを気にしているんですから、そこへ大女が出て来たって、ふつうの人みたいには笑えないんでしょう。

余興だって慰問だって、こういうときは、まるで関係のないはなしをやるに限りま

す。そういうのがよろこばれます。

若き日の森繁

さて、あたしたちは、ひと月ってえ約束で満州へ来て、そのひと月がたったら、もう内地へもどる船なんぞありゃァしません。帰りたくたって帰ることができないんです。しょうがねえから、とりあえず新京でもって一座ァ解散てえことになりました、でもうまい具合にあたしたちのところに、新京の放送局から、それじゃァ一つ専属になってくれませんかてえ話がきたんです。

ちょうどそのとき、放送局の下回りみてえなことをしていた若い衆がいて、あたしのことを随分と世話ァしてくれた。これが今の森繁久弥だったんですよ。みんなで会食したときなんぞ、森繁君が余興に歌ァ歌ったり、即席でなんかしゃべったりするんだが、実にどうも、器用で、調子がよくって、品があって、そのあざやかなことったらない。あたしはおどろいてしまって、

「あんたは、こんなところでマゴマゴしてる人間じゃァないよ、東京へ来て、寄席へでも出たら、きっと売り出すよ。あたしが太鼓判押したっていい」

と、ほめそやしたんです。あたしだって、長年この世界でメシィ食ってきたんだか

ら、ひと目見りゃァ、この人間の芸はどうだとか、伸びるか伸びないかてえくらいは、すぐわかりますよ。

森繁君は、寄席には入らなかったが、映画やテレビであんなに売れたてえことは、やっぱりあたしの目に狂いはなかったんだなァと、ひそかに自慢に思ってますよ。あれだけの体(地位)になったって別に肩で風ェ切って歩くなんてえことをしないのは、やっぱり満州時代のあの下積み時代の苦労のたまものでしょうね。人間てえものは、いろいろと苦労した者《もん》のほうが、そうでないものよりなんたって味がありますよ。

敗戦のみじめさ

そのうち、ソ連の兵隊が攻めてくるってえ話になった。さァ、グズグズしちゃァいられません。どうしようかと思ってるところへ、大連から円生とあたしに「二人会」をやってくれってえ話がきたから、これ幸いとばかり、逃げるようにして大連へ行きました。避難する日本人でいっぱいでしたよ。なんでも、一番最後の汽車かなんかでした。

大連はてえと、そりゃァ町じゅう蜂《はち》の巣をつっついたようなさわぎで、日本もとうとうダメだ、男てえ男は全部斬り死にで、女てえ女は全部青酸カリで自殺するんだ、てんでもう手がつけられません。顔色なんぞありゃァしない。

いや、実にどうも、いろんなウワサが乱れ飛びましてね、いい話なんぞ一つもない。

でもあたしゃァ、そのとき、こりゃァきっとデマに違いねえと思いましてね、

(べらぼうめ、日本がそうたやすくお手あげになるもんか。負けてたまるけえ!)

と、タカをくくってましたよ。

だってそりゃァそうでしょう。あたしらのガキの時分、日清、日露の二つの戦争があって、あんな大きな国を相手にしたって勝ったんです。日露戦争がすんで乃木さん、大山さん、黒木さんなんてえらい将軍が、馬車かなんかに乗って凱旋《がいせん》して来たときなんぞ、あたしゃァまだはなし家になる前だったが、日の丸の旗ァちぎれるばかりにふって「バンザーイ、バンザーイッ」って、気違いみてえに叫んだのを、いまだに覚えてるんです。

(日本ぐれえ強い国は、世界に二つたァねえだろう。ありがてえな、どうも)

って思ったそのときのことが頭にあるし、その前だってあとだって、日本は只《ただ》の一度だって負けたことなんぞありゃァしない。今は、そりゃァ苦しいかもしれないが、そのうちにきっと勝つだろう……と信じて、降参するなんてえことは夢にも思わなかったですよ。

ところが、どっこい、本当に負けたとわかったときのくやしさ、なさけなさなんてえものは、とってもとても言葉の外です。内地にいればいくらか自由もきくだろうが、負けた上に敵さんの土地だてえんですから、生かすも殺すも向こうさんの気持ち次第、泣こうにも涙も出ねえてえ心境でしたよ。

ソ連兵の顔ォ見ない前は、シナ人だの朝鮮人だのってえ、今まで日本人の味方だったのが、ガラッと手のひら返したようにいばり始めたのは、よけいくやしい思いでした。でも、どうすることもできやしません。ただもう、歯ァ食いしばって我慢するよりほかはありません。

敵兵に囲まれて

今生名残りの一席

そんな空気の中で、あたしたちは「二人会」をやったんですよ。ソ連が進駐して来るてえその前の晩のことなんです。

こんなお国の一大事のときに落語の会どころじゃァなかろうと思ったが、向こうは前もって日ィきめてあることだし、会場も用意してあるんだから、今更やめるわけにはいかねえというから、そいじゃァ行くだけ行ってみようよ、てえんで、円生と二人でそこの映画館へ出かけてみるてえと、誰も来ないだろうと思いのほか、八十人ばかりの客がちゃんとゼニィ払って来ているんですよ。どういうノンキな人たちだろうと思って、

「あしたァソ連の兵隊が来て、みんな死んじまおうというのに、よくまァ、あんたたち、落語なんぞききに来る気持ちになれますねえ」

って、あたしがきくてえと、

「いやァ、どうせ死んじまうんだもの、せめて思いっきり笑って死にたいと思いましてねェ……」

と、みんな案外落ちついたものです。人間てえものは、すべてをあきらめてしまうと、もう欲も得もなくなってしまうんでしょうねえ。あたしたちだって、そんな心境でとても落語なんぞやれやァしませんが、こんなに多くの人たちから、ぜひききたいと頼まれてみると、もう手前勝手の了見でことわるわけには参りません。あたしたちにしたって、明日は死んじまうのかもしれないとなれば、今生《こんじょう》の名残りに、一世一代の大熱演をしてみようてえ気持ちです。円生だって同じですよ。

「じゃア、オハコを二席ずつやろうよ」

てえことになって、あたしゃァ『居残り佐平次』と『錦《にしき》の袈裟《けさ》』をやりました。二つとも廓《くるわ》ばなしです。

『居残り』てえのは、佐平次という男が、品川へ遊びに行って、サンザさわいだあげくゼニィ払わないで居残りになる。そのうちに客の用足しィなんぞしてご祝儀をもらったり、花魁《おいらん》と仲よくなったりするもんですから、ほかの若い衆から苦情が出て追い出されることになる。こいつは居残りを商売にしている野郎なんです。

「そいじゃァ、お前は、あたしをオコワにかけたんだろう」

「へェ、あんたのお頭《つむ》が胡麻塩《ごましお》ですから」

ってえサゲになります。

『錦の袈裟』のほうは町内の若い衆が集まって、何かかわった遊びをしようてんで、みんなして錦《にしき》の下帯を揃えて吉原へくり込もうてえことに相談がまとまりましたが、与太郎だけがゼニィないし、そうかといって仲間外《はず》れになりたくない。かかァに相談すると、お寺へ行くと錦の袈裟《けさ》があるということから、和尚《おしよう》になんのかのいってひと晩だけの約束で借りて来ます。

サァ、吉原へくり込んで、馬鹿《ばか》ッさわぎのあげく、みんなはだかになって錦の褌《ふんどし》の

総踊りになります。与太郎のだけは、前に白い輪がぶらさがっていて大層引き立つから、

「こりゃァ、ただのお客じゃァない。きっと華族《かぞく》さまだよ。その中でも、一番えらい殿様があの人に違いねえ。身分のある方はお小用《こよう》なさるのに、手で持つのは汚《きたな》いから、あの輪へひっかけてやるんだァね」

てんで、与太郎はすっかり殿様あつかいされて、その晩のもて方なんてえものはない。あとの連中は家来衆にされて、みんな振られる。あくる朝ンなって、

「おう、花魁《おいらん》、もう起きるよ」

「いいえ、貴方《ぬし》はどうしても、今朝《けさ》は帰しませんよ」

「袈裟ァ返さねえ？　そりゃァ大変だ。お寺をしくじる」

てえことになります。廓ばなしてえのは、盲小せんてえ師匠が、実に艶《つや》っぽくってうまかった。あたしも、この二つとも小せん師匠から、教わったものです。

こういうバカな遊びなんてえものは、あたしらの若い時分は、サンザやったものでありまして、あたしなんぞ、三十銭ぐらい持って吉原へ泊まりに行く。大引《おおび》けすぎたころだと、そのくらいでも登楼《あが》らせてくれるんです。ところが朝になるてえと電車賃も残っちゃァいません。電車は片道で四銭、往復なら七銭かかるんです。そういうと

きは、女郎衆ゥ集めて一席やるんです。一人二銭ぐらい取る。女郎だって客ゥ帰したあとで退屈してるときだから、ゾロゾロと寄って来て、すぐ二十銭近く集まるんです。そいつを持って、帰りにメシなんぞ食べて、朝湯ゥ入って、大いばりで帰って来るなんてえことを、よくやったものであります。

こういうようなわけで、戦争前の男の人なら、誰にだって、女郎買いのはなしてえものは興味があったんです。日本の平和なころのよさをしのぶてえことなら、女郎買いのはなしは一番ピッタリだろうと、あたしはそう思ったもんで、そいつを一生懸命にやりました。八十人ばかりのお客さんは、シーンとしてきいていてくれましたよ。

明治大帝の写真の前で

そういうわけで、戦争に負けてからも、あっちこっちから慰問にたのまれたんですが、乃木町《のぎまち》てえとこのデパートでやったときなんぞおどろきましたね。会場の正面に明治陛下の大きな額《がく》がかかっていて、その写真をあした焼くというんです。係の人が来て、

「陛下に対して、まことに申しわけないことになりました。どうかおゆるしください」

てえから、会場の人がみんな泣き出しちゃった。そうしといてあたしに、

「では師匠、一席お願いします」

てえことになったから、これじゃァいくらなんでもやれっこないですよ。まるでお通夜よりもっとひどい。

でも、しょうがねえから、円生が先ィ上がって「ええ、お笑いを一席申し上げます……」ってえと、ワーッと泣き出しちまう。少し間ァおいて、なんかしゃべるてえと、またワーッとくるんです。笑ってもらおうとおしゃべりをするのに、その都度泣かれたんじゃァ、こりゃァ手ェつけられません。あんな弱った高座ァない。とうとう、あたしゃァなんにもやらずに下《お》りちゃった。

あのときの、あの空気を知ってるかたでなきゃァわからんでしょうが、無理もないですよ。みんな集まるってえと、

「天皇陛下が切腹されたそうだ」

「皇太子さまは、二十五年間の人質で、アメリカへ連れて行かれたそうだ」

「東京では、若い娘《むすめ》なんぞ、みんなアメリカ兵に犯されて、処女なんてひとりもいなくなったそうだ」

「男はみんなタマァ抜かれたそうだ」

なんてえことを、ヒソヒソと話し合ってるときですからねえ。

あわや銃剣のさびに

さァ、そのうちに、向こうの兵隊がドヤドヤと進駐して来たが、どいつもこいつも仁王様のイトコみてえな大きな奴ばかりで、その乱暴なことったらありゃァしません。男てえ男は裸にしちまう。女と見るてえとどっかへサーッと連れてってしまう。そういうのを実際に見ているんだから、あたしゃァくやしくって、くやしくってしょうがねえ。よしゃァいいのに、向こうの兵隊の前で、

「火事場どろぼうめッ！」

ってどなったんですよ。どうせ日本語なんぞわかりゃァしないだろうと思ったら、いくらかわかったらしいんです。ヒゲだらけの丹下左膳みたいな奴が、こわい顔ォして、じーっとあたしをにらめつけやがった。その目つきの凄《すげ》ェのなんの、さあ、しまったと思ったがあとの祭り。銃剣もって、あたしを突っ殺しそうにかまえた。

（えーい、こんなところで殺されるなァくやしいが、オレだって日本人の端《はし》っくれだ。この場に及んでビクビクしちゃァ、日本人の面《つら》よごしだ。いさぎよく死んじまおう！）

って覚悟ォきめて、スーッと立ち上がって、「さァ、ここを突いてこい」といわんばかりに、あたしは、自分の胸ンところを指さしたんです。

と、そのとき、どういうわけだか、向こうにも何か急の用事かなんかできたんでしょう。仲間の奴がその丹下左膳をよびに来たから、あたしは、危機一髪のところを助かったんです。

このときを第一回に、あたしは間一髪のとこを助かったことなんぞ、何度あったか知れやしません。

呑みたい一心で

食うものがないから、体ァ弱って死んで行った人だの、シラミがたかって、発疹《はっしん》チフスにかかって死んだ人だの、薬ィ呑んで死んだ人だの、もうあっちもこっちも地獄図ですよ。あたしだって、どうせ死ぬにゃァ違いねえが、それまでは何とか生きのびようてんで、歯ァくいしばって我慢してたんです。苦しいのは、別にあたしばかりじゃァないんですから。

あたしが生きたい一心てえのは、実は酒を呑みたい一心てえ奴です。表はダンダンと寒くなってくるから、酒でも呑まなかった日にゃァ、よけいどうしようもない。そうかといって金なんぞないから、物物交換をするんですが、その品物のほうが、大したものァありゃしません。

家ィ出るとき、かかァが念のためにってんで、荷物の中に毛のシャツと股引《ももひき》を入れといてくれたのがある。そういうものは、寒いさなかにゃァ何よりです。だから向こうだってほしいでしょう。酒ェ二升ととっかえるてえから、いろいろ考えたあげく取っかえちまった。向こうには「パイチュウ」てえシナの焼酎みてえな酒があって、すごく強いんですよ。飲んだあとは、しばらくポカポカと来るが、酔いがさめたあとてえのはとりわけ寒さが身に沁《し》みる。

あたしの着てるものはてえと、普通のシャツに浴衣《ゆかた》が一枚、それに袷《あわせ》の寝間着を重ねて、一番上に内地から着て来た絽《ろ》の着物だから、なんのこたァねえ夏と冬のお化けですよ。そんなことですごせる寒さじゃァありませんが、それが精一ぱいです。

(ひょっとするてえと、おれはこごえ死にかなァ)

って思いましたねえ。なにしろあのさなかに、着物ォ着ていた日本人の男てえのは、大連じゅう捜したってあたしくれえなもんだったでしょう。

あの時分の、やるせない気持ちをジーッとおさえて、苦しさに耐えている日本人の姿なんてえものは、それこそお話にもなにもなりゃァしません。一人一人をひろいあげたら、あたしなんぞより、もっとひどい目に会った人だっていらっしゃるでしょうが、あたしもあたし自身、よくもまァ生きのびたもんだと感心してますよ。これも若いころから、貧乏てえものに馴れてるおかげだったんでしょう。

涙の帰国

ウオツカ六本で自殺未遂

どうもこうもしようがなくって、本当に死んでしまおうと思ったことだってあるんですよ。

円生と二人して、観光協会の留守居番をたのまれて、そこの二階に住んでたときです。階下《した》ァ、しょっちゅう向こうの兵隊が来たり、シナ人が来たりして、叩っこわしていく。こっちだっていつ叩っ殺されるかわかりゃァしない。こっそり竹槍なんぞこしらえて、そいつを枕元へ置いて寝てましたねえ。

いつ殺されるかわからないところへもって来て、ゼニはないし、食うものはないし、寒くってしょうがないし、迎えの船なんぞいつ来るのかわかりゃァしない。死ぬより道はないと思って、円生に迷惑かけないようにてんで、こっそり知り合いの医者のところへ青酸カリをもらいに行ったが、「ない」というんです、あるには違いないが、あたしの気配を察して、向こうの方で勝手にないってことにしたんでしょう。

それならば、ってんで考えたのがウオツカですよ。

前に銀行に慰問に行ったとき、あたしが酒ェ好きなのを知ってるから、支店長がっときのを一ぺんに七本もわけてくれたんです。

「こいつァね、ロスケの酒でウンと強いから、グラスに二杯がいいとこですよ。それ以上はいけませんよ」

っていわれたんです。こいつをひと思いに呑めば、酔ったまんま楽になるだろう。天国だか地獄だかそんなこたァどっちだっていい。ともかく酒ェくらって死ぬんなら、一番あたしにとっちゃァ向いている。それに限るとあたしゃァ思ったんです。

三合ぐらい入った瓶《びん》をグイグイッて三本ばかりあけてみたが、別にどうってこともない。もう一本あけたら、やっと腹ン中がカッカと燃《も》えて来た。

（えーい、この勢いだ！）

てんで、もう二本あけたところで、さすがにボヤーッとなって、そのまんまぶっ倒れちゃった。そりゃァそうでしょう。グラス二杯以上呑んだらいけねえてえ酒を、瓶

で六本もあけちゃったんですから、体じゅうが火事ですよ。そのうちに、

「おい、美濃部さん、孝ちゃん、しっかりおしよ……」

って、あたしを呼んでる声が、空の向こうからきこえてくるじゃァありませんか。ははァ、さては、オレも閻魔《えんま》大王の前に来たのかなァ、それにしても、エンマの声てえのは、随分やさしい声だなァと思って、ひょいと目ェあいてみるてえと、呼んでいるのはエンマなんかじゃァない、円生なんですよ。

うすぐらい電灯がぼんやり点《とも》ってる下で、円生が一生懸命あたしを看病していてくれるんです。あたしがウオツカを呑み始めたのは昼《ひる》前でしたが、もうすっかり夜になってるんですねえ。頭ァ割れるようだし、腹ン中ァ火事のようで、その苦しいのなんのったらない。妙なはなしだが、死の苦しみてえのは、あァいうもんなのでしょうねえ。

あとでお医者がウオツカ六本もあけるなんぞはきいたことがない。よく助かったもんだ。不思議なことだなんてんで、おどろいたりあきれたりしてましたが、あたしが思うには、若い時分から電気ブランだの焼酎だので、酒びたしにして鍛えて来た胃袋のおかげでしょうねえ。

十日ばかりで、内臓の焼けただれたのもケロッと治《なお》っちまったんだから、あたしの

体てえのは、よっぽど丈夫にできてるんですよ。

貧乏からまた出直し

さァ、死に切れなかったてえことになると、あたしゃァこんどはあべこべに体ァ大事にして、とにかく内地へ早く帰りたいなァと考えるようになった。

あたしにはやっぱり、生き運てえのがあったんですね。長いこと貧乏で苦労したんだから、これから先は少うし楽ゥさせてやろうという神様のおぼしめしがあったんでしょう。

大連では、随分いろんなかたにお世話になったり、迷惑をかけたりしましたが、石田紋次郎さんてえ人には、とりわけごやっかいになりました。このかたはあたしよりおくれて引きあげて来て横浜に住んで、あたしんとことは家族ぐるみのおつきあいするようになったが、十年ほど前故人になられました。

迎えの船にのるってえことになったのは昭和二十二年の一月十二日でしたよ。うれしかったですねえ、あのときは。円生と一緒ならなおうれしいんだが、あたしのほうがひと足先になっちまった。

あたしみてえに着るものもない連中には、アチラの兵隊の払い下げのおっそろしくでっけえ服が配給になったから、あたしも生まれて初めて洋服てえものを着ましたよ。靴なんぞも、中で足が踊ってやがる。帰れるとなりゃァ、ナリなんてえなァどうだってかまやァしません。

船ェのったって、中にゃァ日本人同士で、あの人ァ元軍人だったとか、あいつァ元警官だったとか告げ口ィする奴がいて、いつ「ちょいと待った」なんてえことになるかしれやしない。

あたしだって、前にロスケをつかまえて、

「この、火事場どろぼうめ！」

なんてえさわぎを起こしているから、いつ何時《なんどき》、「あいつァ、戦犯だよ」なんてえ告げ口をされるかわかったもんじゃァない、ビクビクものでしたよ。

船ン中では、みんなが当番でもっていろいろな仕事をやるんだが、あたしときては力仕事なんてえものはからっきしダメだから、おしゃべりのほうで慰問するんです。落語ォやってみんなに笑ってもらう。芸は身を助けるてえのはこういうことですよ。

船がついたのは九州の唐津《からつ》の港だったんですが、上陸地からは電報が打てるってんで、あたしゃァ早速、

「〇〇ヒカエル、サケタノム」

と書いた。するってえと、係の人があたしの顔と電文をしげしげと見くらべながら、

「いくらなんでも、あんた、電報でもって酒ェたのむとは何事です。実にどうも、けしからん」

ってんで大目玉ァ食っちゃった。よっぽど心証を害したんでしょうね、あとでわかったんだが、うちへついた電報はてえと、

「〇〇ヒ、サッポロニツク、ムカエタノム」

だったそうで、みんなまごついたそうです。志ん生が人の心証《しんしょう》を害したんじゃァ洒《しゃ》落《れ》にもなりませんや。

九州の唐津へ着いてるのに、北海道の札幌に着くとは、いくらなんでも、ひどいいたずらをするもんじゃァありませんか。

ウチでは、その前から、あたしからさっぱり便りがないもんで、易者に見てもらったりすると、どうもダメらしいという。どっから入ったデマですか、あたしも円生も、もう仏さまになっているってんですよ。

そこへ、「札幌につく、迎え頼む」てえ電報が飛び込んだから、さァ大よろこびで、清なんぞ寄席ェ休んで、リックサックかついですっかり迎えに出かけるばかりに用意して、さてよく考えてみると、その時分、北海道まで行くてえのは、いのちがけです

よ。

　ちょうど、新聞社の人で、心安い人がいたもんだから、あちらへ問い合わせてもらうと、その日に札幌に一番近い小樽《おたる》に着く船なんぞありゃァしない。どうもおかしいてんですよ。

　そこへ、ひょっこりと、あたしが帰って行ったんですから、みんなァ幽霊《ゆうれい》じゃねえかとおどろきゃァがった。

　品川に汽車がついて、日暮里でおりて、どうせ東京じゅうが丸焼けだから、家なんぞあるわけァない。どこへ尋ねたらいいだろうてんで、半ばガッカリしながら、あすこの山の上の石段のところまでくると、動坂のあたしんとこが、残ってるじゃァありませんか。

「しめたッ!」てんで、急に足どりが軽くなって、

「おう、いま、けえったよ」

ってわけです。かかァも四人の子供も、そっくり揃っていて、

「よくまァ、無事だったたねえ……」

てんで、迎えてくれたときのうれしさなんてえものは、ただもうわけもなく涙があふれて来ましたよ。一月の二十六日でしたよ。

みんなして、湯ゥわかして、あたしのきたねえ服をひんむいて、体ァゴシゴシ洗ってくれるんだが、日にやけて、あかだらけだから、湯がみるみるまっ黒になりましたよ。

着物ォ着て、二年ぶりで家の座敷にあぐらァかいて、しみじみと見わたすてえと、部屋ン中にあるものは、真鍮《しんちゅう》のキセルと灰落としだけで、あとはなにもありゃァしない。一服しようにも、タバコがねえんだから、喫うことも出来ない。

「おい酒ェないかい」

てえと、美津子がすっとんで行って、どこからか、芋酎《いもちゅう》てんですか、芋でこしらえた焼酎を、ビール瓶に半分ほどみつけて来てくれた。

そいつゥ呑みながら、あたしはかかァの、すっかりシワのふえた顔ォ見ながら、

「あァあ、また、昔の貧乏に、逆もどりしたなァ……」

っていうと、かかァは、下ァ向いて、だまって、コックリとうなずいて、涙ァふいていましたよ。

もっとも、こんどの貧乏てえのは、あたしんちだけの貧乏じゃァない。日本じゅうが、とびっきりの貧乏で、みんな揃って貧乏人になっちまったんですから、なにもかもふり出しです。

ありがてえことに、娘二人はもう家ン中ァ切りまわすようになっている。長男の清はてえと、少しはマシなはなし家になっている、あたしがいない留守はてえと、燕枝《えんし》さんのところへ行って、まき割りィ手伝いながら教わっていたというから、まァ、あたしの若いころにくらべれば、ずいぶんとよくやっている。次男の強次は、小学校へ上がってましたかね。

まァ、あたしんとこなんぞ、家が残って頭数が欠けてないんだから、幸せなほうかもしれません。

「ようし、あしたから仕事だ。おめえ、いま、どこに出てるんだ」

って、清にきくと、新宿末広亭に出てるという。そこで、あたしも、あいさつ回りもそこそこに、そのあくる日から、新宿末広に出ましたよ。ありがたいことに、NHKがすぐ放送にのっけてくれましたよ。

かかァのつくってくれた着物ォ着て、少しばかりのこっている髪の毛ェ、横になぜつけて、まだ満州のあかが、いくらかのこってる黒い顔で、高座から、

「えー、只今、帰って参りました……」

と、しゃべったら、お客さんが手ェ叩いてくれました。あァ、生きていてよかったなあと、しみじみ思いましたねえ、あのときは……。

それからのあたしてえものは、それこそ働き通し、風邪ひとつ引くひまもないほど、ただもう、がむしゃらに働きましたねえ。

真打一家

亭主関白のはなし家

貧乏暮らしもはなしのタネ

満州からもどってからのあたしは、おかげさまで、少しは人さまからなんのかんのと声ェかけていただけるはなし家になりました。ありがたいわけのものであります。

むかし、吉原なんぞ遊びに歩いたおかげで、廓《くるわ》のことなどよくわかってるから、こういうのが廓ばなしの中で生きてくる。貧乏暮らしをさんざんしたおかげで、こういうのが長屋ものの中で自然と出てくる。バクチなんぞもずいぶんとやったおかげで、そういうのがはなしの中に必要あるときは、別に本なんぞ読まなくったって、スーッと生きてくる。

ドジな人間や、かわった人間なんてえのも、あたしの友達の中にウンといたから、よくわかります。『真田小僧』だの『桃太郎』に出てくるような、マセたガキなんぞ、あたしの子供時分といくらもかわりゃァしません。かかァのことなんぞも、ウチのことをそのまんまいっていりゃァ、お客さんは、貧乏長屋のおかみさんだと思ってきいてるてえ具合で、まことに都合がいい。

若いころの苦労てえなァ、やっぱりやるもんですよ。もっとも、あたしの場合は、苦労をひとより余計にやりすぎちゃいましたけど……。

こないだ、うちの弟子が二、三人集まって、いろいろと話ィしているうちに、

「師匠の暮らしに、一番近い落語てえのは、一体、何でしょう」

てえことになったんですよ。

貧乏人のはなしじゃァ『だくだく』てえのがあるでしょう。泥棒が盗みに入るてえと、タンスだの長持ちだの長火鉢なんぞ、すっかり揃えたいい家なんですよ。「しめたッ」てんで、あけようとするがひき出しなんぞあきゃァしません。あかないわけですよ、全部壁に描いた絵なんですから。

泥棒もしゃれた野郎で、「タンスをあけたつもり、中から風呂敷ィ出してひろげた

つもり、着物ォたくさんつめ込むつもり、グイと結んで、背負ったつもり」てんで、やっていると、当家の主人てえのもオツな人で、ムクムクと起き上がって、「長押《なげし》の槍を取ったつもり、エイッと賊の脇腹《わきばら》ア突いたつもり」賊もすかさず、「ウーン、突かれたつもり、血がダクダクと出たつもり」

この落語の中の貧乏と、昔のあたしのところの貧乏とくらべて、一体どうだろうてえ話になったとき、美津子がそばから、

「うちのおとうさんなんぞ、壁に絵を描くなんて、そんな几帳面《きちょうめん》なこと、するもんですか」

っていやがる。結局、あたしは『だくだく』の主《あるじ》より、もっとズボラてえことにされてしまった。

『文七元結《もっとい》』って人情ばなしがあるでしょう。この主人公の左官の長兵衛てえのは、本所の達磨《だるま》横丁に住んでいる。バクチが好きで年じゅう貧乏しているから、娘が親孝行で、自分の身を吉原に沈めて、五十両の金ェつくる。

長兵衛はその金ェふところに吉原から吾妻橋のところまでさしかかると、身投げしようとしている若い衆がいる。横山町の鼈甲《べっこう》問屋近江屋の若い者で文七というんですが、お店《たな》の金をどっかへなくした。それが五十両だときいて、そっくりくれてやる。

近江屋へもどった文七は、なくしたはずの五十両が、先にとどいているので、びっくりして主人に話ィする。さァ大変てんで、翌《あ》くる朝、近江屋の主ァ、番頭や文七なんぞ連れて、長兵衛の家を尋ね尋ねやってくる。

そのときの、長兵衛の家ン中ァ、貧乏を絵に描いたようで、かみさんなんぞ、腰巻ひとつで着るもんなんてありゃァしません。屏風《びょうぶ》のかげへかくれて、頭ァ出したり尻ィだしたりしている。芝居でもここんところは受けるところです。

この達磨横丁の長兵衛の家と、あたしんとこの、なめくじ長屋時分の貧乏と、どっちがどうだろうてえことになったんですよ。

「いい勝負かもしれないわねえ」

って、美津子のやつが、またいやがる。あいつ、娘のくせにいろいろというねえ。

そうしたら、その次に、そのときの弟子の一人が、どっかでダルマァ買って持って来やがった。もちろんシャレのつもりでしょうが、大ダルマなんですよ。あたしんとこの貧乏は、長兵衛のとこより、もう一つうわ手だということにされてしまった。

『ずっこけ』てえはなしがありますな。大酒呑みの男が、居酒屋でいつまでも呑んでいる。友達がそいつを見かねて、勘定払って表へ連れ出すが、ひどく酔ってるので歩けやしない。

そこで、ドテラの襟《えり》をつかんで、ひっかついでそいつの家までもどって来ると、ドテラばかりで当人がいない。捜しに行くてえと、往来に裸で寝ている。「まァ、よく、ひろわれなかったねえ」

このはなしなんてえのも、実にどうも、身につまされるはなしですよ。酒とくるてえと、あたしだって、この酔っぱらいと、そうかわりゃァしませんよ。

あたしは亭主関白

『替《かわ》り目《め》』てえはなしがあります。

酒好きの亭主がベロベロに酔って、夜おそく帰って来て、その勢いでまた呑もうてんで、かかァにいろんな無理なことをいう。

「おい早く買って来なよ、エー、買いに行くんだよ、おいッ。

また鏡の前にすわってやがる。ちょっとでも出ようとすると、鏡台の前にすわって、鏡とにらめっこしてやがる。夜中だぜ、こんな夜中に、誰が見るもんか。

ほら、また頭《あたま》ァ櫛《くし》で掻《か》いてやがらァ、お前なんぞ、頭なんぞなくったっていいんだよ。エ、手と足だけありゃァいいんだよ。ウン、オレの用だけしてりゃァ、それでいいんだ。

こんないい夫《おっと》を持ちやがって、ありがてえと思え。エー、一生懸命働かねえと、バチィ当たるぞ。それでないてえと、家ィ置かないよ、離縁するからな。ほんとにィ、叩き出しちゃうぞッ。女なんぞ、世間にゃァ、いくらでもあるんだから……。オレが表へ出て、リンを振ってみろ、女がワーッと集まってくらァ、エエ……そりゃァ、ゴミ屋だけど。

早く行って来い、エ、グズグズしてねえで、早く行って来やがれ、このお多福《たふく》め。こんないい、スッキリした、にがみ走ったいい亭主を持ちゃァがって、うれしく思えってんだ、アハハ……。

あ、あ、あーァ、おどかしたら、買いに行っちまやァがった。ね、なんだかんだいったって、この呑んだくれの世話ァしてくれるのは、あいつよりねえんだからなァ。エ、器量《きりよう》だって、わるかァないんだから……。ね、世間のおかみさんたちが、そういってるよ。〝あァたァとこの奥さんは、ほんとうに美人ですねえ、そういっちゃァなんですが、あァたにゃァ過ぎ者《もん》じゃァありませんか〟なんて、いやァがるんだよ。ウフフフッ。

そういわれると、オレだって、まんざらじゃァねえ。そうだと思うんだ。ね、オレみてえなものが、どうして、こんないい女ァ女房に持てたんかなァと、時々思うことがあるんだよ。ウン、ほんとにいい女だからなァ……。

でも、そういうことを、いっちゃっちゃァいけないんだからね。そういうことをいうと、女てえものは、ズーッとのぼせちゃうからなァ。〝てめえなんぞ、どこへでも出てゆきゃァがれ、このお多福めッ、こんないい夫ォ持ちゃァがって、グズグズぬかしゃァがると、家ィおかねえぞ、離縁しちまうから、そう思えッ〟なんておどかしているけどね、アー、ウソだよ。

オレにお前は、過ぎ者《もん》だよ、オレのようなものの女房になってくれて、ほんとにありがてえよ。かげで、いつも詫《わ》びてるんだよ。〝おかみさん、ポンポン（と手を叩いて）すみません、ほら、この通り詫びます。どうかカンベンしてください。お前さんのような美人は、女房に持てっこないんだよ。ウフッ、ほんとなんだよ〟アハハ……。

（ハッと気がついて）オッ、まだ行かねえのか、お前ッ！　立って、きいてやがらァ！

さァ、大変だッ、元《もと》をみんな見られちゃった……」

てえんですが、ここんとこを演《や》るたびに、こいつあ、あたしがウチのかかァにそういってるんだという気になりますよ。身につまされるはなしってえと、このくらい身につまされる落語《はなし》ってありませんよ。

うちのかかァてえのは、昔から、ひとりで、どっかへ行くてえことをしない。道ィ歩いていて、そば屋があったって、ひとりじゃァ入らねえ。気が小さいてんですかねえ。

あたしと一緒なら、どこへでもついて来る。ズーッと前に、一緒に温泉へ行ったこともありますが、温泉でのんびりするなんてえのは、あたしにはとても辛抱出来ねえ。一ン日《ち》は我慢するが、次の日はトットと帰ってしまう。あたしが帰れば、かかァもくっついてくるから、どうしたって、あァいうところはダメなんです。

いま、かかァも病気して、夫婦ゥして退屈しているから、子供なんぞ、

「二人して、どっかへ、行って来たらどうだい。ゼニィ出すからさ」

なんて、いってくれるんだが、もう出かけるってえことが第一面倒でいけません。やっぱり、あたしは家にいて、亭主関白でいるほうがいい。そういう夫婦なんですよ、あたしんとこは……。

「なめくじと志ん生」

えー、岡本文弥さんが、あたしのためにつくってくれた「なめくじと志ん生」てえ

新内のことは、前にも書きましたが、実ァこういうんですよ。文弥さんが、あのとき送ってくれた原稿てえのがありますから、そっくりご紹介しますよ。酒だの、新内などというのは、ちょっぴりじゃァ気分が出ませんからねェ。

〽神田亀住町に女ありけり。ある夜、一升徳利を夢みてはらみけるが。明治二十三年六月五日。月みちて男子出生。そのとき町内に酒の香ただよい、町の人々へべのれけとぞなりにけり。

〽たらちねの胎内を出でし子の、姓は美濃部、名は孝蔵。孝は親孝行の孝にして、蔵は酒蔵《さかぐら》の蔵の字とや。

〽明治四十一年春。ああらコノ君《きみ》、十八歳にして落語入門。それから幾年月。貧乏と酒のあけくれ。朝太という名を振出しに。円菊から馬太郎。武生、馬きんと名を変えても。一向うだつ上がらねば、志ん馬と改め馬生と変え。東三楼、甚語楼、すみだ川馬石など。その名変われど主《ぬし》変わらず。改名実に十六たび。遂に花咲き実を結び。五代目古今亭志ん生と。時めくようになりけるは。アア天なるかな命なるかな。長屋の花見も蚊いくさも。半次も屑屋も馬さんも。遠くなりけり、おなじみの。八五郎とも熊さんとも。縁なくなりし身の出世。左うちわに日暮しの。里に花やぐ一構《ひと》え。酒や小鳥や碁将棋や。よい女房子にめぐまれて。わが世の春をぞ楽しみける。

〽なめくじ長屋の古なじみ。なめ六、なめ助、なめ五郎。友の出世を祝わんと。おいなめも一緒にさみだれの、業平町をあとにして。行き交うくるまのあとやさき、命からがらようようと。ここは日暮里、志ん生宅にぞ着きけるが。

〽昔に変わる門構え。二階造りを打ち眺め。「すげえ家《うち》だ。「おっかねえくれえだ。「まるで夢のようだなァ。

〽びくびくねちねち庭のそとから差しのぞき。「うふァまぶしぃ。うちン中ぴかぴかしてらァ。「うわァいたいた、師匠が大黒さまのように納まってらァ。「おかみさんはニコニコえびす顔。「一家だんらん、まるで七福神だ。

〽中におなめは女気の。昔ながらの呼び名にて。「ちょっとちょっと、甚語楼さん。

〽逢いたさみたさに怖《こわ》さを忘れ。遠い道中命がけ。逢いに来たのに、なぜ出て逢わぬ。昔馴染を忘れたかと。くどき嘆《なげ》けば志ん生は。

〽なめくじ長屋のあけくれも。貧乏ぐらしのつき合いも。忘れた日とてはなけれども。昔にかわる隠居の身。女房子供や世間の手前。あんまりハメも外されず。無《ぶ》沙汰《さた》にすぎたこの頃を。察してくれも胸のうち。わびる心の通じてか。しゃっちょこ張ってたなめくじも。今はぐにゃぐにゃ機嫌を直し。「こんな立派な家に住んじゃ、こちとらを相手にしねえのも無理はねえが、それにしても一度ゆっくり逢って、話がしてえものだ。「と言ってむりやり面会を強要するのも、ごろつきじみるし。「未練は残るが、他人のプライバシーをのぞくのもいやだから。「ここは一番あきらめて、蔭《かげ》ながら祝い祝いして引きあげよう。じゃみなさんお手を拝借、志ん生師匠の立身出世と、お神さんの内助の功をお祝いして、ようシャシャシャンシャンシャン、へイどなたもおめでとう。

〽またも降り出すさみだれに。てんでにかつぐ破れ傘《がさ》。ぬれてゆこうとなめくじたち。心にかかる雲晴れて。鼻唄まじり気も軽く。親代々の住み心地。イキなものだと業平の。長屋をさして帰りゆく。

あたしにすると、どうも、尻《しり》の穴《あな》がくすぐったいみたいなもんですな。そういえば、いまのこの家にだって、なめくじ出るんですよ。台所の隅で、ひょいとなめくじなんぞ見つけると、ひょっとするてえと、あの業平からやって来たんじゃァねえのかなァ、なんて思うこともありますよ。まァ、あたしにとっては、忘れられない新内であります。

小泉信三先生と大津絵

あたしも、こういう商売ェしているおかげで、いろいろなかたとお会いしています。政治をやるかただの、大学の先生だの、会社の社長さんだの、モノを書く先生だの、そういうえらいかたたちにごひいきいただいて、いろいろなことを教えていただいたりしておりますが、小泉信三先生には、とりわけお世話になりました。

あの先生がなくなられたのは、ありゃァ昭和四十一年の五月でしたよ。新聞社から、あたしどもへ電話で知らせてくれたんですが、あたしゃァまだ床の中にいたもんで、かかァが出て、「あんた、大変だよ、コレコレだよ」と、おしえてくれた。

あたしゃァそのとき、正直いって、しばらく、何が何だかわからなかった。第一あんなにご丈夫で、あんなにえらい先生が死ぬわけないと信じ切っているから、酒屋の小泉さんだの、放送局の小泉さんだの、あたしの知っている小泉さんを、いろいろ考えてみましたよ。

「そうじゃァないんだよ。小泉信三先生だよ」

てんで、かかァにいわれて、「ウソだったら、承知しねえぞ」って、かけ出そうと思ったが、あたしはあいにく病人ですから、かわりに清を先生のお宅まで走らせました。ほんとうに小泉先生だったんですからおどろきましたよ。考えてみますてえと、あたしほど先生に可愛がっていただいた芸人もいないでしょう。あたしばかりじゃァない。清や強次や、ウチのかかァまでふくめて、大変なお世話になったんだから、家族ぐるみてえことになります。

あんなご立派な、世が世ならば、とっても傍へも寄れないようなえらい先生なのに、少しもえらぶることなく、わけへだてなくおつき合いくださったんですから、これは大変なことですよ。

あたしが先生を存じあげたのは、戦争がすんで間もなくのころで、林さんてえ、あたしのお客さまが柳橋《やなぎばし》の料亭へよんでくださったとき、はじめてお目にかかった。何しろ、先生てえかたは、明治や大正のころの落語研究会のご常連の客の一人ですから、その時分の名人、上手をウンときいている。昔ばなしに花が咲きましたよ。

ちょうどそのとき、俗曲の西川たつさん（昭和三十四年没）が一緒だったから、あたしは一席演ったあとのお座興で、おたつさんの三味線で、『冬の夜に風が吹く』てえ大津絵を歌ったんです。これは、むかし立花家橘之助《きつのすけ》てえ浮世節の名人の弟子で、小美代《こみよ》という人から、あたしが若いころに教わっていたもので、いまは誰もやりゃァしません。

〽冬の夜に風が吹く

知らせの半鐘《はんしょう》がジャンと鳴りゃ
これさ女房わらじ出せ
刺子《さしこ》襦袢《じゅばん》に火事頭巾《ずきん》
四十八組おいおいと
お掛《かか》り衆の下知《げち》をうけ
出て行きゃ女房はそのあとで
うがい手洗《ちょうず》に身をきよめ
今宵ウチの人になァ
怪我のないように
南無妙法蓮華経《なむみょうほんれんげきょう》
清正公菩薩《せいしょうこうぼさつ》
ありゃりゃんリュウのかけ声で
勇みゆく
ほんにお前はままならぬ
もしも生まれたこの子が男の子なら
お前の商売させやせぬぞえ

罪《つみ》じゃもの。

あたしの歌なんざ、うまくもなんともないのに、歌ぃ終えたら、どうでしょう、先生はハンカチをあてていらっしゃる。あたしゃァ、「しまった」と、正直思いましたよ。

先生てえかたは、むかしはいい男だったそうですねえ。六代目（菊五郎）もハダシで逃げ出すてえほどの男前《おとこまえ》で、それに奥さんがまた上品できれいなかただから、お嬢さんがまた大変なベッピンでいらっしゃる。ところが、あの戦争でご子息をなくされる、また、空襲で先生ご自身が全身に火の粉ォあびて、顔や手なんぞ、ああいうことになられたてえお話をうかがっているから、きっとこの大津絵から、あの戦争のことを思い出されたんじゃァなかろうかと、あたしはとっさにそう考えたんですよ。

ところがそうじゃァない、先生はすっかりこの歌が気に入られて、それからはお座敷へ呼んでいただくたびに、きまって、「アレをやってください」とご注文になる。そうして、いつも、まっ白なハンカチを出して、涙ァ拭いておられましたよ。十回や二十回じゃァききません。いつでもそうでしたよ。おたつさんがなくなってからは、この三味線の弾けるのは、下座のおてるさん（平川てる）しかいないので、いつでもあたしはひっぱっていきました。

小宮豊隆先生だの、安倍能成先生だのにお目にかかったのも、小泉先生のお座敷でしたよ。

何しろ、あたしんとこの、こんなボロ家（荒川区西日暮里）にまで、先生がじきじき足を運んでくださったことが、三度もあるんです。はじめは、普請《ふしん》びらきのときで、床の間ァ背にしてすわって、ニコニコと酒ェ呑んでおいででしたよ。二度目と三度目は、強次が志ん朝になったときで、「お祝いだよ」てんで、ネクタイてんですか首ッ玉に結ぶ紐《ひも》と、そいつをとめる金具を持って来てくださった。志ん朝のことを、「若師匠」なんて呼ぶもんだから、奴ァとび上がるほどおどろきゃァがった。

かかァには「よく、ここまで育ててくださった。これからもしっかりやってくださいよ」と、大きな手で握手してくださったので、かかァのやつァすっかり感激しやがって、二、三日はその手を宝物のようにして、洗いものもサボりゃァがった。

そういう先生でありますから、ちょうど、あたしんとこに『冬の夜に風が吹く』を以前にあたしが吹き込んだテープがあったので、ご霊前に供えておきましたよ。

やっと一戸を構える

戦後、病気もせずに、働き通し働いているうちに、ありがたいわけのもので、日暮里の駅ィおりて、山のほうへあるいてすぐそこの、いまのところへ家ィ建てて、動坂から引ッ越して来たんです。

「どうでえ、庭のある家なんてえものは、仲間でも、そうたんとはあるめえ」

なんてんで、くだらないことを、かかァや子供たちに自慢している。もっとも、となりに質屋がある。いまでもありますがね。

「となりに質屋があるけど、もう入れるんじゃァないよ」

てんで、かかァも負けずにいってやがる。普請びらきのときゃァ、大層にぎやかでしたよ。小泉先生が林さんなんかと、いらしてくださったのはこのときです。昭和二十六年でしたよ。

清も、おかげで、いくらか人さまに知られるようになり、お席亭も「もう、そろそろ」なんてえことをいってくださるもんですからな、二十四年の秋でしたかな、馬生てえ看板を襲いで、どうにか、一人前のはなし家になりました。

二人のせがれ

はなし家一家は、はなしがよく合う

末っ子の強次はてえと、中学ゥ出て独協学園てえのに入って、役者になりてえの、外交官になりてえの、いろんなことをいってるので、あたしゃァいってやりましたよ。

「よせやい、役者の世界にゃァ、家柄てえものがあるんだよ。それに、外交官になるんなら帝大(東大)へでも行かないことにゃァ、ウダツはあがるめえ。帝大に受かりゃァいいさ。どうせ受からないとわかってるんなら、大学なんぞやめとくれ……」

うちのせがれが帝大なんぞ行けるわけァありません。どうするかと思ったら、

「やっぱり、オヤジさんのいうとおりだ」

ってんで、あきらめてはなし家になっちまった。えらいかわりようであります。

「オレ、外交官になったらな、築地の料理屋で、お父《と》っつあんに、うんとうめえものを食わしてやるからね」

とかなんとかいっとったのが、今じゃァ、ごひいきのかたから、そんな料理屋で手前のほうがおよばれしてやがる。これが今の志ん朝なんです。ふたァりの男の子が、

ふたァりともあたしと同じ商売ェやってるわけです。

はなし家のせがれは、やっぱりはなし家が身分相応だと、あたしゃァ思ってますよ。むかし五明楼玉輔《ごめいろうたますけ》てえはなし家がいた。何しろ円朝の向うを張ったほどの名人で、『義士伝』なんぞきいた日にゃァ、ゾクゾクしちまうくらいうまかった。この人の『義士伝』だけで、毎晩一束からの客が七十七日間も落ちなかったてえくらいであります。

その時分の人情ばなしの先生てえのは、えらそうなことをしゃべるばかりじゃァない。自分でも剣術の一つぐらいはやったものです。この玉輔てえ人もいくらか腕《うで》に覚えがあったんでしょう。伊豆の下田へ興行で行ったとき、席のあく前にふらっと表ェ出たっきり、いつまで待ったってもどって来やしません。看板がいないんだからみんな弱り果ててるところへ、夜の九時ごろになって、先生が俥《くるま》に乗って顔じゅう傷だらけにしてもどって来た。ウンウンうなっている。

「先生どうしました？」

「うーん、近所に道場があったから、他流試合をやって、うーん、負けたよッ」

そういう人であります。

この玉輔の息子さんてえかたが、陸軍の少将かなんかだったから、いつも、

「お父さん、はなし家なんぞ、早くやめてくださいよ」というんです。

「バカ野郎、お前は陸軍で少将かも知らんが、おれは人情ばなしのほうじゃァ大将だ。大将に向かって少将がなにをいうかッ」

ってんで、あべこべに叱《しか》りとばしたなんてえ話があります。

あたしんとこでも、息子たちがあんまりかけはなれた商売ェなんぞになるってえと、話ィするんだって堅ッ苦しくていけません。

こっちのほうで、

「ニクソンとコスイギンの比較は……」

なんてえ話をしている。こっちのほうで、

「原子炉の原理てえものは、そもそも……」

なんてえ話になったんじゃァ、面白くもなんともありゃァしません。やっぱり、一家そろって芸のはなしだとか、酒のはなしなんぞしてるほうが、ズーッと気が楽ですよ。

強次がはなし家になりてえってえから、昭和三十二年の春に、古今亭朝太《ちようた》てえ名前で高座に出したんですが、この朝太てえのは、あたしが円喬師匠のところへ入ったとき、最初につけてもらった名前でありまして、あたしにとっちゃァいろいろと思い出深い名前なんです。あたしの場合は「三遊亭」だったが、せがれのほうはあたしの「古今亭」を、そのままつけたんです。

本人、一生懸命で、わりによくつとめるもんですから、二年目には「二ツ目」にしてもらって、そうして三十七年の春には「真打」てえことになったから、それじゃァ別の名前がよかろうてんで「志ん朝」てえ名前をつけてやりました。

この志ん朝てえのは、長男の清が「むかし家今松」から名前をかえるときに、あたしが考えたもので、あたしの今の名前（志ん生）と、若い時分の名前（朝太）がごっちゃになっている。そういうのも面白いだろうと思って考えたものですよ。兄弟仲よくやってもらうために、同じ名前つけるのもいいだろうと、あたしゃァ思ったもんですからねえ。

清のほうは、今松から志ん朝、それから志ん橋になって、今の馬生になったんですが、馬生てえのは古い名前で、途中で大阪に二人入ってるから、ウチの十代目てえことになってるようです。

強次が志ん朝になるときなんぞ「親の七光りだろう」なんてえことをいった人がいるが、なるほどあたしの頭《あたま》ァ光っているが、こういうこたァ、仲間の衆が認めたり、席亭さんがウンといってくれなくっちゃァ、勝手にきまるものじゃァありませんよ。

あいつは、年のわりには度胸がいいし、親のあたしがこんなことをいっちゃァなんですが、わりに筋《すじ》がいい。自然のうちに、スーッと行っちまったんです。芸人が若い時分からあわてて売り出すなんぞは、あんまりいいことじゃァない。はじめは威勢がいいが、くたびれるのも早いんです。若いころはえらく陽気だった芸が、年ィとるてえと、えらく地味になったりするもんですよ。力がつくにつれて、だんだんと売れてくるってえことでないと、決して長続きしません。だから、あたしゃァ、ウチの志ん朝なんぞに、

「線香花火になるな」

って、いつも注意してやってますよ。

その志ん朝の披露目《ひろめ》の席には、あたしも出かけて、高座から口上《こうじょう》の一つもいってやろうと楽しみにしてたんですが、あいにくとそのとき大病をしましてねえ、どこにも出られません。あたしゃァくやしいが、家ン中で将棋ィさして、披露目のことを心配してましたよ。

親孝行はつらいもの

病気のことをきかれたりするのは、あたしゃァ何よりいやなんだが、ここんとこだ

けかくすのもなんですから申しあげますが、三十六年の暮れに巨人軍の優勝祝賀会てえんですか、高輪のホテルでしたよ、あそこで、余興ォたのまれてしゃべっているとき、突然気持ちィわるくなってひっくりかえって、病院にかつぎ込まれたんですよ。脳出血てえから酒呑みのバチみてえなもんです。

血をガバガバ吐いて、気が遠くなるみてえにねむくなったときは、

(あァ、いよいよ、これで死ぬんだなァ、ありがてえな)

って思いましたね、大連のときと違って、家のもんがみんなしてそばに居てくれるんだから心強いや。そうしたら、そのうちに、

「あッ、助かったよ、よかったねえ」

なんてえ泣き声がする。あたしゃァ、ありがてえというより、むしろガッカリしたが、その途端からズーッと助かっちまった。酒ェ呑みゃァ治っちまうと思って、酒ェくれェっていうんだが、医者ァ酒もタバコもいけねえという。そのかわり薬を飲めというんですよ。少うし気分がよくなってから、ブドウ酒を猪口《ちょこ》一ぺえくらいならいいだろうてえことになったが、あたしにいわせりゃァ、あんなものは酒じゃァねえ。

馬生が来たから、

「おい、お前は、親孝行かい」ってきいたら、

「そりゃァお父さん、ご存じのとおりだよ」

といやがる。しめたと思ったから
「親孝行ならば、ダマッて酒ェもって来てくれ」

ってたのんだんだが、ドアあけて出て行ったきり、とうとうもって来やしない。あとで馬生が、

「親孝行が、あんなにこまるもんだとは、知らなかった」

なんてえことを、仲間の誰かに話したそうですよ。かかァにたのんだって同じようなもので、

「お医者がいけないというから、ダメですよ」

てんで、お医者一点張りでことわりやァがる。そこであたしゃァ、

「お医者のいうこたァきけて、亭主のいうことがきけねえのか。女房の立場で、亭主より医者のほうが大事かァ」

なんてんで、あたしは勝手に腹を立てている。病院なんてえものは、実にどうも不便なところですよ。あたしの体からは、すっかりアルコール分がぬけて、フラフラになって、家ィ帰って来ました。病院にゃァ三月ばかりいましたかねえ。

これからもよろしくお願いします

あとから、きいたら、ある新聞なんぞには、あたしが病院へかつぎ込まれて間もなく、「志ん生重態」なんてんで、死んだ人のとなりに、写真が出ていたそうですよ。自分じゃァわからねえが、それほどひどかったんでしょう。

高座へ出られるようになったのは、病気してから、ちょうど一年ぶりで、このときはうれしかったですよ。はなし家が、お客さんの前でしゃべられないなんてことは、そりゃァ死ぬよりもっとつらい。うれしいこと、ありがたいことてえのは、一度やってくると、ドンドン追っかけて来るんでしょうな。いろいろありましたよ。

二十九年でしたか、ニッポン放送の専属にしていただきまして、それからズーッと、ずいぶん長い間でしたよ、お世話になりました。

放送てえのは、同じはなしをいつも演っていた日にゃァ厭《あ》かれるから、あれやこれやと工夫して、ネタァかえます。あたしは、若い時分からいろいろな師匠のォきいてるから、数のほうじゃァそうほかの人に負けない。何百って数ゥ、放送しましたねえ。

三十一年に、あたしは『お直《なお》し』てえはなしで、芸術祭賞てえのをもらいました。『お直し』てえなァ、吉原のおはなしでありまして、ゼニにこまった夫婦が、廓の中の空楼《あきみせ》かりて、女のほうが女郎になる、男はてえと妓夫《ぎゅう》（牛太郎）になって、客ゥ呼び込んでいるという、あまり学校で教えるようないいはなしじゃァありません。

芸術祭賞てえなァ、文部大臣がくださるのだときいて、近ごろは文部省も、ずいぶんとイキになったもんだなんて、家じゅうで祝い酒ェ呑みましたよ。もっとも、あたしのあとから、こないだなくなった柳家三亀松《みきまつ》が、やっぱり吉原の気分を歌でやって、賞をもらったそうですよ。

三十九年の秋でしたよ、「紫綬褒章《しじゅほうしょう》」てえのをいただいた。あたしみたいなものでも、一つことを長くやってるのがいいんだそうで、ありがたいわけのものであります。

このとき、あたしは、大病のあとですから、体ァ思うように動かない。もし、途中でころんだりした日にゃァ、向こうさまにご迷惑をかけるからってんでね、うちのかかァがついて来てくれましたよ。

なにしろ、前に申しあげましたように、かかァてえのは、自分から進んで表ェ出るなんてえことは、これっぽっちもしない。ひとりでそば屋へも入らないくらいだから、寄席なんぞ来たこともない。それがついて来てくれましてね、虎の門ホールてえんですか、あそこの壇《だん》へ上がって、あたしのかわりに勲章ゥもらって来ましたよ。

「まるで、おめえがもらったみてえだな」

っていってやると、奴さん涙ァポロリとやってましたよ。よく泣くねえ、うちのかかァてえのは。

でも、あたしだって、ほんとうは勲章の一つぐらい、かかァにやらなきゃァいけないんですよ。

四十二年の十一月三日には、こんどは「勲《くん》四等瑞宝章《ずいほうしょう》」てえのを、いただくことになった。

このときは、あいにくと、かかァも具合がわるくって、あたしもわるい。

「こんどは、わたしがもらって来て、あげようかね」

って、美津子がそういやがる。そういうわけにゃァいかないでしょう。あとで、文部省のかたが、あたしんとこへ届けてくださいましたよ。あたしは、本当に、幸せものであります。

そのうちに、志ん朝が、

「おとっつあん、オレもそろそろ、身ィかためてえ」

っていって来た。家の二階に住んでるんだが、忙しいので、めったなことには会えやしない。好きな女の子がいて、ソレと一緒になりてえという。あいつも、あたしと同じで、いくらか強情だから、好きなことにはまっすぐ突っ込んでしまうタチなんですよ。車なんぞもそうですよ。

それで、結婚式てえのが、ことし（昭和四十四年）の三月十日でしたよ。生まれたのが三月十日で、真打披露が三月十日、そんなこんなで、その日にきめたんでしょうが、暦《こよみ》ィ見てみると「仏滅」なんですよ。

「もう少し、いい日にしたらどうだい」

「おとっつあんは古いなァ、仏滅のほうが、式場がヒマなんだよ」

いまの若い者は、しょうがないですよ。

末ッ子の婚礼じゃァ行かないわけにはいかないってんで、あたしも行きましたよ。それっきり、もう外へは出ないことにしてますよ。

弟子もみんなよくなりましてな、金原亭馬の助、古今亭志ん馬、古今亭円菊、吉原朝馬、古今亭志ん駒、古今亭高助なんぞ、みんなよくやってますよ。古今亭甚語楼、古今亭志ん好てえのは、弟子というんじゃァなくって、あたしんとこの内輪《うちわ》てえことになっている。

孫も、清のところに三人、喜美子のところに二人で、あたしもかかァも、五人の孫から「おじいちゃん」だの「おばあちゃん」だのいわれている。孫てえのはまことにどうも可愛いもんですよ。

ことしの六月五日で、あたしも、もう満の七十九ですよ。若いころは、八十の年寄りなんてえのは、気の遠くなるような爺ィでしたが、自分がそうなっちまったんですから、あたしって人間も、ずいぶんと古くなったものであります。

あたしのいまの道楽ゥてえと、酒と将棋ですな。酒は一ン日に、三合ばかり呑む。「ケチケチしねえで、もっと出せやい」なんていってもダメなんですよ。家の者が出してくれない。あることはわかってるんだが、取りに行くことが出来ねえ。

将棋てえなァ、だいぶ前に、将棋連盟から名誉三段の免状をもらいましたが、あたしの三段てえのは、どうも「やりくり算段」のほうで、別に強いてえわけじゃァない。病気になってから左手でさしてますが、将棋てえものは、野球で投げる人だの、お相撲と違って、左でも右でも、どちらでもかわらないってところが、うれしいじゃァありませんか。

まァ、こんなわけで、いろいろと申し上げましたことは、あたしのありのまんまの恥《はじ》ッさらしでして、高座なんぞで申し上げたことなんぞ、トンとありません。

この本を通じまして、これまでいろいろとお世話になったかたたちへの、せめてものご恩返しとなりゃァありがたいなァと、あたしは考えております。

人間一生が勉強でございます。これからもどうぞよろしくとお願いをして、この辺で失礼させていただきます。

エビスさま鯛《たい》を取られて夜逃げをし
松茸《まつたけ》を売る手にとまる赤とんぼ
豆腐屋の持つ庖丁《ほうちょう》はこわくない
雨だれに首を縮《ちぢ》める裏長屋

あたくしの、つたない句をつけ足しまして、へい、ごたいくつさまで……。

「びんぼう自慢」楽屋帳

小島貞二

一

数字の重なった日になると、私はいつも志ん生師を思い出す。

忘れもしない、昭和四十四年四月四日、志ん生師をお宅に訪ねて、その取材をテープに納め始めたのである。終って、礼をいって、「じゃア、また参りますのでよろしく」と、玄関の戸を締めて、十歩ほど歩きながら、ヒョイと見た腕時計は、偶然にも午後四時をさしていた。その取材は、無論この本のためであった。

取材はその後、五月二十八日まで都合八回にわたり、そのテープはおそらく十時間を越す量になったはずである。

すべてではないが、そのあらましは、この本の中に生かしたつもりである。

この本……志ん生師の自伝である『びんぼう自慢』が世に出るまでのいきさつは、将来志ん生を語る上に、必要なことかもしれないと思い、少し楽屋裏を書いてみる。

昭和三十六、七年ごろ、『サンデー毎日』は、芸能人や文化人の連載随筆をのせ、好評を呼んでいた。「年の瀬は、貧乏ばなしでゆきたいから、志ん生さんに頼んでみてくれないか」と、編集部から声をかけられたのは、三十七年の秋であった。

早速出かけてみた。志ん生師は、その前の年の暮に、脳出血で倒れたが、奇蹟的な回復力で、もう復帰近しを思わせていたときだ。退屈しのぎに話に花が咲く。五話にまとめて編集部に渡す。題名は『貧乏自慢』ときめ、ビラ字を橘右近《うこん》さんに頼む。さし絵のかわりに先代の林家正楽《しょうらく》さんに紙切りを頼む。

すべてトントンと運んで、十二月に発行の同誌に連載がのったわけであるが、ちょうど「志ん生復活」がマスコミで騒がれていたタイミングともピタリ合ったせいもあり、反響は小さくなかった。

「一冊の本にまとめたいが、どうだろう」と、こんどは出版部のほうから話が出た。一冊となると大ごとである。志ん生師も是非と希望する。ところがこのときの志ん生師は、病後といってもすっかり多忙となり、取材のための時間などめったにない。やむなく自宅、楽屋と追っかけてメモを取る。

志ん生十八番の速記ものせることにして、「火焔太鼓」「茶汲み」「三軒長屋」「疝気の虫」の四篇を、自宅の座敷で、私ひとりが客となり、たっぷりと、一つの抜きもなく、演じてもらったのはそのときであった。たくさんの作品の題名をあげた中からこの四席を選んだのは、志ん生師自身である。いうなれば志ん生自選傑作集といったものだ。この〝文庫〟の中のその四篇は、むろんその折りの口演テープによった。

その本が、翌三十九年四月に出た、毎日新聞社版『びんぼう自慢』である。表紙を厚くして、フォノシートによる「蛙の遊び」がついている。音源はニッポン放送の協力による。その表紙のカバーのため、正楽さんが火焔太鼓を、見事に切ってくれた。志ん生、正楽のご両所は、若いころからの友達で、かつて志ん生師が本所業平のなめくじ長屋から、浅草永住町に移ったとき、その永住町の家を紹介したのが、この正楽さんであった。

二

「志ん生さんが、あれ程の大病を克服して、再び高座に元気な姿を見せています。それにまた、このたびは『びんぼう自慢』という結構な本を出しました。

そこで、これを機会に、志ん生を愛する仲間で、心からの励ましとお祝いの会を開きたいと思います。派手なパーティーといったものでなく、落着いた会でしたら、という志ん生さんの気持ちに合った集いを、ゆかりの人形町で開きますから、どうぞお出かけ下さいますよう、ご案内申し上げます。

日時は五月十七日（日）午後一時から、ところは人形町末広。会費は千円。発起人は小泉信三、鴨下晁湖、安藤鶴夫、桂文楽、高原四郎、小島貞二」

といった案内状が、関係者のところに回ったのは、第二版が刷り上るころだった。その日、人形町末広の、昼席を借りきっての高座には、思い出のうしろ幕……この本にも出てくる、あの白地に墨《すみ》一色の富士の絵が描かれ、志ん馬の〝馬〟の字が、〝生〟となぞってあるものを、いっぱいに張って、時ならぬ志ん生一家演芸会がくりひろげられた。

司会は馬の助。前座が志ん朝（「野ざらし」）、二ッ目が馬生（「たがや」）。そして新内の岡本文弥が、この本にもある「なめくじと志ん生」を演じたあと、三味線豊太郎（次女の喜美子さん）が加わって、志ん朝、馬生で小唄振り。真打に志ん生師が上って、晴れ晴れとした表情で、「火焔太鼓」をたっぷりと演じたのである。

安倍能成、渋沢秀雄、徳川夢声、市川三郎、柳家金語楼……など、発起人たちとは別の名だたる人たちの笑顔が、はじめから客席の中にあった。

そして、幕がおり、また上ると、四斗樽のこもかぶりが、ドーンと高座の正面……客席の一番前の、真正面に置かれて、呑み口がひねられると、たちまち酒宴とかわった。

数々の祝辞がとび交い、みんなが赤い顔で帰って行ったかなりあとまで、志ん生師はまだ酔っていた。世界中の満足を、ひとり占めにしたような表情が、いまも目に残る。

この『びんぼう自慢』は、その後、NHKからラジオドラマにもなり、また、結局は配役の都合で中止にはなったものの、東宝からテレビドラマの話が進み、一応十三回分の台本が、数々のライターの手により用意されたほどだ。

本もさらに重版を重ねて、多くの人に読まれた。各社から落語に関する本がどーっと出るようになったのも、この本がきっかけをつくったといわれる。まずは成功の部に入る出版であった。

しかし、やがて時が流れ、だんだん入手困難な本となった。志ん生師も私の顔を見るたびに、「ありませんかなァ、あの本は?」と、きくようになって来たし、私自身の手もとにも、わざわざ志ん生師にサインを乞うた、署名と印(ひょうたんの中に志ん生とあるもの)の捺してある一冊をのぞいて、何もなくなってしまった。

そして、冒頭の〝四〟の重ね字になったのである。

三

立風書房は、昭和四十二年から四十三年にかけて、『落語名作全集』全七巻を出したのを機に、落語路線を敷いた。

「あの『びんぼう自慢』の改訂版は、どうだろう」という話が生まれたのが、昭和四十四年の声をきいたころである。志ん生師にむろん異存はない。毎日新聞社も、すでに絶版にしていたので了解に面倒はなかった。こんどはメモ帳ではなく、テープを持参しての取材となったわけだ。

昭和四十四年春というと、年譜にもあるように、三月に志ん朝の結婚式があり、それに夫婦で参列したのを最後に、志ん生師はもう、すっかり〝家に居る人〟になっていた。引退を声明したわけではなかったが、もう事実上の引退生活に入っていた。

病人といっても、別に寝てばかりいるのではない。玄関を入ってすぐ右の、電話があってテレビがあって、茶ダンスがあって、こたつのある六畳の茶の間に、唐紙を背に、テレビを正面にした位置を、いつも志ん生師は自分の席として占め、気が向くとコップで冷やを飲み、左手で将棋をさす。来客があると自分の右側のスペースに招じ入れる。おかみさん……りん夫人と、長女の美津子さんが、いつも身の回りの世話をやくという、ごくありふれた、病人をいたわって暮す、平和な小市民なたたずまいであった。

だから、取材という改まった、堅苦しい雰囲気をさけるため、私はほんの茶飲み話といった気楽さで、志ん生師と接するようにした。なにせ、もう往年の志ん生師ではない。あの下町弁の中に、長年高座で培《つちか》った落語調というか、それが混然として一つの美しい調和を持った、歯切れのよい志ん生調は、もうきくことは出来ない。時により記憶も、舌と同じように乱れ勝ちであった。

一度など、つい今しがたテレビに出演した志ん朝をきいていて、それが志ん朝だったのか馬生だったのか、わからなくなったときに行き合わせて、私は泣きたいほどにかなしくなった。

笹塚時代の極貧の思い出を喋っているうちに、「そりゃア、違うんですよ。あのときはね……」と、おかみさんが志ん生師の話を横取って、スーッと思い出に入って行った。しばらくたつと、いきなり、そのおかみさんの声が涙声になって、どーっと泣き伏した。

茫然と見つめる志ん生師……。

世の中のどんな貧乏な人もおよばないような、赤貧洗うような昔のどん底時代が、晩年の功成り名をとげた幸せな日々にオーバーラップして、さしも気丈なおかみさんも、つい胸に突き上げたのに違いなかった。

しばし、沈黙が続くうちに、柱時計が午後二時を報じていたのが、とても印象的だった。

こうした何度かの訪問のうちに、私は夫婦愛の美しさを見た。このおかみさんの内助がなかったとしたら、到底、志ん生はなかったに違いない。亭主関白のように見える志ん生師も、実はおかみさんに甘え、頼り切っていたのである。落語の「替り目」の夫婦が、つまり、志ん生夫婦の実像のようであった。

こうしたテープを、私はいまも大事に保存している。志ん生師の没後、いろいろな人が「是非ききたい」と来るが、私はかたくなにこばんで、誰にもきかせない。ファンの脳裏にある志ん生のイメージは、このテープの中の志ん生ではないからである。

業平にある〝なめくじ長屋〟のあとを、美津子さんの案内で訪ねたこともある。関東大震災後のバラックが、いまに残るわけはないのだが、それでもかつて志ん生一家が出入りした、狭い……ほんとに傘をさしたら通れないほどの露地が、ポツンとあったのには驚いた。なめくじを捨てに通った川は、まだよどんだ流れをたたえて、残っていた。

そんなこんなの実地取材のあと、毎日新聞社版で残ったところは、ほとんど半分以下になってしまった。

四

年譜と対比しながら、この本を読んだ方は、「生年月日から違っているではないか」「両親の名前も違うのは、どうしたことだ」などなど、さまざまな疑問を感じられるに違いない。

実は、私も、そういうことを、随分取材の折り、念を押した。

放浪時代の入墨のことも、最初の師のイカタチの円盛のことも、そして小円朝のことも、それとなく伺ってみたのだが、その辺のところは触れるのを嫌うように、志ん生師は話題をすぐ別のほうへ動かした。

やはり、人には誰でも、触れてほしくない面、触れてはならない面がある。まして志ん生師のように、少年時代に家を飛び出し、結局、両親の死に目にも遭えなかったという事情を考えるとき、若い時代の思い出は、何もかもそっくり忘却の彼方に、ソォーッとしておいてほしかったのであろう。

志ん生という人を、本人の談話を忠実に、活字の中に生かすことが、与えられた私の仕事で、何もかもすべてをすっぱ抜き、大上段に人物論を展開するのが目的ではない。本人の語らない……無理に語ろうとしない面は、そのままにしておくことが、やはりこうした読物のとるべき態度であろうと、私は今も信じている。

この大改訂の立風書房版が出たのは、四十四年の九月だったから、取材の日時から考えて、かなりあわただしい日時だったことがわかる。

以前、毎日新聞社版のあと、「師匠、どうでした?」と、読後感をもとめたら、「ありがとう」のあとに「しかし……」がついた。「三カ所ほど、違ってたよ……」という返事であった。「どこでしょう?」ときいても、別に答えてもらえなかった。

それだけに、立風書房版の折りは、私なりに神経を使ったつもりである。「どうでした?」ときくと、「こんどは、よかった」と、すっかりご機嫌であった。「しかし……」は、もうなかったから安心した。

そのとき、そのあとでポツリと、「実ァね、はじめ、あたしは、円盛のとこにいたんですよ」と、志ん生師のほうから、私が何もきかないのに、ひとり言のようにつぶやいた。

三遊亭円盛は、綽名を〝いかの立ち泳ぎ〟。略して〝イカタチ〟といった。奇人としては知られたが、少しも売れた芸人ではない。晩年大を成した志ん生師にとっては、比べるべくもない、小さな存在だった。

なぜ、そのことを自伝の中で語らなかったかという追究はすべきではない。将来にのこるであろう自伝を〝芸〟とするならば、内緒ばなしは楽屋裏の雑談である。雑談なんぞのこすべきものでないというのが、志ん生師の主義であったのである。

八方破れのような芸風からはうらはらのような、こまやかな神経の持ち主であったことが、こうした一面からも伺われて興味がある。

ともあれ、この文庫『びんぼう自慢』は、すべてその立風書房版によった。志ん生師が生きていたときそのままで、加筆や補足はなにもない。年譜の中から、若干の志ん生の秘密が顔を出すので、ご参考になるだろう。

五代目古今亭志ん生という、あまりにも偉大だった〝達人〟の人と芸に、これほど深く接し得た私は、本当に幸せだったと思う。その志ん生師の呼吸がきこえてくるこの「志ん生文庫」の刊行に、編者としてタッチ出来たことに、私は喜びというより、むしろ感動を覚えるのである。この文庫がひろく、長く、読みつがれてゆくことを、志ん生師もきっと願望しているに違いない。

昭和五十二年十月

古今亭志ん生　年譜

小島貞二・編

明治二十三年（一八九〇）

「六月五日、神田亀住町（現・千代田区外神田五丁目）において、美濃部盛行《もりゆき》・てうの四男として出生」と、志ん生本人は語っているが、戸籍によると、父は美濃部戌行（弘化二年八月十八日生まれ）、母は志う（安政元年八月十八日生まれ）で、その五男として六月二十八日生まれる。本名孝蔵《こうぞう》。父はもと幕臣で、当時警視庁巡査。若いころから芸事が好きで、初代三遊亭円遊とは遊び友達だったという。

明治三十年（一八九七）　七歳

四月、下谷尋常小学校入学。このころ下谷区下谷北稲荷町五十一番地（現・台東区東上野五丁目）に住む。

明治三十一年（一八九八）　八歳
三月五日、祖母（戍行の母）たか没、美濃部家の菩提寺還国寺《げんこくじ》（文京区小日向二の十九の七）に葬る。「誠信院深誉光円大姉」。

明治三十四年（一九〇一）　十一歳
下谷尋常小学校（当時は四年制）卒業間際、素行悪く退学、すぐ奉公に出される。奉公先を転々とし、朝鮮京城の印刷会社へ小僧に出されたこともあるが、すぐ逃げ戻る。

明治三十六年（一九〇三）　十三歳
三月三十日、祖父（戍行の養父）釖四郎没。還国寺に葬る。「安住院覚誉神達居士」。

明治三十七年（一九〇四）　十四歳
三月二十五日、北稲荷町より浅草区浅草新畑町四番地（現・台東区浅草一丁目）に移転、そこを本籍とする。

明治三十八年（一九〇五）　十五歳
博打、酒、女郎買いなどの道楽を覚え、放蕩の日々が続く。当時巡査をしていた父の逆鱗にふれ、家を飛び出し、そのまま放浪生活に入る。結局、実家に戻ることなく、兄や父の死目にあわず終る。

明治四十年（一九〇四）　十七歳

御徒町の鼻緒屋に奉公しながら、芸事に興味を持ち、奇人といわれた三遊亭円盛（いかたちの円盛）の弟子となり、天狗連（セミプロの芸人集団）に入る。当時の名は盛朝。左の二の腕に般若の入れ墨（筋彫りだけ）を彫ったのもそのころという。当時、近くの経師屋の息子で、志ん生に芸の感化をうけたのが、のちの八代目三笑亭可楽となる。十一月二十六日、父の友人だった初代三遊亭円遊（鼻の円遊）没、五十九歳。

明治四十一年（一九〇八）　十八歳

四月二十三日、兄（二男）益没、二十九歳。あとの兄弟はみな夭折して、五男の孝蔵のみのこる。円盛のひきで、円盛の師匠初代（正しくは二代目だが芸界では初代）三遊亭小円朝門下に転じ、朝太の名をもらう。「名人四代目円喬の弟子となった」と志ん生本人は語っているが、師匠筋とすると小円朝が正しい。同門に二代目小円朝（初代の実子、当時朝松）、それにのちの講談師田辺南鶴《なんかく》（当時一朝）がいた。

明治四十四年（一九一一）二十一歳
七月五日、母志う没。還国寺に葬り、戒名は「夏山妙秀信女」。のち昭和四十二年、志ん生が先祖大供養をした折、「浄蓮院」を追贈し、信女を「大姉」とする。

大正元年（一九一二）二十二歳
三遊派が月給制を採用したが数カ月で失敗。小円朝、責任をとって旅に出る。朝太も同行。十一月二十二日、四代目橘家円喬没、四十五歳。その訃報を朝太は旅先できく。円喬は志ん生が自ら弟子と名乗るほど心酔した名人。

大正三年（一九一四）二十四歳
十二月三日、父戌行没。七十歳。還国寺に葬り、戒名は「正覚戌行信士」。のち昭和四十二年の供養の折、「浄光院」を追贈。

大正五年（一九一六）二十六歳
三遊亭円菊と改名して二ツ目に昇進。

大正七年（一九一八）二十八歳

五月十一日、三代目古今亭志ん生（しゃもの志ん生）没。五十七歳。六代目金原亭馬生（のちの四代目志ん生）の門に転じ、金原亭馬太郎と改名。

大正八年（一九一九）二十九歳

五月二十六日、初代柳家小せん（盲小せん）没、三十七歳。志ん生はこの小せんより〝廓ばなし〟など、多くを学んだ。

大正十年（一九二一）三十一歳

九月、金原亭馬きんとなり真打。十五日より上野鈴本で披露。このときまで、すでに三遊亭朝太から三遊亭円菊、金原亭馬太郎から全亭武生《ぜんていぶしよう》、吉原朝馬《ちようば》、隅田川馬石《ばせき》を経て、七回目の改名で馬きんとなった。

大正十一年（一九二二）三十二歳

十一月、清水りん（明治三十年九月五日生まれ）と結婚。下谷清水町（現・台東区池之端四丁目）の床屋の二階に新居を持つ。婚姻届は翌十二年十月十九日。

大正十二年（一九二三）　三十三歳

八月十三日、最初の師匠初代三遊亭小円朝没。六十七歳。九月一日、本郷動坂で関東大震災に遭う。幸い被害をまぬがれ、被災した師匠馬生一家がころがり込む。当時、馬生とともに「落語東西会」に所属。

大正十三年（一九二四）　三十四歳

一月十二日、長女美津子生まれる。七月、府下北豊島郡滝野川町田端一八五番地（現・北区田端一丁目）に転居。巣鴨に「巣鴨亭」という寄席の売りものあり、りん夫人の親元の出資でこれを買い、席亭となるが約半年で失敗。

大正十四年（一九二五）　三十五歳

十月七日、次女喜美子（のち三味線豊太郎）生まれる。この年、府下豊多摩郡代々幡町笹塚（現・渋谷区笹塚）へ引越し、初代柳家権太楼ととなり合わせに住む。貧乏生活が続く。七月十日、講談の師匠三代目小金井芦洲《ろしゅう》没。四十九歳。

大正十五年・昭和元年（一九二六）　三十六歳

一月二十五日、師匠四代目志ん生（鶴本の志ん生）没。五十歳。四月、古今亭馬生の改名披露興行を上野鈴本で行う。馬きん以降、古今亭志ん馬から、一時講談に転向して小金井芦風《ろふう》（三代目芦洲門下）を名乗り、また落語界に復帰しての馬生だから、なみなみならぬ決意がうかがわれる。

昭和二年（一九二七）　三十七歳

どん底生活は続き、笹塚でも転々と家をかわる。初代柳家三語楼の内輪となり、柳家東三楼と改める。

昭和三年（一九二八）　三十八歳

一月五日、長男清（十代目金原亭馬生）生まれる。

昭和五年（一九三〇）　四十歳

笹塚より夜逃げ同様に本所業平橋一丁目十二（現・墨田区業平一丁目）に引越す。俗に〝なめくじ長屋〟という。笹塚時代に劣らぬ貧乏続く。古今亭馬生以降、柳家東三楼、柳家ぎん馬を経て柳家甚語楼と改名をくりかえす。貧乏からの脱出と、イメージチェンジへの懸命な努力。

昭和七年（一九三二）　四十二歳

元日、古今亭志ん馬（二度目）と改名。

昭和九年（一九三四）　四十四歳

九月上席、志ん馬改め七代目金原亭馬生となる。甚語楼時代から、三語楼調の派手な芸風を身につけ、玄人筋から注目されていたが、この馬生になって、ようやくマスコミに登場しはじめる。雑誌に速記などのる。

昭和十年（一九三五）　四十五歳

二月、ビクターより初吹込みの「氏子中《うじこちゅう》」発売。続いて六月、ポリドールより「元帳」（替り目）発売。この年、レコード四枚出る。

昭和十一年（一九三六）　四十六歳

二月二十六日、いわゆる〝二・二六事件〟の当日〝なめくじ長屋〟から浅草永住町（現・台東区元浅草）に移る。親友だった紙切りの初代林家正楽の紹介による。ビクターより「稽古屋」「晦日《みそか》」、ポリドールより「夕立勘五郎」「長屋の算術」「反対俥」など、レコード出る。裏表で約六分間というレコード芸術のため、古典のアレンジあるいは新作などに意欲的に取り組む。

昭和十二年（一九三七）四十七歳

コロナより「あわび」「ラブレター」を発売。八月、本郷区駒込神明町三三八（現・文京区本駒込）へ移る。師匠三語楼家の近く。

昭和十三年（一九三八）四十八歳

三月十日（戸籍は十一日）、次男強次（志ん朝）生まれる。陸軍記念日に因んで、三語楼が命名。六月二十九日、師匠の初代柳家三語楼没、六十四歳。家近いため、志ん生家もごったがえす。

昭和十四年（一九三九）四十九歳

三月、五代目古今亭志ん生を襲《つ》ぐ。朝太から数えて十六回目の改名。セミプロ時代の盛朝から数えると、実に十七回目になる。

昭和十六年（一九四一）五十一歳

十二月志ん太を弟子第一号とする。もと三語楼門下の弟弟子で、名古屋で幇間をしていた三太楼が、八年ぶりで復帰したのを迎えたもの。のち柳家小せんから古今亭甚語楼となる。この年より毎月独演会をはじめる。

昭和十八年（一九四三）五十三歳

七月、志ん治（戦後、古今亭今輔門下に転じ、鶯春亭梅橋となる）入門。前座からの弟子としてはこれが第一号。八月、長男清が落語家を志し、むかし家今松の名で初高座。戦時下で若手払底のため、いきなり二ツ目から出発する。

昭和十九年（一九四四）五十四歳

十一月、志ん駒（のち金原亭馬の助）入門。ほとんど同時に志ん一（戦後廃業）入門。

昭和二十年（一九四五）五十五歳

四月十三日夜、東京大空襲により神明町の家被災。幸い家族は全員無事。本郷区駒込動坂町三二七（現・文京区千駄木）に家を借りる。五月、演芸慰問団（団長・坂野比呂志）の一員として、三遊亭円生、国井紫香らと満州へ渡り、八月、敗戦により命からがら大連へ逃げ込む。

昭和二十一年（一九四六）五十六歳

「志ん生は死んだらしい」の噂流れ、家族たち心配する。大連ではウオッカをがぶ飲みして自殺を図ったこともあるが、若いころから酒で鍛えた胃袋のため未遂。

昭和二十二年（一九四七）　五十七歳

一月二十六日、満州から突然帰り、家族びっくり。動坂の家も家族たちも無事。休む間もなく、すぐ新宿末広亭より帰還第一声。四月、正岡容《いるる》（作家）を会長に「三十日会」が発足。文治、文楽、山陽とともに志ん生も「参与」として参加。

昭和二十三年（一九四八）　五十八歳

十月、「第四次落語研究会」はじまる。文楽、円歌、円生、柳橋とともに志ん生も「発起人」として参加。

昭和二十四年（一九四九）　五十九歳

十月、長男清が志ん橋から十代目金原亭馬生となり、真打に昇進。二十一歳の若さで評判を呼ぶ。昭和二十五年度（二十四年暮発行）の落語協会の香盤（序列表）によると、桂文治（会長）、桂文楽、古今亭志ん生、三遊亭円歌、三遊亭円生、林家正蔵、春風亭柳枝、桂右女助、鈴々舎馬風、翁家さん馬（のち文治）、三遊亭小円朝、柳家小三治（五代目小さん）、月の家円鏡（のち円蔵）、柳家つば女、立川談志、三遊亭円左、柳家小せん（のち甚語楼）、柳亭市馬、華形亭八百八（のち馬楽）、金原亭馬生の順となっている。

昭和二十五年（一九五〇）　六十歳

三月、次女喜美子結婚。

昭和二十六年（一九五一）　六十一歳

十一月、荒川区西日暮里九の一一一四（現・西日暮里三丁目）に新居完成、移る。はじめて自分の家を持ったのである。

昭和二十七年（一九五二）　六十二歳

五月、志ん吉（古今亭志ん馬）入門。内弟子（住み込み弟子）としての第一号。

昭和二十八年（一九五三）　六十三歳

七月一日、ラジオ東京（現・TBS）の専属となる。文楽、円生、小さん、桃太郎と五人。七月、生次（古今亭円菊）入門。古今亭志ん好加入。生次は前座から、志ん好はもと三語楼門下の兄弟子三寿《さんじゅ》の改名で、若手たちの指導役といった立場の加入である。十月十六日、長男清結婚。

昭和二十九年（一九五四）　六十四歳

六月いっぱいでラジオ東京の契約切れ、七月一日よりニッポン放送と専属契約を結ぶ。このころの志ん生はまさに油ののりざかりで、放送に寄席に大車輪の活躍をする。以後数年間のものが、ニッポン放送に「志ん生ライブラリー」として残る。

昭和三十年（一九五五）　六十五歳

十月、金助（のち吉原朝馬）入門。二月十八日、かつて笹塚で貧乏時代を共にし、三語楼門下の兄弟弟子だった初代柳家権太楼没。五十八歳。十月二十七日、かつて最初の弟子だった鶯春亭梅橋没。二十九歳。

昭和三十一年（一九五六）　六十六歳

六月、自伝『なめくじ艦隊』（朋文社刊）出る。十二月、「お直し」（三越落語会における口演）で、芸術祭賞受賞。

昭和三十二年（一九五七）　六十七歳

二月、桂文楽の後押しで落語協会会長となる。十三日、神田川（鰻屋）で披露。落語協会会長は、戦後では四代目小さん、八代目文治、八代目文楽に続いて志ん生が四人目。四月、次男強次、落語家を志望して、朝太の名で初高座。朝太は志ん生の前座名前である。

昭和三十四年（一九五九）　六十九歳

四月、次男強次、朝太のまま二ツ目に昇進。

昭和三十六年（一九六一）　七十一歳

六月十日、世話になった上野鈴本の席亭鈴木孝一郎没。八十一歳。十二月十五日、読売巨人軍の優勝祝賀会の会場（高輪プリンスホテル）で脳出血で倒れ、すぐホテル前の船員病院へ入院。一時は危篤状態となるが、入院三カ月で退院。

昭和三十七年（一九六二）　七十二歳

三月、次男強次、二代目古今亭志ん朝となり真打昇進。志ん朝は志ん生の〝志ん〟と、円朝の〝朝〟にあやかった名で、兄の馬生ゆずり。病後のため志ん生は口上にも参加せず。九月三日、ニッポン放送の専属を解く。十一月十一日、新宿末広亭から復帰第一声。因みに、昭和三十七年度の香盤は文楽、志ん生（会長）、円歌、円生、正蔵、小勝、小さん、馬風、文治、円蔵、小円朝、百生、馬生、馬楽、甚語楼、馬の助、歌奴（現・円歌）、三平、市馬、小せん（現）、さん助（現）、円窓、歌太郎、照蔵（柳朝）、小ゑん（現・談志）、歌麿（つばめ）、勝太郎、馬太郎、朝太（現・志ん朝）の順となっており、〝志ん生一門〟がかなりのウエイトを占める。十一月より十二月にかけて、サンケイ新聞に「志ん生十六変化」三十回の る。

昭和三十八年（一九六三）　七十三歳

七月、志ん駒入門。七月十八日、病気のため落語協会会長を辞す。会長は円生となり、文楽と志ん生は最高顧問となる。ようやく体調回復、寄席への出演も多くなるが、前に釈台（講釈師が使う台）を置き、イタツキ（あらかじめ座ったまま）出演。発病前とは違った間をとった喋り方にかわる。この年、早大の落語研究会の調査（サンプル一二七三人）による「あなたの好きな落語家は？」では、志ん生、金馬、円生、志ん朝、文楽、三平、小さん、痴楽、今輔、の順で依然、志ん生の人気の根強さを物語っている。

昭和三十九年（一九六四）　七十四歳

四月、自伝『びんぼう自慢』（毎日新聞社刊）出る。フォノシート（蛙の遊び）付き。八月二

十三日、八代目三笑亭可楽没。六十七歳。十一月、紫綬褒章受章。

昭和四十一年（一九六六）　七十六歳

九月、高助（古今亭志ん五）入門。最後の直弟子とする。同じ九月、今松（前名・生次）が二代目古今亭円菊となり、真打昇進。

昭和四十二年（一九七六）　七十七歳

七月、美濃部家の菩提寺、文京区小日向の還国寺（浄土宗で、俗に〝えんまさま〟で知られる）で先祖大供養。美濃部孝蔵の名で新しい墓を建て、墓誌に祖父、祖母、両親の戒名を刻む。九月四日、りん夫人脳出血のため臥す。十一月三日、勲四等瑞宝章を受ける。

昭和四十三年（一九六八）　七十八歳

初席（一月一日より十日間）の上野鈴本の第二部に出演、毎日ネタ（演題）をかえて、十日間つとめる。これが寄席の最後となった。初席に限り第一部（午前十時半から）、第二部（午後二時から）、第三部（五時半から）と三部興行で、志ん生は第二部のトリ（真打）であったが、釈台を置くためわざと曲芸の染之助・染太郎が最後をつとめた。最後の弟子の高助が、このとき初高座を踏む。六月二十三日、田辺南鶴（もと小円朝門下の一朝）没。七十二歳。十月九日、「精選落語会」に出演、これが最後の高座となった。

昭和四十四年（一九六九）　七十九歳

三月十日、次男強次結婚。このとき志ん生も抱えられて出席。以後まったく公式の場に出ることはなくなった。九月、自伝『びんぼう自慢』大改訂のうえ立風書房より出る。十二月、初の作品集『志ん生廓ばなし』立風書房より出る。

昭和四十五年（一九七〇）　八十歳

八月、第二の作品集『志ん生長屋ばなし』立風書房より出る。十一月、コロムビアよりLP十一枚組の「古典落語志ん生大全集」発売。

昭和四十六年（一九七一）　八十一歳

一月十四日、門弟の古今亭甚語楼没。六十七歳。三月、第三の作品集『志ん生江戸ばなし』立風書房より出る。十一月、高助二ツ目に進み志ん三となる。十二月九日、りん夫人没、七十四歳。還国寺に葬る。戒名は「香蓮院清誉林大姉」。十二月十二日、八代目桂文楽没。七十九歳。

昭和四十八年（一九七三）　八十三歳

二月、朝馬が大量真打制により真打昇進。九月二十一日、午前十一時三十分、西日暮里の自宅でねむるような大往生。八十三歳。二十三日、自宅で告別式。還国寺に葬る。戒名は「松風院孝誉彩雲志ん生居士」。志ん馬、円菊、志ん駒らは馬生の内輪、志ん三は志ん朝門下となる。なお、〝六代目志ん生〟は将来、次男の志ん朝が襲名すると発表になる。志ん生生前からの強い希望であった。十月より十一月にかけてスポーツニッポン新聞に「志ん生一代」三十回のる。

昭和四十九年（一九七四）

四月、ポニーから「古典落語古今亭志ん生全集」出る。九月から十月にかけて、東京タイムズに「人間・志ん生」五十回のる。

昭和五十年（一九七五）

二月、第四の作品集『志ん生滑稽ばなし』立風書房より出る。生前より準備されていたもの。生前より志ん生のレコードは、各社（コロムビアより「古典落語志ん生大全集」十一枚組、キャニオンより「古今亭志ん生名演集」計五十枚、ビクターより「古今亭志ん生大全集」十枚組、東宝より「落語名人会・艶笑落語特集」五枚組など）が競って発売、没後もよく売れている。また、志ん生を偲ぶ会式な催しも、しばしば行われた。十一月、『金原亭馬生集成』（旺国社刊）第一巻出る。五十二年八月で全三巻完結。

昭和五十一年（一九七六）

二月六日、愛弟子・金原亭馬の助没。四十七歳。三月、志ん駒真打昇進。八月、週刊朝日に、結城昌治の小説「志ん生一代」〈美濃部孝蔵伝〉の連載始まる。翌五二年九月、五十八回をもって終る。その連載が始まるころ、志ん生宅とそれに隣接する馬生宅の一帯、取りこわしとなる。馬生宅は近くの西日暮里三の一六の七に新築、八月三十日、引っ越す。

昭和五十二年（一九七七）

四月、『五代目古今亭志ん生全集』（弘文出版刊）第一巻出る。全八巻が完結したのは、平成四年三月。十一月、立風書房より「志ん生文庫」全六巻出る。第一巻『志ん生廓ばなし』、第二巻『志ん生長屋ばなし』、第三巻『志ん生艶ばなし』、第四巻『志ん生滑稽ばなし』、第五巻『志ん生人情ばなし』、第六巻『びんぼう自慢』。志ん生ブームは作品集に、自伝に、小説に、そしてレコード、テープに、おとろえることを知らないように続く。十一月、結城昌治の『志ん生一代』（朝日新聞社刊）上下二巻にまとまり出る。

昭和五十三年（一九七八）

四月十八日、愛弟子吉原朝馬没。四十七歳。三月十四日、馬生の長女志津子（池波志乃）、劇団民芸の中尾彬と結婚。五月六日、馬生、社団法人「落語協会」（会長・柳家小さん）の副会長に就任。

昭和五十六年（一九八一）

三月二十七日、NHKから「びんぼう一代――五代目古今亭志ん生」が全国放送される（平成二年にポニーキャニオンよりビデオ販売）。

昭和五十七年（一九八二）

九月十三日、金原亭馬生没、五十五歳。酒を愛し、生活のすべてが日本風であった。戦時下の入門で、明治生まれの古い世代と、戦後入門した若い世代の橋渡し役の貴重な存在で、早逝が惜しまれた。

昭和五十八年（一九八三）

十二月矢野誠一著『志ん生のいる風景』（青蛙房刊）出る。

平成五年（一九九三）

五月、志ん生の没後二十周年を記念して「志ん生文庫」（立風書房刊）の改訂版、出る。完結は七月。全六巻の愛蔵版となる。

引揚に南山を見るなつかしさ

古今亭志ん生

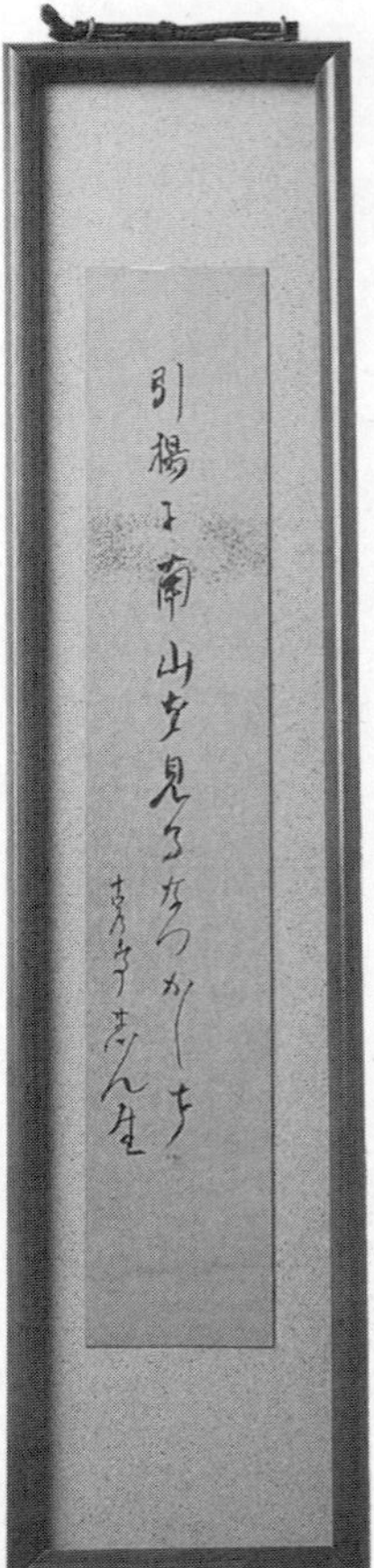

志ん生師匠が戦後、満州引揚時のことを思い出して詠んだ川柳。直筆。

美濃部美津子氏蔵。撮影　橘蓮二。

本書は、一九六九年、立風書房より刊行され、一九七七年に同社の「志ん生文庫」第六巻、一九九三年には「愛蔵版　志ん生文庫」第六巻に収録された。

本書のなかには、人種・民族や風習・風俗、職業、また精神的・身体的障害などに関して、今日の人権意識に照らして不当・不適切な語句や表現があります。これらのことについては、著者が故人であること、また作品の時代的背景にかんがみ、そのままとしました。

志ん生の噺・全5巻収録作品一覧

1 志ん生滑稽ばなし

道灌・千早ふる・饅頭こわい・和歌三神・替り目・岸柳島・三味線栗毛・三人絵師・麻のれん・元犬・犬の災難・狸賽・安兵衛狐・猫の皿・宿屋の富・水屋の富・無精床・あくび指南・強情灸・泣き塩・鮑のし・天狗裁き

2 志ん生艶ばなし

疝気の虫・風呂敷・鈴ふり・たいこ腹・三年目・後生鰻・短命・義眼・つるつる・駒長・小咄春夏秋冬・紙入れ・羽衣の松・城木屋・ふたなり・百年目・二階ぞめき・町内の若い衆・幾代餅・姫かたり

3 志ん生人情ばなし

唐茄子屋政談・中村仲蔵・淀五郎・井戸の茶碗・もう半分・江島屋騒動・おかめ団子・抜

け雀・おせつ徳三郎・佃祭・千両みかん・しじみ売り・文七元結・塩原多助一代記

4 志ん生長屋ばなし

火焔太鼓・厩火事・搗屋幸兵衛・お化け長屋・大山詣り・三軒長屋・たがや・今戸の狐・大工調べ・らくだ・黄金餅・富久・妾馬

5 志ん生廓ばなし

お直し・首ったけ・五人廻し・錦の袈裟・茶汲み・干物箱・付き馬・白銅の女郎買い・坊主の遊び・三枚起請・文違い・居残り佐平次・品川心中・子別れ

落語百選 春　麻生芳伸編

古典落語の名作を、その〝素型〟に最も近い形で書き起こす。故金原亭馬生師の挿画も楽しい。まずは、おなじみ「長屋の花見」など25篇。（鶴見俊輔）

落語百選 夏　麻生芳伸編

「出来心」「金明竹」「素人鰻」「お化け長屋」など、大笑いあり、しみじみありの名作25篇。読者が演者となりきれる〈活字寄席〉。（都筑道夫）

落語百選 秋　麻生芳伸編

「秋刀魚は目黒にかぎる」でおなじみの「目黒のさんま」ほか「時そば」「野ざらし」「粗忽の釘」など江戸の気分あふれる25篇。（加藤秀俊）

落語百選 冬　麻生芳伸編

義太夫好きの旦那をめぐるおかしくせつない「寝床」。「火焔太鼓」「文七元結」「芝浜」「粗忽長屋」など25篇。百選完結。（岡部伊都子）

びんぼう自慢　古今亭志ん生　小島貞二編・解説

「貧乏はするものじゃありません。味わうものですな」その生き方が落語そのものと言われた志ん生が自らの人生を語り尽くす名著の復活。

なめくじ艦隊　古今亭志ん生

〝空襲から逃れたい〟、〝向こうには酒がいっぱいある〟という理由で満州行きを決意。存分に自我を発揮して自由に生きた落語家の半生。（矢野誠一）

古典落語 志ん生集　古今亭志ん生　飯島友治編

八方破れの生きざまを芸の肥やしとした五代目志ん生の、「お直し」「品川心中」など今も色褪せることのない演目を再現する。

志ん生の噺（全5巻）　古今亭志ん生　小島貞二編

その生き方すべてが「落語」と言われた志ん生の幅広い芸を滑稽、人情、艶などのテーマ別に贈る、読む「志ん生落語」の決定版。

志ん朝の風流入門　古今亭志ん朝　齋藤明

失われつつある日本の風流な言葉を、小唄端唄、和歌俳句、芝居や物語から選び抜き、古今亭志ん朝の粋な語りに乗せてお贈りする。（浜美雪）

志ん朝の落語1 ——男と女　古今亭志ん朝　京須偕充編

第一巻「男と女」は志ん朝ならではの色気漂う噺集。口絵に遺品のノート、各話に編者解説を付す。「明烏」「品川心中」「厩火事」他全十二篇。

らくごDE枝雀　桂枝雀

桂枝雀が落語の魅力と笑いのヒミツをおもしろおかしく解きあかす本。持ちネタ五選と対談で、「笑いの正体」が見えてくる。（上岡龍太郎）

桂枝雀のらくご案内　桂枝雀

上方落語の人気者が愛する持ちネタ厳選60を紹介。噺の聞かせどころや想い出話をまじえて楽しく落語の世界を案内する。（イーデス・ハンソン）

上方落語
桂枝雀爆笑コレクション（全5巻）　桂枝雀

人気衰えぬ上方落語の爆笑王の魅力を、速記と写真で再現。「スビバセンね」「ふしぎななあ」などテーマ別全5巻、計62演題。各話に解題を付す。

上方落語
桂米朝コレクション（全8巻）　桂米朝

人間国宝・桂米朝の噺をテーマ別に編集する。端正で上品な語り口、多彩な持ちネタで、今日の上方落語隆盛をもたらした大看板の魅力を集成。

落語家論　柳家小三治

この世界に足を踏み入れて日の浅い、若い噺家に向けて二十年以上前に書いたもので、これは、あの頃の私の心意気でもあります。（小沢昭一）

滝田ゆう落語劇場（全）　滝田ゆう

下町風俗を描いてピカ一の滝田ゆうが意欲満々取り組んだ古典落語の世界。作品はおなじみ「富久」「芝浜」「死神」「青菜」「付け馬」など三十席収録。

絵本・落語長屋　落合登　西川清之

一〇八話の落語のエッセンスを、絵と随想でつづった「落語長屋」。江戸っ子言葉をまじえた軽妙洒脱な文章と、絵とで紹介する。（中野翠）

桂吉坊がきく　藝　桂吉坊

上方落語の俊英が聞きだした名人芸の秘密。若手の思いに応えてくれた名人は、立川談志、市川團十郎、小沢昭一、喜味こいし、桂米朝、他全十人。

この世は落語　中野翠

ヒトの愚かさのいろいろを呑気に受けとめ笑ってしまう。そんな落語の魅力を30年来のファンである著者が、イラスト入りで語り尽くす最良の入門書。

落語を聴かなくても人生は生きられる　松本尚久編

落語家が名人芸だけをやっていればよかった時代は去った。時代と社会を視野に入れた他者の視線を通じて落語の現在を読み解くアンソロジー。

田中清玄自伝　田中清玄／大須賀瑞夫

戦前は武装共産党の指導者、戦後は国際石油戦争に関わるなど、激動の昭和を侍の末裔として多彩な人脈を操りながら駆け抜けた男の「夢と真実」。

権力の館を歩く　御厨貴

歴代首相や有力政治家の私邸、首相官邸、官庁、政党本部ビルなどを訪ね歩き、その建築空間を分析。権力者たちの素顔と、建物に秘められた真実に迫る。

タクシードライバー日誌　梁《ヤン》石日《ソギル》

座席でとんでもないことをする客、変な女、突然の大事故。仲間たちと客たちを通して現代の縮図を描く異色ドキュメント。（崔洋一）

新版 女興行師 吉本せい　矢野誠一

大正以降、大阪演芸界を席巻した名プロデューサーにして吉本興業の創立者。NHK朝ドラ『わろてんか』のモデルとなった吉本せいの生涯を描く。

ぼくの東京全集　小沢信男

小説、紀行文、エッセイ、評伝、俳句……作家は、その町を一途に書いてきた。『東京骨灰紀行』など65年間の作品から選んだ集大成の一冊。（池内紀）

吉原はこんな所でございました　福田利子

三歳で吉原・松葉屋の養女になった少女の半生を通して語られる、遊廓「吉原」の情緒と華やぎ、そして盛衰の記録。（阿木翁助　猿若清三郎）

ちろりん村顛末記　広岡敬一

トルコ風呂と呼ばれていた特殊浴場を描く伝説のノンフィクション。働く男女の素顔と人生、営業システム、歴史などを記した貴重な記録。（本橋信宏）

ぐろぐろ　松沢呉一

不快とは、下品とは、タブーとは。非常識って何だ。公序良俗を叫び他人の自由を奪う偽善者どもに〝闘うエロライター〟が鉄槌を下す。

独特老人　後藤繁雄編著

埴谷雄高、山田風太郎、中村真一郎、淀川長治、水木しげる、吉本隆明、鶴見俊輔……独特の個性を放つ思想家28人の貴重なインタビュー集。

呑めば、都　マイク・モラスキー

赤羽、立石、西荻窪……ハシゴ酒から見えてくるのは、その街の歴史。古きよき居酒屋を通して戦後東京の変遷に思いを馳せた、情熱あふれる体験記。

ちくま文庫

びんぼう自《じ》慢《まん》

二〇〇五年一月十日　第一刷発行
二〇一八年十二月二十日　第十五刷発行

著者　古今亭志ん生（ここんてい・しんしょう）
編者　小島貞二（こじま・ていじ）

発行者　喜入冬子
発行所　株式会社　筑摩書房
東京都台東区蔵前二―五―三　〒一一一―八七五五
電話番号　〇三―五六八七―二六〇一（代表）
装幀者　安野光雅
印刷所　三松堂印刷株式会社
製本所　三松堂印刷株式会社

ISBN4-480-42045-2 C0176